新　潮　文　庫

総会屋錦城

城山三郎著

新　潮　社　版

1604

目次

総会屋錦城

総会屋錦城

一

「異議なし」

「異議なし」

会議室いっぱいに喚声が起った。

「御異議なきものと認め、本議案は……」

議長である大村頭取が白髪をふりたてて云《い》う声も喚声の波に消されて、錦城《きんじょう》や間宮のところへは届かなかった。二人は総会場である会議室の後出口近い席に陣取っている。錦城はどの総会でも、その位置を選んだ。いくつかの空席を残し、参会者の背を眺《なが》め渡すことができる。

濡《ぬ》れたように黒い髪。やや面長《おもなが》な顔は肉にあそびがなく木彫《きぼり》のようにしまっている。一見、端正な顔立ちだが、顎《あご》が大きく、頑丈《がんじょう》な感じを与える。右の上瞼《うわまぶた》には古い刀創《かたなきず》があり、またたきする度に、その傷痕《きずあと》はうす桃色に光った。

はじめて総会に出席する素人《しろうと》の株主たちは、かなり年輩のようでいて精悍《せいかん》さのにじみ出ているこの奇妙な老人が腕組みしたまま背後の席に控えているのが気にかかるようであった。開会前の一とき、彼等《かれら》は見咎《みとが》められぬように装いながらも、錦城老人の方を盗み見た。錦城を知る株主が居て、耳うちでもされると、いっそう好奇心をそそられ、ふり返るのであった。

〈あれが内藤錦城。総会屋の元老だ。若いときは人斬《ひとき》り錦之丞《きんのじよう》と云われ、実際に総会で人を斬った。日本刀で斬りつけ、血しぶきが天井にまで届いた……〉

会場に出入りする職業的株主、総会屋たちは錦城の横を通る度に、軽く腰を屈《かが》めたり、眼《め》で会釈《えしやく》したりする。ことさら目立たぬように努めた会釈ぶりは、錦城に云いふくめられているもののようであった。錦城は腕組みしたまま、うすく開いた眼もとでそうした人影に応《こた》える。席に着いてから閉会後退場するまで、錦城はその姿勢を崩さない。錦城にしてみれば、総会の次第は眼を開けて見るには及ばなかった。数十人、場合によっては百人を越す総会屋の手当はそれまでに済んでいる。質問も含めて議事妨害を起しそうな総会屋には事前に因果をふくませてある。六十年この道で過してきた錦城には祝儀《しゆうぎ》の配分に手ぬかりはなかったし、かりに不平があったとしても錦城にまともに逆らう総会屋はいない。このため実際の総会は、ただ自分の手筈《てはず》のあとをたしかめる儀式のようなものであった。数億、数十億円の資本金、数万人の株主をもつ超巨大会社の株主総会もただ時間の問題であった。議題の数と拍手の大小、議長が早口か否《いな》かで違いが出てくるだけで、数分、せいぜい十分も出ぬ間に、どの総会も片づいてしまう。半年間の利益や損失が承認され、その処分が決定され、今後幾年かその巨大会社をあずかる重役が選出される。その儀式を進めるのが総会屋たちの連呼する「異議なし」「議事進行！」の怒声であり、威圧的な拍手である。気弱な株主に発言する隙《すき》を与えない。反対はもちろん質問も封じこんでしまう。

「……閉会を宣します」

議長大村頭取の声がふるえて聞えた。また盛んな拍手が湧《わ》いた。間宮は反射的に時計を見た。開会後四分。心配していた割に、あまりにあっけない総会であった。

総会屋たちは腰を浮かせ、中には拍手しながら歩き出している者もある。このため拍手の渦《うず》が錦城たちの方へ動き出してくるような感じであった。

「終りました」間宮は報告口調で錦城に云った。だが錦城は立とうともしない。眼を前よりは心もち開いて、立ちかけた人の渦をみつめている。

「無事に終りました」

間宮はもう一度ささやいた。「無事に」とつけたのは、彼なりにいたわりをこめた気持であった。

錦城は応えない。疲れがこもって重く垂れている瞼。離れて見るのと違って、その

顔には八十近い年齢があらわれている。病み上りの老体にやはりこの総会は無理だったのかと、間宮が眼をこらしたとき、

「無事ではない」

低いが鋭い声であった。間宮が問い返す間もなく「扇山の一党は来ていない」

「……だが、泉は来ていました」

「泉ひとりだ、あれは偵察《ていさつ》に来てるだけだ」

「偵察だけ？」

「扇山らは、この総会では肩すかしをくわせておいて、他《ほか》のことをたくらんでいるのだ」

静かな口調だが、自信がこもっていた。

「他のこととは何ですか」せきこんで訊《き》き返す間宮に、錦城ははじめて笑顔を見せ、

「おまえも総会屋だ。研究してみることだ」

崩れてきた人の渦が錦城をとり囲んだ。

「何ごともなくて良かったですなあ」「無理して出られた甲斐《かい》があったですね」「扇山一派は手も足も出ないと見える」

気軽く口々に話しかけてくるのは、日頃《ひごろ》、株主総会には顔を見せぬ証券会社筋の連

中が多かった。無事に済んだから良かったものの、もし長びきでもしたら、たちまちこの連中の口から「大洋銀行危うし」と飛んで、株価も一荒れするところであった。

錦城は迷惑そうであったが、それでも、無事終るのは当然という自信を見せて受け応えしていた。総会屋たちが黙礼して行き過ぎ、素人の株主たちは余りにあっけない閉会に、忘れ物でもしたような眼つきで足を運んで行く。

「記念品をまだお受取りにならぬ方は受付に……」切り換ったマイクからは、張りのある男声が、そうした足の重い客たちをせき立てる。

その日、大洋銀行第五十九回定時株主総会では、大株主扇山富朗一派により一波瀾《ひとはらん》起ることが予想されていた。

扇山は映画館、キャバレー、スケート・センターなど一連の興行機関の経営者である。戦前の経歴は知られていない。戦争中、闇《やみ》のトラックを使っての輸送で金をつくると、戦後はまずその金で大洋銀行株を買い進み、大株主としての顔で大銀からの貸《か》出《し》を受けて、興行機関の経営に乗り出した。銀行は株主にさわがれることを臆病《おくびょう》なほど恐れる。その点につけこんでの強引だが頭脳的な資金調達の方法であった。最初三百五十万円、ついで六百万円、八百五十万円と都合三回で合計一千八百万円が貸出された。ところが、第一次融資の返済期限が過ぎ、さらに第二次融資の期限が来ても返済する気配もない。そればかりでなく、なお一千万円の追加貸出を求めてきたのである。「扇山はいったん懐《ふところ》に納めた金は自分の金だと思っている」そうした噂《うわさ》が流れ出した。大銀はあわてた。返済を催告すると同時に、担保の差押えに出ようとした。すると扇山側は逆に大銀に「放漫貸出」ありとして、大銀重役陣の不信任を持ち出してきたのである。自ら「放漫貸出」を受けておきながら、それを理由に大銀そのものを攻撃する態度に出た訳である。すでに扇山は、商法二三七条の規定する百分の三以上の大銀株を所有しており、「経営内容に疑義あり」の理由で臨時株主総会の招集を求めてきた。大銀取締役会はそれを拒否したため、地方裁判所への申立てとなったが、大銀側の顧問弁護士の活躍でその申立ては不許可となり、臨時総会招集は失敗に終った。一月前のことである。だが、たとえ臨時総会での華々しい攻撃は望めなかったとしても、その日の定時総会で扇山側が緊急動議を提出し、大銀側をゆさぶることは当然予想された。大銀大村頭取の依頼を受け、元老格の内藤錦城が病み上りの老体で総会屋の指揮に当ったのも、その予想があったからである——。

間宮はもはや人数の数えられるほど減った会場の人影を一つ一つ眼で洗った。扇山の姿ははじめからなかった。扇山には一度会っただけだが、その強烈な印象は忘れられない。錦城とは対照的に、心もち猫背《ねこぜ》のずんぐりした老人で、顔も浅黒い。頰《ほお》から顎にかけてたるんだ肉が口もとに深い縦皺《たてじわ》をつくり、幅広い顔はそのまま胴につづいている。白眸《しろめ》の多い小さな眼は、鋳込《いこ》んだように動かない。視力が弱く、ほとんど盲人に近いという。扇山はそのためもあって、若い女の肩に手を預けて歩いていた。まだ二十台の、傘下《さんか》のキャバレーから選《え》りすぐったような美しい女である。汚れた黒い和服姿の扇山は、ハイヒールをはいた女の首ほどの背しかない。白い大輪の花にしめった病葉《わくらば》がまといついたような、それでいて花には露払い程度の重さしかないと一目で分るほど、扇山の短軀《たんく》は重い精気に沈んでいた。

扇山が来ていれば、すぐ目につく筈であった。扇山の息子で時々傷害沙汰《ざた》をひきおこす富男、富次郎の兄弟もはじめから姿を見せなかった。総会屋仲間で、いまは扇山側に飼われている泉だけが来ていたのだが、いつの間にか力士上りの巨軀を消していた。いまごろ扇山父子は何をたくらんでいるのであろうか。歩き出した錦城の後に続きながら、間宮は煙硝の匂《にお》いでも嗅《か》ぎ出そうとするように、いく度も総会場をふり返って見た。

二

大銀の総会から帰ると、錦城は悪寒《おかん》に襲われ、そのまま床についた。夕食も二箸《ふたはし》ほど口につけただけであった。

その夜七時過ぎ、錦城は枕《まくら》もとに居た妻のモトに声をかけた。

「大村さんだ、羽織を着せてくれ」

近くの闇で車のとまる音がしたが、それを大村頭取の来訪と感じとった様子である。モトは首をかしげたが、逆らわずに立ち上った。

格子戸《こうしど》が軽い音を立てて開けられたとき、錦城はモトの手を借りて床の上に坐《すわ》り、羽織をつけ終っていた。居合わせた間宮が出てみると、錦城の言葉通り大村頭取であった。総会円了の祝宴帰りか、頬が赤く艶《つや》をおびている。

「今日は全くあんたのおかげだった」

襖《ふすま》を引きながら明るい声をかけたが、錦城の様子につまずくようにして立ち止り

「また悪うなったのか」

「寒気がするようですの」と云うモトに、

「寝なさい。奥さん横にして上げて下さい」

錦城はモトの手を払い、

「一通り話がすんでから、失礼させて頂こう」

なお臥床《がしよう》をすすめようとする先《せん》を制し、錦城は少しかすれた錆《さ》びのある声で話しは

じめた。閉会後、間宮に漏らしたあの話である。頭取の白髪と紅頬《こうきょう》をきわ立たせていた鮮かな光沢が、話につれて次第に薄れて行く。

「扇山が何をたくらんでいるというのだね」

聞き終った頭取は、大きく息を吐きながら云った。

「この男にも研究するように云ってあるんだが」と、錦城は間宮の方を見ようともせずに云ってから、

「臨時総会の招集だ」

「臨時総会ですって」「また臨時総会かい」間宮と頭取は声を重ねて訊き直した。

「臨時総会の招集は失敗に終ったばかりじゃないか」

「この前のときはそうだ、あれは商法二三七条の規定による。ところが、もう一つ臨時総会招集の道はある。そうだな、間宮」

間宮はあいまいに首をふった。

「商法二九四条」と云ってから、錦城は眼をつむり「会社ノ業務ノ執行ニ関シ不正ノ行為又ハ法令若《もしく》ハ定款《ていかん》ニ違反スル重大ナル事実アルコトヲ疑フベキ事由アルトキハ発行済株式ノ総数ノ十分ノ一以上ニ当ル株式ヲ有スル株主ハ、……」

「十分の一以上？」頭取が声をのんだ。

「臨時総会では、正面から現重役不信で来ますぞ」錦城は声を励まし「今日の総会で扇山があばれるという前評判だけで株価が下った。それで、あいつらには十分だったのだ。総会の終る瞬間まで、下っている株を買いまくったにちがいない」

頭取は女のようにふっくらとした手を額に当てた。これまでほとんど狂ったことのない錦城の見透《みとお》しに、何とかして疑点をはさもうと努めている恰好《かっこう》であった。

「株の動きに注意しないといけないですねえ」そう云いながら間宮は間宮で、半盲の扇山老人がうす墨色の霧に包まれて迫ってくるのを感じた。

しばらくして頭取は、すくい上げるように錦城を見て、

「しかし、仮に株が集ったとしても、裁判所の裁定は同じことだろうに……」

「いや、分らぬ」錦城は厚い唇《くちびる》を結び合わせて云い「石田弁護士に一〇〇万ぐらいやっておくことだ」

石田弁護士は先の係争で扇山側を破った、大銀の顧問弁護士である。

「石田君なら、五〇万円謝礼を渡してある」

頭取はせきこんで云った。

「謝礼じゃない、この前の件とは別だ」

「じゃ、なぜ、そんなにやるんだ」

「何でもなく、やっておけ」

錦城の言葉はきびしかった。頭取は視線をそらせ、

「毎月顧問料を八万円ずつ渡してある。その上、どうして、そんな金をやるのだ」

「捨て石だが、生きる石だ」

二人は黙って見合った。

「あなた、おやすみになったら」

モトが横合いから怖々と云った。間宮も言葉を添えた。

錦城と頭取はなお見合っていたが、やがて、どちらからともなく笑い出した。一日中吹《や》いていた木がらしが止んで、妙に静まった空気の中へ老人二人の笑い声がにじんで行った。

ほっとして、その笑い声に耳をあずけようとした間宮は、遠い夜気にこだましてくる別の笑い声を聞いたように思った。咽喉《のど》をつぶし声にならぬほどかすれた笑いである。扇山老人が笑っているようであった。幻聴をふり払おうと、間宮は錦城に強い眼を向けた。悪寒がぶり返してきたのか、笑いとは別に、錦城の体は小刻みにふるえていた。間宮は呼吸をつめた。

モトの手を借り、錦城を横にした。老人二人は六十年来の友人にかえった。漢方薬

商の店舗を改造した薄暗い銀行の帳場、そこで二人ははじめて出会い、利息の日限で喧嘩《けんか》した。銀行員である大村も、呉服屋の番頭である錦城も前垂れをつけていた。錦城はそれから間もなく、上役とも喧嘩し、その喧嘩を取材に来た赤新聞の記者に誘われて、新聞ゴロ、会社ゴロとなり、無職無税の近代的ヤクザとも云うべき多難な生涯《しょうがい》に入って行ったのである。数え切れぬほど投獄もされた。

「病気だけからは早く逃げ出してくれ。暗いところへは何度入ってくれても構わぬが……」と笑って云う頭取に、

「この体じゃ暗いところも入れてくれまい。行くとすれば、本当に暗いところだけだ」

「馬鹿《ばか》を云わずに、十分養生してくれ。あんたの睨《にら》みが、わしにはまだまだ必要なんだ。扇山のような男の居る時世だ。末永く総会を護《まも》ってもらわんと……」

「総会に出る気力はもう無い。今日のをわしの最後の総会にして欲しい」

話の落着いたのを見て、モトは茶を淹《い》れに立った。

頭取はその後姿を見送ると、間宮を眼で押え、口を錦城に近づけて、

「先日美和子さんがうちの福岡出張所へ来られたそうだ」

「美和子が？」錦城は瞬間、枕から頭を離した。「美和子が何か……」と云いかけて

から、間宮を見て語勢を弱めた。かつて間宮と美和子が好意を抱き合い、錦城も二人を娶合《めあ》わせる心算《つもり》で居た。それが東京の女子大に在学中、妻子のある男と恋愛し、妻を離婚させて、その男と結婚してしまったのである。それ以来、錦城とは父娘《おやこ》でありながら義絶同様になっていた。

「また福岡で新たに結婚されたようだな」

美和子はそれほどまでにして結婚した男とも最近になって別れ、今は福岡の開業医と一緒になっていた。頭取は努めてさりげなく云ったのだが、錦城の身にはこたえたようであった。

「どうも済まん」

錦城は誰にともなく頭を下げた。それから、なお気がかりが消せないといった風で、

「何か、無理でも……」

「いや、預金に来られたくらいだから……。あんたの様子を訊《たず》ねて行ったそうな。何と云っても、たった一人の父娘じゃ」

美和子は、錦城が中年過ぎ、美駒という芸者に産ませた子であった。モトとの間に有《も》った一男は戦死し、いまはただ一人の子供である。

錦城は枕に顔を沈めてつぶやいた。「人非人《ひとでなし》め」

「人非人《ひとでなし》とは扇山のような男のことだ。美和子さんは何も……。飽きが来た男とは別れ、好きな男といっしょになる。ただはっきりしてるだけだ。あんたの気象に似ても居《お》ろうが」

とりなすように云う頭取に、

「気象は構わぬ。だが、そのため罪のない子供が淋《さび》しい目に遭っていると思うと……」

錦城は眼を見開いた。天井板に不審なものを見つけたように、その眼はますます大きく開かれて行った。

美和子の話が出ているうち、頭取の顔にはふたたび艶やかな色がよみがえっていた。話が雑談に移ってからも、頭取はいよいよ雄弁に、錦城は体の調子のせいもあって言葉少なになって行った。

だが、頭取が帰ろうとすると、錦城はまた半身を起し、

「くどいようだが念を押しておこう」

強い事務的な口調である。

頭取は苦笑し、その笑いをまぎらすように革表紙の手帳をとり出した。頭取の頭には、無事円了したばかりの定時総会の安堵感《あんどかん》が、やわらかな熱を帯びて戻《もど》ってきているようであった。酔いの残った眼もとに、幼児を揶揄《やゆ》するような光がちらついてい

る。

「買占めに備え、株価の動きに注意すること」

錦城はそうした頭取に目をすえたまま、言葉を選ぶようにして云った。

「石田弁護士に一〇〇万円手当てしておくこと」

手帳を開いただけで、鉛筆を走らせようともしない頭取に「いいね」と念を押し

「顧問弁護士というのは、会社のいろんな資料をにぎっている。その資料の出しよう如何《いかん》では裁判所の判定を変えることもできる。危険な味方だ。分ってるね」

頭取は鷹揚《おうよう》にうなずいた。錦城はその顔から鋭い視線を離さず、

「これを最後の総会にして欲しいのだ」

三

数年前、幽門狭窄《きょうさく》症の手術をしてから、表面の元気さにかかわらず、錦城の体は衰弱を深めていた。もともと綺麗《きれい》好きで、天候によっては日に三度も洋服を変え、ポケットには香水の小壜《こびん》を忘れず、頭髪も毎朝染めて、しのび寄る老醜へ一分も屈しまいと、錦城は気を張っていた。煙草《たばこ》も酒も飲まず、断れぬ酒席では徳利に茶を容《い》れて過ごしたほど、摂生にも気をつけていた。そうした錦城ではあるが、高齢になってか

らの手術はやはり身体にこたえたようで、せきとめられていた老衰が急速に体調を崩して行った。久しぶりに総会に出たことは余計いけなかったようで、悪寒が去ってからも胸の濁音は消えず、発作的に呼吸困難が起った。錦城は三十代の半ばから一年余、あの人斬《ひとき》り事件のため網走《あばしり》の重罪刑務所に入れられており、そのとき胸を患《わずら》った。体調の崩れから、それが再発したようであった。

医者に外出をとめられた錦城は、気分のいい日には三間しかない家の中を腕をふりながら歩き廻《まわ》った。家は坂の中腹にあり、玄関横の応接間の窓からは裸木の梢越《こずえご》しに、坂上にある神明社の拝殿が見えた。雨の日などには乞食《こじき》がときどきうずくまっていた。子供をかかえた乞食の姿を見ると、錦城はきまってモトを呼んで、百円札を持って行かせた。

「早く帰るように云《い》ってやれ」

乞食の方で味をおぼえて、顔を見せる回数を多くしても、錦城は同じ調子でモトに云いつけた。「子供がかわいそうだ」

モトが金を渡して戻ってきても、乞食の姿が見えなくなるまで錦城は窓を離れない。それでいて、しばらく姿を見せないと「病気にでもなってるんじゃないか」と、ことさらに頻繁《ひんぱん》に窓をのぞく錦城であった。

話を中断して窓に寄る錦城を見ているうち、間宮にはこれまで知っていたのとは別の錦城の像が分りかけてきた。錦城の直系の子分格である彼は、錦城が健康の間はいくつかの会社の重役室やホテルのロビーなど、総会屋のたまり場で落合うことが多かった。そこで接触している限りでは、錦城は息苦しいほどのきびしさ、非情さだけを感じさせる存在であった。瞼《まぶた》の傷痕《きずあと》をのぞけば見かけは瀟洒《しょうしゃ》な老紳士なのに、抜き打ちに白刃《はくじん》のような気合いで斬りつけられそうな気配があった。それは官吏侮辱罪からはじまる軽重いくつかの罪刑を越えてきた六十余年の総会屋生活と云う量的な圧力から来るだけでなく、老いてますます研ぎすまされてきた錦城の気魄《きはく》・気質から来るものであった。

間宮の眼《め》に未《いま》だに鮮かなのは、N電力臨時総会の場面である。錦城は、当時N電力会長であり日本の財界での実力者と云われる家永清右衛門を相手どり、重役不信任を要求する臨時総会の招集を請求した。役員賞与が会社純益の百分の一以下であるべきなのに、総利益の百分の一になっている点をついたのである。裁判所を経由せず、会社側がたやすく臨時総会招集の請求に応じたのは、錦城を妥協工作で軟化させ、最悪の場合も東西から集めた御用総会屋群の咆哮《ほうこう》で事もなく討ち取れる自信があったからである。だが錦城は最後まで軟化せず、総会当日、議事妨害の悪罵《あくば》の中で三十分余ふり返りもせず弁じ立て、遂《つい》には素人《しろうと》株主まで同調して、議場は錦城をつつむ拍手に沸き返った。最後に会社側が株式保有数で押し切ろうとすると、錦城はまっすぐ議長席に歩み寄り、隠し持っていた五十万票の白紙委任状の束を議長である家永清右衛門につきつけたのである。会社側はたじろぎ、興奮した株主たちは議長席を占拠した。総会は勝った。だが、その代償は錦城の刑務所入りであった。会社側告発にかかる脅迫罪に問われ、浜松老人刑務所へ一年二カ月の刑期でつながれて行った。妥協を知らぬ錦城の最後の入獄であった。その後、家永と錦城との間には不思議な友情が生れた。妥協や和解ではなく気骨同士が共鳴りして近づき結ばれ合ったという形である。そのことも錦城の声価を決定的にした。

錦城ほどの年輩になると、億以上の資産を蓄《た》めこんだり、息子をフランスへ留学させたりするような総会屋もある中で、錦城は金銭には恬淡《てんたん》であった。顔さえ出せば金になるのに、大洋銀行など馴染《なじ》みの少数の会社以外の株を持とうとはしなかった。透明で息苦しく、もぐりこめそうにもない世界——それが間宮の眼に映る錦城の世界であった。たった一度、ほころびかけたように見えたのは、美和子との間に恋愛が芽生えたときである。気味悪いほど錦城はやさしくなった。だが、美和子の出奔《しゆつぽん》で、そのほころびはたちまち閉ざされてしまった——。

錦城は咳払《せきばら》いして窓を離れた。ソファの背に沿って二、三歩歩きかけたが、ふと思いついたように窓に戻った。乞食の子から離れられぬ様子である。間宮は二本目の煙草に火をつけ、骨の目立つ錦城のうしろ姿を見上げた。モトから聞いた錦城の生い立ちが、そのうしろ姿に重なってくる。「三十以前の主人のことは何も分らないのよ」、それはモトの口ぐせであったが、誇張ではなかった。大阪の三井家の別家に生れたというだけで父の顔を知らず、物覚えがつくようになった頃《ころ》には母とも引き離されて、母方の祖父母の手で育てられた。癇《かん》の強い子で、六歳ぐらいまでは口もきけなかったという。ただそれだけしか分らない。その生い立ちの淋しさは、錦城を伝説の人に高めるのに一役を果し、錦城の性格のきびしさと遠い時間を隔てて、燐光《りんこう》のように映え合っていた。ただ、それはあくまで過去のものであり、遠い極で照応し合っていたに過ぎない。だが眼の前に見る錦城ではちがっていた。渇き切ったその生い立ちに、あたたかな水を注ぎかけようと、それだけにとらわれているような老人の姿である。「人斬り錦之丞《きんのじょう》」も総会屋の元老も実は仮の姿であって、本当の錦城は親子のあたたかさに餓《かつ》えるためにだけ一生を送ってきたのではないかと、そんな残酷な同情さえ湧《わ》いてくる。

「大銀株は動いているかな」

ソファに戻ると錦城は眼を細めたままで云った。

「動きません。売りも買いもないようです」

「おかしいな」

　錦城は首をかしげた。髯《ひげ》もきれいにあたり、相変らず黒く染めた髪には櫛目《くしめ》が通っている。腫《は》れた瞼とかすれ気味の声をのぞけば、病人じみた気配は殺されている。

「銀行株ですから動きの少いことは分りますが」総会当日の明らかに扇山側が買いまくったらしい痙攣《けいれん》状の株価の動きと、それにつづくほとんど水平の推移を思い浮べながら、間宮は口重くつづけた。

「扇山はもう買いに出ないんですかねえ。……それとも、百分の十、すでに買ってしまったのか」

「まだ集めてはいまい。せいぜい九十万か百万株というところだ」

「すると、あと四十万株で百分の十になりますね。扇山が買いに出るとして、売りものが続くでしょうか」

「法人は手離さないだろう。動くとすれば、個人株主のだが、なにしろ小株主が多い。十万単位以上で大きく動くとすれば、東京では家永さんの持株だ」

「家永さん？」沸騰《ふっとう》したN電力臨時総会の情景が目の前にちらつく。

「しかし家永さんは手離すまい」

錦城はきめつけるように云った。家永が大銀株ではほとんど筆頭に位する大株主であることは知っていた。錦城にそう云われてみると、その楽観的な断定が間宮にはかえって不安になった。

「一度わたりをつけておきましょうか」

「それには及ばぬ」

低く腹にこたえる声であった。

間宮は黙った。台所からはモトが老夫婦二人だけの夕餉《ゆうげ》を準備している音が聞えてくる。氷雨《ひさめ》がまた降りはじめたらしく、窓についていた黒ずんだ枯葉が落ち、代っていく筋かの白い雨脚がつたいはじめる。錦城はその気配にふと腰を浮かせそうになって、

「寒くなって株までこごえ出したようだな」

久しぶりに聞く冗談であった。しかし、その冗談の中には乞食の子へのこだわりが感じられて、間宮は笑えなかった。視線を煙草の火に移す。菫色《すみれいろ》の煙が、錦城の顔を二つに裂いて、まっすぐに昇って行く。

「そうだ！」錦城は突然膝《ひざ》を打った。煙がみだれ、間宮は灰を散らした。「行員株が

あやしい」

すぐ大銀へ電話を入れたが、大村頭取も常勤重役も秘書課長も帰ったあとであった。

「大銀は自行の行員に株を持たせている。行員が払込みができない分は、銀行が代りに立替えている。だが行員株を売買するとすれば、場より安いし、それに表面立《おもてだ》たない。扇山はそれをねらって買い廻っているにちがいない」

錦城は一呼吸ずつ休むようにしながら云って、ふと自分の言葉に立ち止り「しかし、誰がそんな知恵をつけたのだ」

「泉でしょうか」

いまは扇山側に買収されている泉も、かつては錦城の子分格の総会屋であった。

「あれは図体《ずうたい》が大きいだけだ。そこまで知恵は廻るまい」

「すると誰が？」

「大体、見当はついている」

「誰でしょうか」問い返す間宮に答えず、錦城はふたたび腕組みすると、

「大変なことになる。……いよいよ臨時総会だ」

四

錦城の不吉な見透《みとお》しは適中した。

扇山一派は行員株四十万株を手に入れ、発行済株式の百分の十、百四十万株を確保すると、大銀経営内容に不正あり、として地方裁判所へ再度、臨時総会招集を申し出たのである。

銀行はあわてた。だが、あわてながらも、先の同様な申立てでは勝訴になったことでもあり、総会招集までには至るまいとの楽観的な見透しをすてなかった。その見透しを持って訪ねてきた大銀秘書課長に錦城は、石田弁護士への手当てを念を押し、できれば扇山側の南弁護士へも適当に手当てしておくよう指示した。石田へは錦城の指示通り百万円手当済みであると答えた秘書課長を「まちがいはなかろうね」と錦城は疑《うたぐ》り深い眼の色で送り出し、残っている間宮に云った。

「今度は負ける、きっと臨時総会まで行く」

「どうしてでしょうか」銀行側と同じ見透しを持っていた間宮は、あわてて訊《き》き返した。錦城は肉食鳥のように瞼のたるんだ眼にあきらめを見せ、

「行員株の買い漁《あさ》りを教えた男——そいつは銀行の内容を知りぬいている。その気に

なれば、いくらでも銀行の弱点を述べ立てることができる」

男の名を問うまでもなかった。間宮はあえぐように「まさか、石田弁護士が……」

「石田には百万円渡してないと、わしはにらんでいる。頭取が来ないで、秘書課長が来たのもそのせいだ。……大村とは六十年越しのつき合いだが、あれも頭取になってみれば、そうは総会屋の云うことばかり聞いておれぬというのだろう」それから、ひとりごとのように「もう一度、総会か……。出ずには居《お》れまい。大村へは美和子の恩もある」

終戦直後の四年間、美和子は大村頭取の東京にある別宅から女子大へ通学していた――。

「総会屋はやはり総会で、か」

錦城は血の気のない口もとを歪《ゆが》めて笑った。寒くかわいた日がつづいて居り、錦城の病勢は進みも衰えもしていなかった。

裁判所からは検査役が出向し、取調べ旬日で裁定が下った。錦城の心配通り、扇山側の勝訴、銀行側の敗北であった。扇山側の主張する臨時総会の招集が、裁判所によって命令された。

「実を云うと、石田君には百万円現金では渡してない」裁定をきいて駈《か》けつけた大村頭取は品の良い白髪を指で梳《す》きながら云った。「以前、石田君の法律事務所増築のとき六十五万円貸出してある。それを差引く意味もあって、三十万円だけ現金をやっておいたのだ」

錦城はいまいましそうに「百万円でも少いと思ったくらいだ……これだけ石田を抱えこむには、扇山の方は二百万は出しているにちがいない」

「二百万？」横に居た間宮は思わず声を立てた。

桁《けた》ちがいのダニである。たしかに総会屋もダニだ。間宮も一匹のダニ。錦城もダニ。貫禄《かんろく》や実力に大小の差はあっても、ひとしく会社の闇《やみ》の血を吸って生きている。どの大企業にも、数匹、数十匹のダニがついている。用といえば、年に二回の総会ですごんだ声をかけるだけ。無職無税のひまな体で、会社の秘書課あたりにとぐろを巻き、帳簿にのらぬ金を食って生きて行く。だが、それ以上に大きなダニが悪質な顧問弁護士や公認会計士なのだ。明るい血だけで満足せず、厖大《ぼうだい》な闇の血を要求する。企業は成長し、ダニもまた成長する。銀行もデパートもメーカーも、白く輝く衣裳《いしょう》の内側は、そうした闇の血を吸う大小のダニにとりつかれている。間宮の眼には、それらのダニの血ぶくれした甲殻《こうかく》が金緑色に光って見えた。

間宮がメモをとり、錦城と頭取とは総会への作戦を立てはじめた。

株主名簿を検討する。法人株主が過半を占めているので、形式上は扇山側の主張――現重役不信任――がそのまま通りそうになく見える。しかし、個人株主もふくめた白紙委任状の取り扱い方と、それをめぐる会場の空気如何《いかん》では、扇山側の主張がそのまま総会を牛耳る危険も強い。総会の空気は水ものであり、水ものだからこそ、総会屋の存在する理由もあったのだ。危険な雲行きを避けるには、扇山側にリードをとらせず、一挙にその発言を封じねばならない。

大村頭取はそれから何度も訪ねてきた。細かい打合せには、常勤重役や秘書課長が足しげくやってくる。勝負が総会の場に移ってみると、もはや銀行では手の打ちようもなく、万事を錦城に委《ゆだ》ねる形となった。

錦城の指示で、間宮は主だった総会屋たちも呼び集めた。「錦城四天王」と呼ばれ、いまは親分格になっている古い四人の大物総会屋をはじめ、うるさ型のもの、顔ききのものなど。新聞記者くずれ、政治屋くずれ、刑事くずれ、ボクサーくずれ、僧侶《そうりょ》くずれ、あるいは僧侶兼職の総会屋まで、さまざまの総会屋たちが入れ代り枕《まくら》もとにやってきた。彼等《かれら》を前にすると、錦城の瞼のなめらかな傷痕《きずあと》が急に光を帯びて見える。

こうして総会屋と呼ばれるものすべてをすくい上げるような態勢が徐々にでき上った。残ったのは、扇山側に買収されている泉ひとりである。

「金で買われた奴《やつ》は、金で買い戻《もど》すより仕方がない」

錦城が話して大銀から二十万の金を出させ、間宮はボクサーくずれの男と連れ立って泉を訪ねて行った。キャバレーSを出てくるところでとらえられた泉は、大きな体をもてあましながら、その金を受取った。錦城はじめ総会屋全部を敵に廻《まわ》す勇気もないようであり、また最近は扇山からあまり纏《まとま》った金をもらっていない様子でもあった。

素人では総会場での発言のチャンスがつかみにくい。呼吸があり、気合いが要る。扇山の強引さがあり、扇山の息子が乱暴者だとしても、どれだけそのチャンスが生かせるであろうか。総会は開いても、実質的には扇山側を無力化させる工作はととのった。

だが錦城は、それだけに満足せず、進んで扇山側を討ちとろうと云い出した。臨時総会で議題が対扇山だけにしぼられているのを幸い、鉾先《ほこさき》を逆転させ、扇山への即時債権回収を動議し、株主総会の決議として、担保差押えの強制執行に銀行を踏み切らせようというのである。

「禍《わざわい》を転じて福と化《な》す、とはこのことだよ」

頭取を見上げ、錦城は声を立てずに笑った。健康であれば、古い友の肩をたたきかねない笑いである。頬《ほお》の肉は削《そ》げ、年齢もあらわになってきたその顔の中で、眼だけが悪戯《いたずら》っぽい精気に濡《ぬ》れていた。

大銀は今度は錦城の指示通りに金を出し、扇山側の南弁護士買収にかかった。百万すてて南の協力で担保内容の詳しいリストができ上った。扇山に圧《お》されて、登記事項も明らかにしないまま担保に入っていたいくつかの物件の内容もたしかめられた。臨時総会での議決がひるがえるや否《いな》や、ただちにそれら担保の全部を差押えできるよう、ひそかに手続きが進められた。

病床をめぐるあわただしい往来のうちに、新しい年がめぐってきた。錦城は数えて七十八歳を迎えた。人の出入りは多くても、肉親と云っては老夫婦二人の淋《さび》しい新春であった。臨時総会は二月五日ときまり、工作は最後の仕上げの段階にかかっていた。錦城はさすがに疲れが出てきた様子で、床から離れることもほとんどなくなり、ときどき思い出したように乞食《こじき》の子のことをモトや間宮にきいたりした。

一月も半ば過ぎになって、初雪を見てからは、暖冬の埋め合せをしようとでもいうように、痛いほどの寒気がつづいた。神明社では土も拝殿のたたきも凍《い》てついて、乞食の姿は見られなくなった。見えなくなると、ふしぎに間宮まで物足りなさを感じた。彼もいつの間にか、乞食の子に金をやらずには通れない惰性がついていた。錦城のように百円やるのは惜しく、十円では気がとがめ、結局、五十円銀貨をやる癖になった。

その日も、用意してきた銀貨をポケットの中でいじりながら、神明社の坂を下りてくると、突然、圧《お》しつめた怒声とガラスの割れる音を聞いた。二つの音を聞くというより、衝撃音に足もとをさらわれた感じである。間宮はそのとき錦城の家めざして坂を下りながらも、眼は神明社の境内に残していた。はっと前を見て、間宮は二度驚いた。ガラス格子《ごうし》をいっぱいに引き、ステッキを構えている錦城の白く張りつめた顔があった。そこを飛び出した一つの人影が坂を駈け上ってくる。間宮の体は反射的にその影に向った。扇山一派、あるいは乱暴者といわれる扇山の息子かと、瞬間思ったが、見きわめる余裕もなかった。顎《あご》をひき、体ごと打ち当ろうとしたとき、その影が叫んだ。

「あら、間宮さんじゃないの」

間宮は自分の足につまずくようにして止った。黒っぽいオーバーをまとった長身なので、男と思いこんでいた。

「しばらく」

女は眼の前をかすめ過ぎ、こわばった笑顔を見せて立ち止った。余りの意外さに、間宮の眼は焦点を失い、その像がつかめない。扇山の連れの女かとも思った。不敵な笑顔だけが大きく迫ってくる。

「お元気？」

美和子であった。錦城ゆずりの鋭い視線を人なつっこい笑いがぼかして行く。間宮はふいに何年も前に引き戻され、見下すように立っている美和子の像にたぐり寄せられそうになった。

「せっかく来たのに、父と云ったら……」

その眼が間宮を通り越し、また、けわしくなった。錦城の家の方から緊迫した空気のかたまりが背を圧してくるのを、間宮も感じていた。

「またね」

美和子はもう一度笑顔を見せると、走るような大股《おおまた》で歩き出した。福岡から来たということも、数年ぶりということも、少しも心をかげらせていない鮮かな立ち去り方であった。間宮は一言も声をかけないまま、取り残された。

二人目の夫の所用について福岡から出てきた美和子は、夫を大阪で下すと、そのまま直行して錦城に会いにやってきた。モトがこっそり錦城の病状を知らせておいたためである。妻子ある男との結婚で錦城を怒らせ、義絶同然になってから六年目であった。その六年間、美和子からは印刷した年賀状や結婚の挨拶状《あいさつじょう》を送ってきただけであった。

錦城は臥《ふせ》っていたが、美和子と聞くと、布団《ふとん》を蹴《け》って起き、玄関の式台に突っ立った。思いつめていたようなその勢いが、喜びではなく怒りから出ていることに気づいて、モトはあわてた。だが、とりなす間もなく、怒声が聞えた。

「おまえは、また他《ほか》の男と……」

「そうよ」美和子はまともに錦城を見返して答えた。

「子供はどうしたんだ」

「上の二人はそのまま残してきたし、健三も置いてきたわ」

「置いてきたって?」錦城は一歩踏み出した。上の二人とは、美和子に追い出された先妻の子であり、健三は美和子が産んだ、錦城にはたったひとりの孫である。だが、錦城はその孫の顔を見たこともない。

「よこさないのよ。健三を残しておけば、いつか、わたしが戻ってくるとでも思ってるのでしょ」

「健三がかわいそうと思わぬのか」額にも、にぎりしめた手にも蒼《あお》い筋が浮き出た。

「それに、今度の主人は商売がらもあって、子供をいやがるの。そこへ連れてきたって、うまくは行かないわよ……。何も子供のために、気に入らぬ生活することないわ」

「ばかっ」錦城は声が続かず、ただ下顎の骨をがくがく鳴らせた。「子供の気持になってみろ」

「親がなければ、子供は勝手に強く生きて行くわ。お父さんだって、ずいぶん強く……」

錦城のはげしい声が遮《さえぎ》った。

「どんな気持だったか、おまえにわかるか」

「あなた。それに美和子も、まあまあ、そんな話は後にして」ようやく口を入れたモトを、二人とも無視した。

「どんなでたらめをしたっていい。だが、子供だけは……」

錦城は急に語調をやわらげ、

「美和子、戻ってやれ、健三や子供のところへ。それとも、せめて健三だけを……」

「寝なさいよ、お父さん。病気なんでしょう」冷たくはじき上げる声であった。「わたし福岡から来たのよ。もう四時。十六時間も乗り続けて来たのに」

「来る必要はない。子供の気持が分らぬおまえなぞ……」

「勝手よ。わたしはわたしの好きなようにしてるのよ」

錦城は式台から滑り下りた。骨太の手が籐《とう》のステッキにかかる。

「帰れ。おまえのような奴は」

「帰るわよ。なによ、子供、子供って。保育園でもやるといいわ。総会屋保育園——きっと威勢のいい鬼のような児《こ》が山と集まるわ」

空気が裂け、ステッキが飛んだ。僅《わず》かなところで逃れた美和子めがけ、錦城はまたステッキを構えた。モトの見たこともない形相であった。他人《ひと》ごとのように遠いものであった「人斬《ひとき》り錦之丞《きんのじよう》」をモトははじめて見た。

二撃目は格子戸のガラスを飛び散らした——。

間宮はまだ口もとがふるえているようなモトから、それを聞いた。「かばえば、わたしも殺されるかと思った」大柄《おおがら》な体をモトは、硬くしていた。

錦城は病床に戻っていた。顔は蒼ざめ、こめかみのあたりに膨らんだ静脈が筋立っている。さすがに呼吸は荒い、何と話しかけてよいのか、間宮はとまどった。

錦城は上向いたまま「家永さんから、わし宛《あて》に大銀株の委任状を送ってきた」抑揚のない静かな声であった。「以前わしに委任状でいじめられたことを覚えていてのことだろう。皮肉な友誼《ゆうぎ》を見せる人だ。だが今度の総会は委任状が物云うところまで行くまい。頭から押えつけてしまうのだ、ところで……」

錦城はゆっくり顔を間宮に向けた。その日の手筈《てはず》の進み工合を聞き取ろうとして。

そのとき、表に足音がみだれた。美和子が舞い戻ってきたのかと、間宮は思わず腰を浮かせた。だがもっと荒く、地団駄《じだんだ》を踏むような音である。それも一人だけでなく、下駄《げた》もまじっている。腹をえぐる音を立て、靴《くつ》が外壁を蹴った。と同時に、

「錦城、手をひけ！」

男の太い声が叫んだ。

「手をひけ！」「大銀に口出しするな！」

声がだぶり、靴を踏み鳴らす音と合わさって部屋の空気をふるわした。扇山一派と、立ち上った間宮に、

「放っておけ。子供のような奴だ」

錦城は笑っていた。

「しかし……」

割れたばかりの玄関のガラス戸が、威嚇《いかく》にふるえて、ぴりぴり割れ目をひろげて行きそうである。モトは声をのんで小さくなっているのか、台所から音一つしない。

「大分、こたえているようだな」

「委任状を集めにかかってるらしいんですが、だめなんでしょう」間宮は笑顔をとり戻した。主だった株主の委任状は、すでに大銀側が集めている。

「それに泉ひとりで不安になったのか、あわてて総会屋の買収にかかってるんです。もちろん、誰も応じやしません」

間宮は、はっきり云い切ったが自信があるわけではなかった。扇山側の金の積み方如何によっては、寝返る総会屋がないとは云えない。「人斬り錦之丞」以来の権威が仮にあるとしても、この病態である。

「みんな云ってます。錦城さんが生きてる間は身売りできぬと」不安を打ち消すように重ねて云ってから、間宮ははっとした。縁起でもないことを、と気がとがめた。砂地に水が消えるように、錦城の体から生気が枯れて行っているのは事実である。この頃《ごろ》は、外出はもとより、家の中を歩くことも医者にとめられている。それでも錦城は、今度の総会だけは自分の眼で見届けると云い張っていた。大村頭取への友誼とか、美和子についての恩義とかもあったが、それは一つの執念にも見えた。ここまで来た総会を、総会屋として捨てられるか、と云った根性が病み衰えた体の中で、歯噛《はが》みしている。

「最後の総会だ。裏切らせはすまい」錦城は低い声に力をこめて云った。いつか眼を閉じており、百人を越す総会屋の顔を瞼の中で一つ一つ洗っているようでもあった。

戸外の音が空へつまみ上げられたように小さくなった。間宮は応接間の窓に寄って見た。神明社の坂を大小三つの影が上って行く。中央の、扇山に似てずんぐりしたのが息子の一人のようであった。左右はいかにもやくざ者らしい怒り肩の長身の男たちであった。肩から前に出る歩き方にもそれが出ていた。

五

臨時総会の前夜、錦城は久しぶりに湯に入った。モトの手を借りて、髪も洗った。総会への手配は終り、総会屋たちの足も途切れて、老夫婦二人の静かな夜になった。風は無く、夕方降った雪の凍《い》てつく音がきこえてきそうな静かさである。錦城は床の上に丹前を着けたまま坐《すわ》り、モトの淹《い》れる茶をのんだ。涸《か》れた咽喉《のど》もとを茶の通る音が、モトの耳にきこえる。頰《ほお》には珍しく光沢がさし、気分も良さそうである。その表情を下からすくい上げるような眼《め》でたしかめて、モトは口を開いた。

「明日はどうしてもお出になりますの」怒鳴りつけられるのを覚悟して、膝《ひざ》においた両掌《りょうて》に力をこめていた。錦城の応《こた》えはない。モトは眼をつむるようにして続けた。

「お出でになったら、その先は責任が持てないと、お医者さまが」

〈今になって何を云《い》う〉と、自分の声がひびいてくる。その声に負けて、

「わたしもお伴《とも》しようかしら」

錦城は、はじめて口をきいた。

「馬鹿《ばか》云うな。総会には株主以外入れない」

おだやかな声であった。

「しかし、病人の付添なら」とモトはすがるように云い、

「今度は特別ですもの。あなたの体のことは皆さんが……」

「病人として総会へ行くんじゃない」

錦城はモトの顔を見ないで云った。静かだが、モトには重い言葉であった。

神明社の裏手あたりを行く下駄の音がきこえてくる。小さく夜気を裂くその音には、凍てた雪の固さがこもっている。モトは火鉢《ひばち》の炭をつぎ足した。赤い火がはじけて、灰の上でしばらく点《とも》っている。夫婦の眼が、その仄《ほの》かな火の上で落ち合った。モトはその姿勢のまま声を励まし、

「あなたは指図なさるだけでしょう。決して発言なさらないで」大荒れが予想される総会。もし錦城が発言するようなことがあれば、そのまま総会の席で斃《たお》れてしまいそうな不安な気がした。

錦城はそれには応えず、

「お茶をくれ」

いつの間にか、錦城の湯呑《ゆのみ》は空になっていた。病気になってからは、好きな茶も二杯とのむことはなかったのにと、モトは明るく返事して、上半身を浮かせた。

錦城は、モトを見上げ、

「乞食の子はどうしたかな」

「ほんとにね。この寒さなのに」

垂れた瞼《まぶた》の中で、錦城の眼は遠くをみつめてかすんでいる。この人は乞食の子と云いながら、孫の健三のことを思っているにちがいない。この人同様に不幸な生い立ちのあの子のことを――。

モトは、しばらく前から思いつめていた事を口に出した。

「美和子の子を引取りましょうか」

「健三を?」

錦城は意外そうな顔でモトを見た。だが、それが、作った表情であることをモトは見抜いていた。

「美和子が再婚してしまったのだから、もう人質の用をなさないでしょう。強引に交渉すれば、先方も手離すと思うわ。美和子に代《な》って、わたしがお母さん役を……」

「しかし」錦城は言葉を濁す。美和子とは生さぬ仲であるモトへの遠慮があると見て、

モトは浮々した声で、

「わたしだって孫が居れば、毎日張り合いがあるわ。それに、あなただって……」

美和子か、少なくとも健三でも居れば、夫もこれほどまで総会一途《いちず》に思いつめはしまいとの気持であった。

「健三のことは云うな」

錦城はそれだけ云うと、腕組みしたまま眼を閉じた。

「もう云いません」錦城の気心を知って、モトはすなおに答えた。孫のことはともかく、錦城に自重させなくてはと、そのことだけで頭が動いて行く。

「明日無理をなさらないでね。そして、早く元気をとり戻して」

「…………」

「春もすぐですわ。春になったら、浜松の桜を見に行きましょう」

「浜松の？」錦城はいぶかしそうにモトを見返した。

「浜松よ。老人刑務所へ最初の面会に行ったとき、刑務所近くの小さな川の堤に桜が咲いていたわ。黒い田んぼの中の、花見に来る人などない堤なのよ。わたし、桜の木の数を数えるようにして、あの堤を歩いて行ったわ」

モトは、そのときのカランとした心をいとおしむように云った。あれは美和子が妻子のある男とでき、錦城には初孫に当る健三を産んで間もない頃《ころ》であった。美和子の振舞に腹立っていた錦城も、健三が生れてからは、モトの名で玩具《おもちゃ》などを送らせたりしていた。刑務所内の金網を隔てた面会所で、錦城が先《ま》ず訊《き》くのが、初孫の様子であった。美和子からは品物を受取ったという電文のような葉書が来るだけだったが、モトは戦死した子供の赤ん坊時代を思い出しては話をつくった。七十を越した体を案じて、一年二カ月の刑期が四年にも五年にも感じられた。三月置きに面会許可の通知が来る度に、モトは健三の話をこしらえては出かけた。夏には裸の子供たちが泳いでいた川に氷が張り、やがて、二度目の桜が咲いた。その堤の道を歩きながら、何という因果な夫なのかと幾度か思った。相手は家永老。いくらでも妥協の機会があったのに、七十を越した身で入獄覚悟で闘うなんて――。

モトは、恐しい夢をたしかめるように、錦城の背後にある押入れの襖《ふすま》を見た。そこには、錦城が家永を攻撃して配布しようとしたビラが匿《かく》されていた。文面から脅迫罪の物的証拠になるというので、あわてて燃したのだが、たった一枚、押入れの隅《すみ》に皺《しわ》くちゃになって残っていた。刑事にみつけられたそのビラが、一年二カ月の罪を決めた訳でもないのに、モトにはその一枚に呪《のろ》いがこもっていたように思われてならない。誰の呪いかはわからない。ただ一人、錦城に斬《き》られた男の呪いだけはたしかなのだが。

モトは若い頃は刑事の踏み込みには馴《な》れていた。だが、七十を越してまで、そうした目に遭おうとは思わなかった。元老と云われる風格が備わってからも、まだ入獄覚悟で暴れる気があったのかと、歳《とし》とともに端正に静まった錦城の顔に、モト自身裏切られた気がした。

二杯目の茶をゆっくりのみ干すと、錦城はモトの心を見透かしたように、

「お前には苦労をかけた。だが、もう老人刑務所へ入ることもあるまい」

錦城の笑顔は、モトの眼いっぱいににじんできた。

モトも熱くなった眼に力をこめて、笑顔をつくる。その顔に向い錦城は、

「もう一度、入ってみたいものだが」

冗談とは云い切れぬ語調であった。

「また、そんなことを」

大仰に気色《けしき》ばむモトに、錦城は笑ったまま、

「弱ったことに、おれには総会以外に生き甲斐《がい》がない。生れたときから、そうきまってたんだ」

「………」

「孫はおれのようにしたくない。それなのに、美和子の奴《やつ》は」

錦城は、血の気のない唇《くちびる》を噛《か》んだ。烈《はげ》しいステッキの音が、モトの耳によみがえってくる。

六

二月五日、その日の総会の出席者は五百名に近かった。株主総会にそれだけの人が集まるのを間宮ははじめて見た。人出を予想した会場にはとくにMホテルのホールが借り切ってあったのだが、それでも補助椅子《いす》を運びこまねばならなかった。すでに開会前、煙草《たばこ》の煙がホールいっぱいにこもっていた。参会者たちがやがて起ろうとする事態に興奮し、むやみと煙草をふかしているためであった。

会場の最前部二列は、錦城の差金《さしがね》で早くから来た総会屋たちで占められていた。扇山父子はその後、三列目に居る。相変らず墨色の着物をつけた幅広い肩。めりこんだ猪首《いくび》。まわりの者が耳うちしても、その首は動かない。扇山の横には純白のコートをまとった美しいいなで肩があった。総会に来る以上は、その女にもいく株、あるいは、いく万株かの大銀株を持たせてあるのだろう。両脇《りょうわき》に控えた扇山の息子二人は戦意をもてあますように入れ代り首を廻《まわ》しては、場内を見廻している。その後のいく列かの人影も、やはり落着きなく動いているのは、総会の場数を踏んでいないことを物語っていた。扇山が狩り集め、あるいは新たに株を持たせた連中のようである。見廻す眼《め》つきは鋭い。だが、どこか、こわばりを見せている。

ゆれる人波のまん中に泉の大きな体があった。秋草の穂の中の巌《いわお》のように動かない。ただ、その動きのないのは扇山老人の場合とはちがっていた。背後の錦城の視線に射すくめられて、動こうにも動けないのだ。幕下三枚目まで行ったという体の肩から首のあたりがときどきふるえ、ピンでとめられた熊蟬《くまぜみ》を思わせる。

錦城の指揮する総会屋は、そうした百人近い扇山派の一群の両翼にうすく並び、さらに、その背後に錦城を中心に分厚くいく列かの席を占めている。つまり、最前部の二列と合わせると、扇山一派を完全に封じこめる形に陣取っているのだが、服装も年輩もまちまちなので、それとは気取られない。

会場の後半分には好奇心に駆られた素人《しろうと》株主や、証券会社筋から偵察《ていさつ》に来た連中が溢《あふ》れていた。浮気で、それだけに危険な動きをする連中である。錦城がいつも最後部に陣取るのは、こうした動きへの監視の意味もあった。話声や煙草の輪が、そこではいちだんと乱れて渦《うず》まいている。

藤色《ふじいろ》の煙の幕を透かし、会場全体を見比べてみると、錦城をかこんだ中央の部分が気ぬけしたようにおだやかであった。それはただ場馴れしたおだやかさだけでなく、錦城の病軀《びょうく》へのいたわりが無言の垣《かき》をつくっているようでもあった。錦城はその日は黒く髪を染め、背筋を伸ばした長身をダアク・グレイの背広につつんでいる。離れて見る眼には、病身を感じさせない隙《すき》のない姿勢であった。毛布に包まれ、横抱きされるようにして車に乗せられたときとは、別人のように変っていた。

定刻十時、議長大村頭取がさすがにこわばった顔つきで登場した。臨時総会招集の経緯を事務的に述べ、「法の定めるところに従って、招集請求の株主の方から御提案をうかがいたいと思います」と結んだ。

場内は静まった。すべての参会者が期待に息をつめる。充溢《じゅういつ》したその静けさの裾《すそ》をめくるように、衣擦《きぬず》れの音がきこえた。半盲の扇山を扶《たす》け起そうと、純白のコートの女が斜めに腰を浮かせたのである。そのとき、斬りつけるような声が、会場を二つに裂いて走った。

「議長、緊急動議！」錦城であった。すっくと立ち、議長席をにらみすえている。

「本件についての利害関係者に議決権があるかどうか伺いたい」頭取はその問いを吟味するように、一度は眼を伏せたが、すぐ顔を立て直し、

「議決権なきものと了解します」

慎重そうに、だが、はっきりした語調で答えた。

「しからば本件の招集請求者である扇山氏に議決権なきものと解してよろしいな」

問いでありながら、断定的な云い方であった。頭取がうなずく。扇山のまわりがざわめき立った。が、それより早く、

「扇山に議決権などないぞ！」

「扇山こそ張本人だ」

どっと後ろの席から弥次《やじ》が襲った。気合いをそろえた声である。思いがけぬ展開に、扇山側では弥次り返そうにも言葉が見当らず、いく人かがはじかれたように立ち上り、血走った眼を弥次の方向に向けた。

「そうすると……」錦城が話し出すと弥次はとまった。

「議決権のない扇山氏からいろいろ伺っても、大した意味はないことになる」

「そんな馬鹿なことがあるか」

「委任状だってあるぞ」

扇山側から二つの声が鋭く弥次り返した。

錦城ははじめて視線をその方向に落した。態度も変った。やわらかく、さぐるような眼差《まなざし》である。

「扇山氏側の委任状数が少数なことは調べるまでもない」

乾ききった口もとを強いてほころばせて云う。

扇山側は沈黙した。委任状数ではかなわぬことを誰もが知っているようであった。短い沈黙を破ったのは泉であった。椅子をきしませ大きな体で立ち上った。

「少数株主を保護せよ！　少数株主の保護規定を知らぬか」

体にふさわしく、ホールの隅《すみ》までしみ渡る声であった。まわりで拍手が起った。まとまらぬ拍手の中で、泉は体を廻《し》し、大きな眼をむくようにして錦城を見た。まばらな拍手が続く。だが、泉のそれは一つのポーズであった。発言そのものも、結局は錦城の次の発言を誘い出すためなのだが、扇山たちは気づかない。扇山側の緊張が僅《わず》かにゆるんだ。そこへ錦城の声が響いて行く。

「保護と云われたが、保護すべきなのは、むしろ銀行そのものである。株主はともかく大衆預金者のためにもまず銀行を保護すべきである」一語一語しまり、やがて鋼《はがね》でも打ち出されてくるような、ひるみのない声になって「銀行を危くしているものは何か！」

はじくように弥次が答えた。

「不良債権だ」

「焦《こ》げつきだ」

弥次はホールをはずんで、最前列に返った。刑事くずれの総会屋が立つ。彼はゆっくり場内を見廻すと、

「議長。株主の声だ。未回収債権のリストを明らかにされたい」斜め後から僧侶《そうりょ》くずれが続いた。

「いますぐ発表すべきだ」その声の終らぬ中《うち》に、営業部長兼務重役がマイクの前に立っていた。間を置かず、気合いだけではずんで行くような進め方である。

「扇山産業一千八百万円、中部実業五百五十万円、東海綿業……」

「扇山こそ大銀を危くしてるじゃないか」刑事くずれが、マイクにこだまするような甲高《かんだか》い声で叫んだ。

「この野郎！」背後から怒声が襲いかかり、それをきっかけに後をふり向いた最前部二列の総会屋と扇山側はつかみ合わんばかりになった。

しかし人数はほとんど同数でも、その布陣や気合いの合わせ方のため、かき乱されているのは扇山側であった。

「扇山をやっつけろ」と右翼から声が飛んだかと思うと、左の後から、「扇山帰れ！」と叫ぶ。その声のする度に、扇山側はみだれた。

その怒号のわずかな間隙《かんげき》をつかんで、再び錦城が叫んだ。

「議長、動議する。不良債権者の担保を即刻差押えるべし」

「そうだ！」「差押えだ！」弥次がこだまし、拍手が起った。最前部から、右から、左から、後から、厚みを増し勢いをたかめながら、拍手の渦はホールに充《み》ち溢れた。

「銀行、強気になれ！」「がんばれ！」

そんな弥次をまじえながら、拍手は二、三分間鳴りやまず続いた。

たまりかねた扇山側から数人が椅子を飛び越えるように議壇へ駈《か》け向った。泉の巨《きょ》軀《く》もひきずられるように動き出す。

間宮ははっとした。そこまでは、ほとんど錦城の筋書通りの勝利だった。だが最後は暴力かと思わず錦城を見た。

「人斬《ひとき》り錦之丞《きんのじょう》」とどこからか声がきこえてくる。錦城の顔は蒼白《そうはく》であった。背広の胸が荒く波打ち呼吸する度に笛をふくませたように咽喉《のど》が鳴る。病気に勝てないのだ。

マイクから流れてきたのは大村頭取の声であった。ふるえてはいるが、明快に「議事終了とみとめ閉会を宣し、」そこで、スイッチが切られた。拍手が再び湧《わ》いた。頭取の思いがけぬすばやい処置に、間宮もはげしく手を拍《う》った。錦城の気合いに、頭取まで変ってしまったのだと思った。

拍手の渦、背後の方では立ちはじめている靴音《くつおと》に、議壇を占領した扇山側の声は聞きとれなかった。

百人近い扇山の人数は総立ちであった。「議題がちがうぞ」「インチキだ」と、あてもなく叫び立っている。事態がどうなったのか、まだ正確にはつかめてない様子である。ただ扇山老人だけが腰を下していた。扇山の女がきわだって白い横顔を見せ、かがみこんでいる。

「いま何時だ」

錦城の嗄《しわが》れた声に間宮はあわてて眼を戻《もど》した。総会が永びくと、時間を訊《き》くのが錦城の癖であった。総会の出来不出来はたしかに時間の長さであらわされるのだ。

「十時十八分。十八分かかりました」

「逆転させたにしては、まず成功だった」

錦城は大きく呼吸をした。咽喉がひゅいっと音を立てた。

その夜おそく、一枚だけガラスを入れ代えた玄関の格子戸《こうしど》が音もなく引かれる気配に、間宮が思わず身構えると、泉であった。

「来なかったかい?」眼におびえがこもっている。

「ひどいやられ方だ。総会だけでなく、こんなにやられようとは……。一日でばたばた差押えられた。扇山の息子たちは、いきり立って鳶口《とびぐち》をつかんで駈け出して行った。

若い者といっしょだ。てっきり、こっちかと思ったが」とまだ中の気配をうかがっている。

「こちらに来やしない。南弁護士の方だろう」

「そうか、弁護士か。裏切りやがったからな。あいつが裏切らにゃ、こうまで手ぎわよく差押えられる筈《はず》はないんだ」

「万事は金さ、おまえだって、そうじゃないか」

泉は頭を搔《か》いた。この男の買い戻し代をふくめ、百人を越す総会屋たちへの祝儀《しゅうぎ》は百万円を越した。その上に顧問弁護士たち——石田と南の二人には、毎月数万の顧問料の他に百万、二百万の金が双方から出されている。一つの総会をめぐって、全部でどれだけの金が動いたことであろう。すべて帳簿に載らぬ闇《やみ》の金である。

「錦城さんもずいぶん貰《もら》ったろうな」

ずるそうに眼を細めて云う泉に、間宮は声を荒立てた。

「馬鹿云え。もらっちゃ居らん」

体を張ってやったのだから、医療費ぐらい貰いましょう、と笑って云うだけで、錦城は別に自分の祝儀を要求しようとしなかった。

「わからんなあ。年寄りという奴は」

泉は嘆声をあげた。

「錦城さんもそうだが、扇山老もわからん。帰ってからおれに向って何と云ったと思う。『負けては居らん』と、ただそれだけだ。まるでおれの裏切りを見抜いていたような声で云うんだ。さすがに足がふるえたよ……。これだけひどくやられながら、まだ銀行にくいつくつもりらしい」

「どうして？」

「おれにはわからん。あのじいさんは、はじめは金をとりこむ一念だった。それが、いつの間にか銀行をゆすぶろうなどと考え出してきた。勝つあてなどないから、金にはならんのになあ」風が出たのか格子戸が鳴った。一枚だけとり代えたガラスが、電灯の光にそこだけ明るく光を返している。美和子を打とうと、錦城のステッキがたたき割ったあとである。あの日は間宮も居なかった。多少の行きがかりはあったにせよ、ただひとりの子、はるばる訪ねて来た子と親子らしい時間を持つのに何の気がねも思わくもいらなかった筈である。なぜ、あれほどむきになってたたき出したのか、打ち殺さんばかりに追い出したのか、間宮にはわからなかった。推測はできても理解できそうにない撓《たわ》みのない一徹さであった。

「年寄りはわからん」今度は間宮が溜息《ためいき》をついた。帰ってからの錦城には医者がつきっ切りであった。そうまでして総会にと、間宮にはそのことへの嘆声もあった。

七

錦城の病勢は階段をいく段かずり落ちるように悪化して行った。

呼吸器の無理が心臓を弱め、脈にもときどき結滞があらわれた。総会に出席したことで責任を解除されたとでもいうように、医者は顔も曇らせず、あとは日数の問題です、呼ぶべき人は呼んだ方が、と云《い》った。モトは美和子に電報を打ち、さらに速達で病状を書き送り、先日の詫《わ》びもこめて、すぐ来てくれるように書き送った。

福岡から直行して来る列車は早朝に二本、夕方一本ある。その時刻が来るたびに、モトは戸外の靴音《くつおと》に耳をすました。

電報を打って三日目の夕方、やわらかな足音がとまると、「ごめんください」、女の声がした。

そのとき、少し気分の良かった錦城は、横になった体をモトに拭《ふ》かせていた。髪も白く戻《もど》った錦城の唯一《ゆいいつ》の身だしなみが、体を拭かせることであった。癇性《かんしょう》なほど、それを催促した。

玄関の声にモトと、その場に居合せた間宮は同時に腰を浮かせた。足音は靴らしくなかったのに、その時刻から二人は美和子と思いこんだ。

「ごめんください」と、もう一度艶《つや》やかな声がかかって戸を開いた。

間宮が出てみると、せまい玄関いっぱいに色彩が重なっていた。華やかな金朱の訪問着の小柄《こがら》な娘と、色紋付の年増《としま》の二人連れであった。白く塗った娘の顔は、頰《ほお》だけが紅《あか》く上気していた。二人とも磨《みが》きこんだような肌《はだ》である。

「奥さん、お久しぶり」いつの間にか後に立っていたモトに向って、年増が顔いっぱい笑いをつくった。「おひろめに上りました。さよ、と申します」

その声といっしょに娘も頭を下げた。花笄《はなこうがい》がゆれ、「どうぞよろしく」

「錦城先生は？」という声に、モトは、はあと高い声を立て、引き返した。

「縁起ものだ。病気と云うな」錦城はそれだけ云うと、細めた眼《め》でモトをせき立てた。

祝儀を持って玄関に戻り、「いま来客中なので……」

艶っぽい色と匂《にお》いを玄関に残して、女達は帰って行った。

「おまえたち、ひどくあわてたじゃないか」錦城が低い声で云った。

「ええ。美和子かと思って」

「美和子？」

「九州からだと、ちょうどいま着く時刻なんですの。夕方の四時、それに朝の五時と

「七時半の三本ですから」

「四時か」錦城はうなずいてから、ふっと顔を立て直し「呼ぶんじゃないぞ、美和子を」そのまま背を向けた。

モトは黙って拭《ぬぐ》いにかかった。白く色を失った錦城の背。いくつかの灸《きゆう》のあとが見えた。肩のつけ根にゴム・バンドほどの大きなのが二つ。そのまわりにも、星を散らしたようなあとがある。

癇が強くて六つまで物が云えず、お灸ばかりすえられてと、いつかモトから聞いた錦城の暗い生い立ちを、その背がもう一度語りかけてくる。

拭い終って、ふとんをかけるときには、錦城はもう寝息を立てていた。「ジュリスト」や「法律時報」など積まれていた雑誌類も片づけられて、枕《まくら》もとは淋《さび》しい広さを見せている。

応接間に戻ると、モトは顔を近づけ、

「あのひときれいでしょ」間宮がうなずくのも待たず「若い妓《こ》も前髪をおろして若衆のようにかわいいけど、年増の方、沢代さんもいい顔でしょ」

娘に気をとられていて、間宮ははっきり年増の顔を思い浮べることができない。その間宮を、モトの声がさらに驚かせた。

「あの人も主人にかわいがられたの。関係があったのよ。……主人と関係のあったのは、みんな、きれいな女ばかり」眼を輝かせ、うたうように云う。「美和子を産んだ美駒さんだって、郡上小町《ぐじょうこまち》といわれたほど、いい芸者だったわ」

間宮は返事のしようもなく、小麦色のモトの顔をみつめた。眼もとが上気している。「でも、籍を入れたのは、わたしひとり、わたしが最初に子供を産んだものね」

モトは照れくさそうに笑った。きれいな女たちを見返したという自慢よりも、わたしのような者が横滑りにゴール・インして悪かったわ、と、そんな風に云っている笑顔である。

「主人は女好きだったわ。それも芸者さんばかり。キャバレーの女は大きらい。客のものを喰《く》いあさる女なぞ、あさましい限りだと云うの」モト自身の好みが重なっているように、力がこもっていた。

間宮はモトを見返した。錦城とは二廻《ふたまわ》り以上もちがって、まだ五十を出たところである。化粧のあとはないが目立たず手入れしているのだろう、陽灼《ひや》けした肌にしみも弛《ゆる》みもなかった。洗いざらした木綿地を見るような感じである。このモトを伴侶《はんりょ》に選んだ錦城の心もわかるような気がした。彼女が思いこんでいるように、ただ子供を産んだということだけではあるまい。

錦城が小さく咳《せき》をした。モトはいそいで立ち上り「とうとう今日も美和子は来なかったのねえ」と、それまでの興奮した口調をとりつくろうように云った。

冷えこむ夜気を散らし、煙草《たばこ》に火をつけると、間宮はモトが無邪気に落して云った言葉をひろい上げてみる。〈関係のあったのは、みんなきれいな女ばかり〉〈いい芸者〉〈キャバレーの女は大きらい……〉

闇《やみ》の中に白いコートをふかぶかとまとった扇山の女が浮んできた。ずんぐり半盲の身をあずける扇山老人――そこには錦城とはあまりに対照的な脂《あぶら》と脂のつながりがあるようにも思えた。徹底的な差押えを受けながら、まだ負けては居ないと云う扇山老人の粘液が、夜気の中を匂いを立てて伝わってくる気がした。

毎日、五時・七時半・四時と三度、モトたちが心をさわがすだけで、美和子は遂《つい》にあらわれなかった。手紙も来ず、そこに一徹な美和子の答を見るより仕方がなかった。錦城も美和子のことは二度と口にせず、その名を聞くこともいやがった。

臨時総会から十日目、二月十四日の午後おそく、錦城は危篤《きとく》に陥った。その朝まで張りつめていた意識もときどき薄れ、口を横に動かすだけで声も聞きとれなくなった。

大銀からは電話で何度も容態を訊《たず》ねてきた。それは錦城の臨終ぎりぎりまで待って見た上で出かけて来ようとでもいうようで間宮を腹立たせた。差押えは完全に終った筈《はず》なのに、その報告は来て居《お》らず、大村頭取も総会以来一度しかやって来ない。

午後九時すぎ、錦城は焦点を失った眼を見開くと、何かしきりに話そうとした。白っぽい唇《くちびる》がふるえる。話の内容を推し量って、モトが大声で云ってみるのだが、錦城は弱く首をふるだけで、その伝わらないことがいかにも口惜しそうである。「字で書かせてみたら」との付添の看護婦の言葉に、4Bの鉛筆をにぎらせ、下敷を当てた半紙をふとんの上にかざした。モトと間宮の二人が手を添え、錦城の鉛筆が動き出した。「い」「ま」名刺ほどの大きさの乱れた字が書かれる。それにつれて紙を動かす。「な」「ん」「じ」

枕もとの人たちは、いっせいに声を立てた。「九時十二分!」大声で時間が告げられ、錦城から見える位置に柱時計がかけられた。だが錦城の眼は二度とその時計を仰ぐことなく閉じられた。時計をめぐってあわただしくさわぎ立っているうちに、錦城は息をひきとっていた。

「美和子の来る時間が気がかりだったのねえ。汽車の着く時間が……」モトは声を立てて泣いた。

しかし「いま何時」とは総会がながびくとき、いつも錦城が訊《き》く問でもあった。総会の経過時間――総会屋にとって、それほど気にかかることはないのだ。

「いまなんじ」と訊いた錦城の最後の意識が、どちらの時間を気にかけていたのか、もはや知るすべもなかった。

それぞれの思いにゆられている人々の中で、看護婦だけが事務的に事を運んでいた。半分ほど閉じて動かなくなった右瞼《みぎまぶた》を指先でもんで閉じて行く。しなやかな指のかげから、うす紅色の刀創《かたなきず》が、そこだけ生きてでもいるように滑らかに光りながらあらわれ、錦城の瞼は完全に閉じ合わされた。

（「別冊文藝春秋」昭和三十三年十月）

輸出

一

ウォレス・アベニューのアパートで寝入ったところを、電話のベルにたたき起された。沖《おき》が出ると、日本からの国際電話である。聞き馴《な》れぬ声と思えば、人事課長であった。

「え、人事課長ですか」

沖は思わず訊《き》き返した。頰《ほお》がこわばる。沖の背後では、寝たまま耳だけ澄ましていたらしい笹上《ささがみ》があわてて上半身を起す気配がした。

「おれにか？　代ろうか」

だが、電話の声は話しつづけていた。一秒いくらとまで計算できる国際電話では、用件さえ通じればよかった。

通話の間中《あいだじゆう》、笹上は度の強い近眼鏡も灼《や》け落ちるかと思われる視線で沖を見つめ、表情や声の調子から通話の内容を読みとろうとしていた。

「どうだ、転勤か、帰国か」

受話器を下すのと同時に、笹上が叫んだ。その眼《め》に燃える烈《はげ》しい期待と懸念とを、沖は一瞬だったが冷静に眺《なが》めた。こめかみから頰にかけて褐色《かつしよく》のしみの出ている小さな顔が、目に見えてひきつっている。沖よりも九年先輩、二人の子の父であり、四十近いこの人は、まるで子供のように帰りたい一念なのだ。沖はゆっくり首を横に振った。

「いや。ぼくはエジプトあたりへ飛ばされるのではないかと、ぎくっとしましたよ、なにしろ不成績ですからね」

「いったい、何なんだ」

笹上は苛立《いらだ》った。自分の指先を眺めながら、小声で話すくせの笹上にしては、異例の逆上ぶりである。

「小久保を知らないかというんです」

「小久保？」

拍子抜けした声。

「そうです。うちのカラカス駐在の。もう二カ月近く連絡がないというんです」

「どうして」

「それが分らないんです。だから、二、三日後、欧米視察の岸田営業部長が行くから、部長と打合せの上、カラカスまで飛んで調べるようにと云《い》うことです。できれば笹上さんが」

「ぼくが?」

マントルピースの方を向いていた笹上が、驚いてふり返った。マントルピースの上には、二つの写真立てが置かれていた。一つは夫妻で三つ位の幼児と赤ん坊を一人ずつ膝《ひざ》にのせた写真、他の一つは、奥さんが幼稚園帽をかむった坊やと、三つ位の女の児《こ》の手をひいた写真である。

そのとき、また電話のベルが鳴った。笹上が取った。女の声。

「ああ、きみ」

笹上は、はじくように電話器を沖に差出した。

ダウン・タウンにあるホテル・オリエントのミチからである。

「どうして来なかったの。商社の人たち、みんな見えてるのよ」

とっさに沖は応《こた》えられなかった。ロスアンゼルス駐在の各商社員たちが親睦《しんぼく》会をやっているのだ。以前は出ていたのだが、この頃《ごろ》では案内も来ない。またしても、という感じがした。

「ちょっと、いそがしいし、それに連中とはこの頃そりが合わないんでねえ」

「そう? それだからなのね。何だか、さかんに沖さんの会社の悪口言ってたわ。いんちきだ、泥棒《どろぼう》根性だ、三流商社のやりそうなことだって」

「三流商社か」

「あまり癪《しやく》にさわったから云ってやったわ。インチキをやれるのが一流商社、それをまねするのが二流商社、インチキもやれないでいるのが三流商社だって」

「それで、みんなは」

「しーんとしたわよ、気持のいいくらい。それから、わたしをにらみつけて、誰《だれ》の入れ知恵だって。フフ……真理は、真理よって云ってやった」

ミチは上きげんのようであった。沖は眼をとじるようにして、その明るい声の流れをきいた。

電話が終ると、笹上がふきげんに、

「なんだい、三流だの、一流だのと云うのは」

「岸田部長の持論ですよ。まず法律を破るのが一流商社云々《うんぬん》という」

笹上は興味なさそうだった。一服、煙草《たばこ》の輪をつくり、いかにも思い出したという口ぶりで、

「そう云えば、小久保は一流商社中の一流社員という訳か」

「まあ、そうですね。調整最低価格《チエック・プライス》破りの第一人者ですから」

小久保は、最近のミシン売込競争では、各地に出ている駐在員中、トップの成績を

あげていた。尋常な手段ではない。バイヤーに渡りをつけ、実質的な調整最低価格《チエック・プライス》破りをしてである。それは会社から秘密に指令されていた。日本の各輸出商社は、ミシンの対米輸出競争の激化が、ダンピングになることを恐れ、一台二十五ドルの調整最低価格を協定していた。それ以下には売らぬという申し合せである。だが東洋物産では、表面上、二十五ドルの信用状《エル・シー》を開設させ、それで代金を決済しておきながら、後で半ドルずつバイヤーに割り戻し《リベート》して実際は二十四ドル五十セントで売ることにしていた。リベートにあてるドル貨は、補修用品《スペア》として無為替（無料）で送れる分を売却して当てることにしてあった。このためトーヨー・ミシンは各地で売行きが伸び、とりわけ小久保のいるカラカスでの伸びがいちじるしかった。駐在員たちの成績一覧表然と送られてくる月次報告《マンスリー・レポート》を見ると、小久保一人で、笹上と沖の二人いるロスアンゼルスの倍近く売り上げていた。

「どうしたのか見当もつきませんね。部長から多少の手がかりは得られるでしょうが、それにしても、行って見なくちゃならんのでしょう」

笹上は答えず、腕ぐみしたまま目をとじた。電気スタンドの笠《シエード》がその上に深いかげをつくり出す。短く、二笛、自動車のクラクションが聞えた。

「たのむ。沖君、きみ行ってくれないか」

「ぼくがですか」

「助けると思って……おれは行きたくないんだ」

ひびの走った漆喰《しっくい》の天井を見上げ、嘆願するような声であった。

「部長との話し合いがどうなるか知らぬが、とにかく、おれは身体《からだ》のぐあいが悪いことにしておいてくれ」

カラカスに行けば、それをきっかけに、カラカス駐在にされるかも知れぬ――そうした不安が、笹上の心を包んでいるようであった。ロスに来て四年、さらにカラカスへたらい廻《まわ》しされたのでは……沖はすなおに笹上の不安を理解した。

「ぼくでよければ、行きましょう」

ちょうど二年前、母を失い、待つ肉親もない沖であった。

「行ってくれるか、たのむ、たのむよ」

笹上は頭を下げた。櫛《くし》を入れてない髪には白毛《しらが》ともほこりともつかぬ白いものがもつれていた。沈黙が続いた。だが、二人とも寝入ったわけではなかった。しばらくして笹上が、明るさを装った声で、

「そう云えば、きみも一流社員だったね」

傷口をゆすられまいと沖は口をとじた。天井を向いている笹上にはそうした表情が

分らないらしく、

「入れられたのは天満署《てんましょ》だったか……」

「水上署《すいじょうしょ》です」

短く答えた。

「部長をかばって、きみ一人で背負いこんだというじゃないか」

慰めるように語りかけてくる笹上に、沖は背を向けた。思い出すのもいやであった。

二

二日後、岸田営業部長がロスアンゼルスに着いた。その日は沖の母の命日にあたる日であり、不思議な因縁《いんねん》を感じて沖の心はこわばった。

朝、トランクの中にそれだけしまってあった母の写真を出し、マントルピースの上に笹上の家族の写真から少し離して置いた。コップ一杯の水を供え、その姿勢のままで、しばらく見つめていた。お母さんあなたを殺した部長が来ます——そう声に出して云いたい気持である。

二年半ほど前、沖は当時繊維課長だった岸田に、原毛六十四番手の無為替輸入を命ぜられた。ギフトの形をとりながら、実際は闇《やみ》ドルで原毛を入手しようというのである。沖は部長の指示通りに動いた。罪悪感はなかったが、功名心に燃えてした訳でもなかった。上役の命令には背けないという追いこまれた気持だけで動いた。指示以上にも、指示以下にでもなく、正しく指示通りに動いたのであった。そのことがまた沖の悔いにもなった。あの時小久保のように進んでとり組んで行ったならば、それとも、はっきりサボタージュしたならば、気持としてはもっと救われているように思えた。ようやく成績が上りはじめたところで、大阪水上署に検挙された。外国為替管理法および関税法違反容疑である。上役の責任を明さなかったため拘留は延びに延び取調べは間遠くなり、汗ばんだコンクリートの壁の中で、川面《かわも》を上下するおわい舟《ぶね》のひびきを耳にしながら、結局、二カ月近い日をそこで送らねばならなかった。その間、沖の母は、東京からほとんど週一度ずつ差入れに通ってきた。心臓脚気《かっけ》で夏には弱い身体であった。そして沖が証拠不十分で起訴猶予《ゆうよ》になるとまもなく、一日病んだだけで急《きゅう》逝《せい》した。過労による心筋梗塞《こうそく》が死因となった。

　バス・ルームのドアを半開きにしたままひげをそっていた笹上がふりかえり、不審そうに写真と沖とを見くらべた。

「お母さんの写真だねえ……」

　どうして飾ったのかと言外に問いながら、眼には怯《おび》えが見えた。沖の母の不幸な死

と、岸田部長との関係を思いついたのだ。だが、命日と知るとほっとしたようで、

「きょうはひとつ頼むよ」

近寄り、沖の肩をたたいた。

シアトルからのコンステレイション機は、霧のため珍しく三十分ほど遅れた。しかし霧が晴れた後は、すばらしい晴天となった。空港《エアポート》からシティまではかなり距離がある。部長と笹上をのせ、沖が運転する五五年型クライスラーはそのハイウェイを時速五〇哩《マイル》で突っ走っていた。頂きを銀白色に輝かしたシェラネバダの山々が東の空に見える。

後ろの座席では、笹上が身体の不調を弁解がましく説明していた。飛び行く風景を眺《なが》めながら、部長は大きくうなずいていた。分ったとも、うるさいともとれる仕種《しぐさ》であった。

「……ですからカラカスへは沖君に行ってもらおうと思ってます」

「カラカス？　ああ小久保のことか」

沖はきき耳をたてた。

「会社じゃ、きみに行ってもらいたい肚《はら》なんだが、病気じゃしようがない。とりあえず沖君行くか」

意識的に背を向けたままハアと沖は答え、

「いったい小久保はどうしたんでしょう？」

「わからん。わからんから、きみに行ってもらうんだ」

「いい成績ですから、日本へ黙って帰るということもないでしょう？」

ながい駐在員生活に耐えられず、会社の指令なしで帰国する者もそれまでにはあった。

「無断帰国は即時馘首《ファイア》だ」

沖がその当人でもあるかのような言い方である。

「少しばかり苦しいからって帰られたんじゃ、社会のためにも、国のためにもならん」

「もちろん、小久保君がそんなことをする筈《はず》はありませんよ」

横から笹上がとりなすように云う先を遮《さえぎ》って沖は、

「現地で何かトラブルでもあったんですか」

しばらく無言の後で、部長は面倒くさそうに、

「スペヤーが間に合わんので、バイヤーがさわいどるとか云うんだ」

「リベートにあてるスペヤーがですか」

バック・ミラーの中で部長はうなずいた。

「無為替だからな、そう自由に積出許可《ライセンス》が下りんのだ」

売上成績があがれば、バイヤーのリベートがふえる。ところがリベートにあてるべきスペヤーは間に合わない。売れれば売れるほど、バイヤーとの間に立って駐在員の立場がなくなる勘定であった。

事態がのみこめるにつれ、沖は自分の身体の中が、しだいに熱くなってくるのを感じた。

「なにが？」

「はじめから分ってたことじゃありませんか」

はっきり問いただす口調だった。

部長も感情を顔に出した。

「小久保を窮地に追いこむことがです」

「なにが窮地だい。ただリベートの支払いが間に合わんというだけだ」

「間に合う見込みはあるんですか」

「スペヤーの積出許可《ライセンス》さえ下りればね」

「下りる見込みがあるんですか」

沖はなお問いつづけた。

「そりゃ政府のきめることで、われわれの関知するところじゃない」

「そんな無責任な……」

「言葉をつつしみ給え。仮にもわしは部長だ。なるほど、きみにはいつか迷惑をかけたかも知れぬ。だから、わしはきみには目を明いてるつもりだ。きみをロスにもってきたのも……」

「ありがとうございます。カラカスやエジプトでなく、こんないいところへ送って頂いて感謝しています」

アクセルに力が入っていたのか、スピードメーターが六〇を越し、七〇に迫ってゆれていた。すると、彼の足は、スピードを落すのとは逆に、なおアクセルを踏みこんだ。背筋から力が抜けて、吸いこまれるような感じである。

うぐいす色の丘陵地帯の中に、ところどころ棕櫚《パーム》の並木を浮ばせた四条《よすじ》のスーパー・ハイウェイが、浮き上っては前部窓《フロント》一杯に飛びこんでくる。彼は憑《つ》かれたように、なおアクセルを踏みこむ。並木が射るような音を立てて吹き抜ける。

「少しスピードがえら過ぎやせんかね」

部長の声。沖はバック・ミラーを見ようとはしなかった。前に浮んだ車の影がまたたく間にふくれ上る。ハンドルを一瞬左に切り、戻《もど》す。その間も右足はアクセルについて離れない。スピードメーターは七〇をゆれながら越し、八〇に迫る。左にすれちがう車は、一点、一点、浮んだと思うと、瞬間のうちに運転者の怒った顔、緊張した顔、怯えた顔を見せ、轟然《ごうぜん》飛び過ぎる。運転しているという感覚はなくなり、ただ引きこまれて行くのだ。母の写真の顔が前部窓《フロント》にうつった。お母さん行きますよ、部長も連れて行きますよ。そんな透き通った声が頭の後ろの方から聞えてくるような気がする。沖は目をつむりたくなった。

すさまじいスピードに車は浮き上りそうである。母の顔に笹上の妻子の顔が流れよった。写真で見馴《みな》れたいまは親しい顔であった。足の力がゆるんだ。ハイウェイはパロヴェルデ山中腹のゆるやかな上り勾配《こうばい》にかかっていた。沖はバック・ミラーを見た。部長は血の気の退《ひ》いた肥《ふと》った顔をことさらに窓外へ向けていた。その横で病人らしく、と云っていた笹上が本当の病人のように蒼《あお》ざめた顔で沖の背を見つめていた。そして、ミラーの中で沖の眼と合うと、表情がゆるんだ。

勾配を上りつめると、一度に視野が開けた。太平洋がひろがり、左手にはロスのシティがビヴァリイ丘《ヒル》につづく低い丘陵地帯に抱かれて、しずまっていた。下り坂のはじまるところに駐車場《パーキング・ロット》があり、赤白に塗りわけた一台のスポーツ・カーが止っていた。

「沖君、休もう」笹上が声をかけた。

部長が先ず《ま》下り立ち勝手知った人のように断崖《だんがい》の方へ歩いて行った。そこには、ちょっとした盛土を白い木柵《もくさく》でかこんだ展望台があった。風が冷たく、部長の肩にかけたカメラバッグから、ま新しい革の匂《にお》いを運んでくる。その匂いを慕うように沖も展望台へ歩き出した。部長は真下にカメラを構えていた。シャッターの音、フィルムをまく音がはっきり聞える。海は眼下に濃い二つの島影を浮べ、青く澄みながら湾入している。だが、その先は、はてもなく視野一杯にひろがり、水平線のあたりは乳白色にかすんで、空にとけ入っていた。船の影一つなかった。

その海のはるか彼方《かなた》に日本がある。いつ帰れるかも知れぬ日本、母の居ない日本が……再びあたたかいものが沖の胸にこみあげてきた。

「きみ、これがサンタ・バーバラかい」

背を向けたままの、部長の大きな声がする。その広い肩を越し、真下の岩礁《がんしょう》に砕ける波の音が吹き上ってくる。一突き、ほんの一突きで――。沖は目を閉じた。それから、

「いや、サンタ・モニカです。サンタ・バーバラは島の蔭《かげ》で見えません」

クラクションが控え目に鳴った。車に残っている笹上が呼んだのであった。沖は手をふって応えた。風の中で、彼は自分の頰《ほお》が熱《ほて》っているのを感じた。

三

その夜は、為替銀行の関係者や日系のバイヤーなど数人の客をホテル・オリエントのディナーに招いた。ほとんど部長と面識のある、気のおけない客ばかりなので話ははずんだ。最近の東京の様子、景気の見透《みとお》し、ロスアンゼルスでの日本趣味ばやりなどから、ストリップやストリート・ガールの話まで、部長をかこんで、にぎやかな笑声がつづいた。

酒好きの笹上が、病気というふれこみから、飲みたい酒を控えようと努めている様子もおかしかった。

「いや、ほんとに、ほんとに工合《ぐあい》が悪いんですから」

と云《い》いながら、コップ持つ手はテーブルを離れようとふるえている。

「少しぐらいは薬ですよ」

沖はそう云いながら、二度、三度、そのコップを満たしてやった。

客たちは九時を少し廻《まわ》ったころ、引きあげた。それから三人は、同じホテルの中にあるバー・リップスに行った。和服姿のミチが駈《か》けよってきた。

「金髪はいないのかね、金髪は」

と、つぶやく部長を椅子《いす》にしずめながら、彼女は沖に小声で、

「ゆっくりしていらしてね」

沖が来るたびに彼女が云う言葉、泊ってね、とも何度か云われていた。二人とも駒込《こまごめ》に住んでいたことがあるというだけで、初対面の時から親しくなった。だが沖には、商売女というよりも女そのものに対する不信の念のようなものがあり、またホテルの宿泊料のことなどあって、ミチが好きでありながら、深入りできないでいた。そのくせ、仕事が快調に進んだ時や、逆に気分の屈した時は、ダウン・タウンのネオンの中をまっしぐらに突き抜けて、そこに来てミチと飲むのが救いでもあった。駒込、谷中《やなか》、日暮里《にっぽり》、上野と話し合っている中に、二人は手をつないで東京の街々を歩いているような気分になる。紅の濃い唇《くちびる》のあたりが、ひどく官能的に見えるミチ。その顔に、東京の街の灯がだぶって行く気分が沖はたまらなく好きである。ミチの求めてくるのも、いつも同じ話題であった。

部長はグラスを口にあてると、いきなり沖に、

「今日はおどろいたね、あのスピードには。わざとしたのかね」

笑ってはいるが、視線は鋭い。

「すみません。馴《な》れない車なので、つい」

「馴れないって？」

「ええ、あのクライスラーは、このホテルのを二日賃借《チヤーター》したんです。会社のは、ちょっと部長には不向きなシボレーの旧型なんです」

「五一年ね」とミチが口を入れた。

「それにしてもすごかったな。わしは渡米第一日目に自動車事故で消えるかと思ったよ」

スクリーン・ドアがきしんだ。つばのひろい帽子をぬぎながら、二人の客が入ってきた。体つきも大きく、流暢《りゆうちよう》な英語だが、顔は日本人である。

「ここは日本人ばかりじゃないか」

部長は不満そうであった。

「そうなんです。この辺はオールド・リトル・トーキョーというぐらい、日本人や日系市民の街なんです」

そう応《こた》えてから、笹上は、

「実は、わたしたちも、ここへ来ると、ほっとするんですよ」

「だめだな、きみたちは。ホーム・シックかい、年甲斐《としがい》もなく」

「そうホーム・シックよ。年甲斐は知らないけど人間らしいでしょ」

ミチが高い声で横から言った。

「おや、おや、きみは？」

「二世じゃないんです。戦争花嫁なんです」

沖が注を入れた。

「ＧＩの彼にすてられたの。……日本がいいわ。ここで帰国の旅費貯《た》めてるの。早く帰りたいわ。ねえ、沖さん、笹上さん」

そう云って沖の手を、やわらかな両掌《りようて》でつつんだ。

「部長、わたしはまだ帰れそうにないでしょうか」

笹上が懇願するように云った。

「そりゃ分らんね。直接わしのタッチするところじゃないから」

「早く帰してあげてよ、部長さん」

笹上は相変らず目をすえたまま、

「どこか、たらい廻しされるんでしょうか」

「いやかい？」

部長が切り返すと、笹上は眼《め》を伏せた。

「いやという訳では……」

「きみたちは、たらい廻しをまるで島流しか何かのように思っとる。とんでもない話だ。間に合うから、たらい廻しされるんだ。たらい廻しは商社につとめる者にとって光栄なんだ」

二世の客がグラス持つ手をテーブルの上に休め、こちらを見つめている。

「でも笹上さんは、ロスに来てもう四年になるのよ」

「四年がなんだ。わしは入社すると、そのまま七年海外《そと》に出ていた」

「一度もお帰りにならずにですか」と沖。

「事務連絡というんで、二回ほど帰った。ただし一月たらずだ」

笹上がうなだれていた顔を上げた。そして何か云おうとする先を、部長は続けた。

「おれたちも事務連絡をと云うんだろう。時代がちがう。当時は一ドル二円の世だ。どこの国でも円の前に頭を下げた時代だ。今、そんなことをすれば、国のために穀潰《ごくつぶ》しだ」

あなた方重役が、商況視察といってお出《い》でになるその外貨、それは穀潰しじゃないんですか。現にあなたは、今日、日中はドライブ、そして夜、申し訳のように気心の知れたバイヤーをよんだだけ、こんな調子であなた方は、きまってシカゴ、ニューヨーク、そしてロンドン、パリと抜けて行ってしまう。商況が大事なら、なぜカラカスへ行かないんです——憤懣《ふんまん》が言葉となって噴き出そうなのを沖はこらえた。笹上も同じ気持のようであった。

ジューク・ボックスが低い音でルンバを奏している。黙りこんだ二人のグラスに注《つ》がせながら、部長は語調をやわらげ、

「ぼくなんかも、おかげでずいぶん晩婚で、この年になっても一番上がまだ二十《はたち》という状態だ」

二人は何の興味も示さなかった。部長は、かなり派手なチェック柄《がら》の背広の内ポケットから写真をとり出した。

「ほら、こんな状態なんだ」

築山《つきやま》を背景にした家族の写真の中から、その長女らしい娘の顔が沖の目に浮き上がってきた。あっ、と沖は思わず声をあげた。皆が沖の顔をのぞきこんだ。

「いや、あんまり似てるもんですから」

「だれに」

「見合いした相手です。ただし、ふられましたがね」

沖の答に、その場の緊張がほぐれた。気を立て直した笹上が、話題を変えて、部長と話しはじめた。だが、沖の気持は沈んで行った。

見合いしたその娘の顔立ちは沖の気に入った。夕顔のような感じだね、と洩《も》らし、古風な言い方、と母に笑われた。その頃《ころ》はまだ元気な母であった。「お嫁さんさがしは、金《かね》のわらじをはくものなのよ」と仲人や相手の家へ、幾度となく出かけて、話を進めてくれた。

結納《ゆいのう》の日もきまった。そこへ原毛無為替事件がおこり、沖が拘留されたのである。たとえ会社のためとは云え、身に疵《きず》がつくかも知れぬ人とは——と先方から断りがきた。仲人は、洋裁学校の帰りを待伏せ娘だけの気持をこっそり聞いてくれたのだが、同じ返事であった。沖はひどくうらぎられた気がした。やさしい顔の後にもそうした棒を呑《の》んだような感情がひそんでいるのだろうか。沖は女のやさしさが信じられなくなった。女体のやわらかさも、その鉄のような芯《しん》をかくすための欺瞞《ぎまん》に思えたりした。乗気であっただけに、母の方が沖よりも身にこたえたようであった。事件の疲労に重なってきたこの打撃は、母を打ちのめす一つの原因ともなった。

沖はいつか目を閉じていたが、耳もと近い部長の声に、はっと現実へ引き戻された。

「きみも前途洋々たる身だ。これからも、いくらでも話はあるよ。精々たのしい夢をもつんだね」

「そうよ。わたしだってプロポーズするわ」

二世の客を送り、スタンドへ戻《もど》ってきたミチが、はずんだ声で云った。そして、沖のグラスにつぎながら、

「ほんとよ」と感情をこめてつけ加えた。

「問題の小久保君なんか、その点ずいぶん積極的だ。二、三度うちへも遊びに来てね、笑いながら、『部長、娘さんを頂けないですかな』なんて云うからね。単刀直入というか、仲々の傑物だね」

沖自身は、部長に適齢の娘があることを聞いたのが、初耳であった。小久保の奴《やつ》――と舌打ちしながら、

「はっきりしてますからね、彼は」

新入社員ではじめて飲み合った夜、小久保は、ダブルの背広を見事に着こなした恰《かっ》幅《ぷく》のいい身体でほとんど初対面の一同を圧していた。顔のつくりも大きいが声も大きかった。その声で、「これからは所詮《しょせん》、手を汚さねば生きていけねえからなあ」と皆の顔を見すえて云った。いかにも悟り切ったようなその云い方が沖にはかなり不快な第一印象となって残っていた。部長の言葉に、その印象がよみがえった。

「あの男のことだから、うまくやっているとは思うが、ともかく見てきてくれ。最悪の場合には、会社としてもとるべき手を十分考えてある」

「最悪の場合というと？」

沖が問い返した。笹上は両手をこめかみにあて、音楽に気をとられているような風をしている。

「……いろいろある」

「たとえば、どんなことでしょうか」

「それを調べにきみに行ってもらうんだ」

循環論法である。

「じゃ会社はどんな手を考えているんです？」

「……まだ云うべき段階じゃないね。少なくとも、きみには」

「どうしてです」

部長は答えず、ミチの方に目をそらした。彼女もとまどったように部長と沖を見返す。その表情を一瞬、沖は美しいと思った。部長との議論の空《むな》しさ、それを思うと、心が弱まった。彼はグラスに目をおとした。

「さあ寝《やす》もう。明日には明日の風が吹く」

沖の心のうつり行きをのみこんだように、明るく云うと、部長はゆっくり腰を上げた。

四

翌朝第一便で部長はシカゴに飛び立った。空港に見送ってからの帰途、笹上がだしぬけに云《い》った。

「きみ、今夜はホテル・オリエントに泊りたまえ。手筈《てはず》しておいたから」

沖は驚いて笹上を見た。昨日とは、すっかり変った明るい顔つき。冗談を云う人ではなし、沖は、この突然の申出の意味が分らず、ハンドルをにぎったまま、しばらく笹上の顔をみつめていた。

「昨夜ね、あれから、ふと思いついて工作したんだ。一晩ぐらい、きみをまともなホテルに休ませてあげたいと思ってね」

「……………」

「なあに、ちょっと悪《わる》さをしてね、部長の勘定を水ましといたんだ。車の賃借代《チャーター》もこみになってるから分りゃしないし……どうせ会社で払う金なんだからね。ささやかながら、目には目を、という訳だ」

でも、どうして、ぼくに——と問いかけようとすると、

「ミチにも話しておいた。よろこんでたよ」

眼鏡の奥の眼はあたたかだった。妻子の写真を見る目つきだと沖は思った。大気は澄み、ハイウェイを区分する三条の白線は限りなく続いて見えた。沖は、同じハイウェイでの前日の狂暴な運転ぶりが、ふと恥ずかしくなった。

前日一日を部長の市内見学につぶし、翌日からのカラカス行きをひかえて、その日はいそがしかった。だが、気は軽かった。二台の電話が重なってかかってくると、沖は左右両耳に受話器をとってから、笑いながら、その一方を笹上に渡した。シボレーを走らせ、為替銀行《バンク》、船会社《シッパー》、税関仲介業者《ブローカー》、それに主なバイヤーを廻《まわ》れるだけ廻った。引合いらしい引合いはなかったが、一通り廻ったということだけでも満足だった。一件、契約破棄《キャンセル》気配のところがあったが、彼の気分はこわれなかった。契約破棄《キャンセル》の対抗措置を頭の中で順序よく練り上げて行けることに、淡い自負さえ感じた。彼は久しぶりに、商社員としての輸出の最前線にある者としての自分に、誇りと愛着を感じた。

終業し、ブラインドを下してからも、八時過ぎまで、輸出入関係書類《ドキュメント》のファイルをした。彼の気分の明るさには、ミチとの夜への期待や、小久保の失踪《しっそう》から生れた優越感など、様々の原因があった。だが、沖のその日の気分では、こうした原因を越えて、

もっと安定した生き甲斐《がい》を手にした感じであった。

沖は一旦《いったん》、ウォレス・アベニューのアパートまで戻ってカラカス行きの旅装をととのえ、夜ふけてからホテル・オリエントへ行った。

ひかえ目だが、はりのあるノックの音。そして「入ってもいい？」とやさしい声。沖が浴槽《バス》に入ろうとするときであった。言葉より先に二人は抱き合ったまま、くずれた。やわらかく、あたたかい身体である。沖は女の身体のやわらかさにはじめて触れる思いで目をみはった。

二人がはげしく求め合った後、疲れて仰向けになると、ミチは日本に居たある夜、谷中《やなか》の墓地で見たあいびきのさまを話した。沖も夜ふけて谷中墓地を通ったこともあったが、高台になっている墓地の上からは、深川、江東あたりが一面に灯を浮べ、黒い海のようにひろがっているのが見えた上、信越線の列車が火の粉を吹き上げて通り抜けると、その海に浮んだ突堤のような墓地の端で肩を擁《よう》し合っている男女のシルエットがいくつか浮び上り、火の粉の吹き散るとともに、また黒い海に呑《の》まれて行ったものであった。

だがミチは、沖よりもっと深い交わりを見ていた。石碑の深い蔭《かげ》で、重なり合ってゆれている二つの黒い影、木がらしの吹く中で気をつけてみれば、そうした男女は一組だけではなかったという。枯葉か新聞紙か、落着きを失って、ささやき舞う中であのうめきに似た声がいまだに忘れられないという。

ミチの話はまた沖を誘った。

暁方《あけがた》近く目をさますと、ミチのぴちっとはった肢《あし》が沖を押していた。オキシフルで脱色を重ねた髪の毛はかたかった。紅を失った唇《くちびる》は、白っぽく、厚みが気になった。

仰向けになると、正面に、ワンピースがかかっていた。黒地に赤と藍《あい》の大きな水玉を散らした柄《がら》であった。見ている中《うち》に、沖は苛立《いらだ》たしくなり、身を引き離した。

翌朝早く沖はダグラスDC７型機に乗った。五時間近い飛行の後、日に灼《や》けた畳のような砂漠《さばく》が赤味を帯びてきて、メキシコ・シティに着いた。そこで約一時間待合わせ、カラカス行きのストラトクルーザー機に乗換えた。雲海の上で退屈な時間が続いた。彼はミチを思い、小久保を案じた。だが、どの思いも永続きしなかった。大衆料金席《ツーリスト・クラス》は空いていて、日のある中から客たちはまどろみ、彼もいつ夜に入ったのか知らなかった。

カラカス郊外のマイケティア空港に着いたのは、翌々日の朝であった。沖は空港ターミナルのレストランで朝食をとり、九時になるのを待って東洋物産出張所へ電話した。電話は仲々通じなくて、かけ直すと交換手が出て、その番号の持主はないと云った。

沖はバスでカラカスの都心部へ出た。そこでタキシーをひろい、出張所のアドレスを示した。メイン・ストリートから二筋ほど裏に入ったところで、白い建物の多い中に珍しい茶色の洋館、その三階に東洋物産出張所があった。中に入ってみると、かなり年代の経《た》ったものらしく、階段の上に幾カ所か壁が粉をふいていた。

三階で部屋らしいものは一部屋で、入ってみると荒涼たるものであった。ファイルの解けた輸出入関係書類《ドキュメント》が、幾枚か床の上に散り、その上には大分以前のものらしい靴《くつ》のあとがあった。古い、蒸れたようなリノリュームには、二つほどのデスクや応接セット、整理戸棚《とだな》などの置かれたあとが刻まれていた。残っているのは、一脚の事務用小椅子《こいす》だけで、その背のレザーは裂け、木毛《もくもう》をのぞかせていた。塵《ちり》や壁土が一面に散っている部屋の中を、沖はしばらく歩き廻った。それから階下へ下りて行った。

一階の狩猟具商が、建物の管理人であった。聞けば、小久保はもう二カ月ほどその出張所に顔を見せない、住所も変ったらしく連絡もつかぬままだという。家具や什器《じゅうき》はバイヤーたちが抵当代りに持ち帰った由《よし》であった。たまっていた郵便物を受けとり、大きなハトロン紙の封筒一ぱいにつめた。滑り落ちた一通を拾おうとした沖は、ソファの脚にTOYO BUSSANと、小さく刻印が打ってあるのを見た。

ともかく、控えてある小久保の住所までタキシーを走らせた。行ってみると、三月前に引き払ったという。遠くから飛んできたのだと身ぶり手ぶりで分らせ、ようやく転居先をきき出した。転居先は、そこから最も遠い市街の端を選んだかと思われるほどで、タキシーはフル・スピードで走りつづけた。住宅街、細民街、商店街、オフィス街、さらに細かい商店街、住居街に変り、家々がまばらになった一劃《いっかく》——だが、たずねて行ったそのアパートの管理人も首を振った。

第二の転居先を書いてもらい、またタキシーを走らせようとすると運転手はその紙片を手にしたまま、しきりに話しかける。沖は分らぬままに、行け、行けと手をふる。車はまた走り出した。メイン・ストリート近くのバス道路に出ると、運転手は車をとめた。メーターを示し、代金を払えという。沖は札入れを見せ、なお走れと手をふる。運転手は車を降り、客席のドアをあけて、降りろと催促する。沖は動かず言葉の通じぬままに押問答の声が高くなった。すると、すぐ前方のバス・ストップの蔭から、背の高い男が近よってきた。混血らしいその青年は、運転手の訴えをきくと笑いながら流暢《りゅうちょう》な英語で沖にとりついだ。昼食時間《ランチ・タイム》だから休みたい、そこへは、バスも通じているから、それを利用してくれとの言い分である。見れば、腕時計は十二時半に近かった。目を射るような日射しの中で、人影も車の往き来も、ふいに杜絶《とだ》えた感じである。

三番目の住所は、彼が通ってきた空港からのバス道路沿いにあった。そこにも小久保はいなかった。沖がまた身ぶりで転居先を聞こうとすると、管理人らしい白髪の肥《ふと》った老婆《ろうば》は腰に両手をあてたまま、ノー、ノーをくり返す。どんな理由があろうと教えられぬというそぶりに見えた。

沖は引き返した。だが屈してはいなかった。しばらく待ってから乗ったバスの中で、彼は車掌に一つのアドレスを示した。それは、ロスアンゼルスで、岸田部長から、寄ってみるように云われた現地人の商社である。住宅街から商店街にかわるところに、その商社はあった。二階建てで、二十人あまり混血らしい男女が机に向っていた。

社長《プレジデント》だという男が、日本語で沖を迎えた。

「ようこそ、ササガミさんね？」

沖も日本語で話をつづけようとすると、男は首を振った。それ以上日本語は分らぬ、と滑らかな英語にかわった。つい最近、日本を訪ね、帰ってきたところだという。沖は、その異国の男の幅広い体軀《たいく》の隅々《すみずみ》から、日本の匂《にお》いを残らず嗅《か》ぎとりたい衝動を覚えた。

男は小久保の居所は全然知らぬと言い、さらに言葉をつづけて「東洋物産とのクーペレイションはロスから来るサガミという男を通してやることに東京で打合せずみだ」という。『クーペレイション』の意味をたずねると、合弁会社の設立計画があることが分った。沖も笹上も、そのことについてはまだ一言もきいていない。けげんそうな沖の顔を見ると、男は「もちろん、これは最高機密《トップ・シークレット》だ」とつけ加えた。

沖は自分の役目が、小久保の探索だけにあることをくり返し述べてそこを辞去した。空港ターミナルで料金表を調べ、予約《リザーヴ》しておいたホテルへ着いたとき、沖は背筋や腰に一杯、鉛錘《えんすい》をつり下げられたような疲労を感じた。だが、気は張っていた。

夕食後、カウンターで電話帳や紳士録を調べ、日本人商社のアドレスを集めた。銀行をふくめて、七つほどの会社が出張所を置いていた。彼はそのアドレスを写しとると、書き違えはないか一通り点検した。小久保については、それ以上、心配しなかった。手筈のとれるうちは案じないこと――それが商社員として、彼が体得した知恵であった。

それよりも、聞いたばかりの合弁会社の話が、新たな気がかりとなった。合弁会社云々《うんぬん》と耳にしたとき、彼は輸出しようとする会社の意志の不死身さ、完璧《かんぺき》さに圧倒される感じがした。岸田部長その他数人の会社首脳の考え出したプランであろうが、それは沖の目には、ほとんど超人間的な着想にさえ見えた。調整最低価格《チェック・プライス》破りで行きづまれば合弁会社をつくり、現地人商社のかくれ簑《みの》をまとってでも強行しようとする輸出意欲の不死身さ——それは水が低きを求めて流れやまないのと似た絶対的な力を感じさせた。最悪の場合とるべき手段が考えてある、との部長の言葉があらためて思い出された。できれば笹上が——という人事課長や部長の意図もわかった。沖は自分が来たことが自分や笹上の運命に、どういう修正を加えて行くかを考えてみようとした。だが、旅の疲れ、そして、終日カラカスをたずね廻った疲れが一時に襲いかかり、深いねむりに落ちて行った。

翌日、沖はノートしておいた日本商社の中から、まず競争相手のI商事をたずねることにした。調整最低価格《チェック・プライス》破りのため顔向けできない相手であったが、こうした場合、無難な、それ故《ゆえ》に無関係な商社をたずねるよりもかえって消息が分るかも知れぬと考えたからである。電話をかけるのもやめ、直接、たずねて行った。

I商事出張所は、エレベーターの設備もない小さなビルの四階にあった。現地人タイピストの肩越しに沖を見たI商事の男は、声をあげて駈《か》けよろうとした。沖もそれにつられた。二、三日のことなのに、久しぶりに日本人に会った思いがした。額が広く禿《は》げ上った四十越しの男で、関西弁であった。

沖が「東洋物産の……」と切り出すと、相手の顔はちょっとこわばったが、すぐ手をとるようにして椅子をすすめた。Eというその男もまた、最近の小久保の消息は知らなかった。

「なにしろ、あんまり、えげつないやり方でっしゃろ。うちら、腹が立って、とても、つきあえまへんでした」

などとも云った。だが、一通り話がすむと、彼は時計を見ながら立ち上った。十一時に東京からの電話を受ける筈になっているが、とりあえず、それまででも一緒に探してみよう、という。沖はうれしかった。

その男が運転し、I商事の車は走り出した。まず、前日最後にたずねたバス道路沿いの老婆の家を目ざして。言葉の通じるE氏が、いま一度あたってみようというのだ。

「小久保さんは、よくできる人でしたな。スペイン語もえろう勉強して『スペイン人よりもうもうなってみせる』と云うてはりましたが、ほんま、そんな出来でした」

沖はうなずいた。昨日通った同じ道が、まるで慕いよるように車の下に吸われて行く。

「そこへ調整最低価格破《チェック・プライス》りや。わてら、もう、どうなることやとハラハラみてましたんで」

「……」

「やっぱり、むりはあきまへんなあ」

E氏の口調には、東洋物産の失脚で一息ついたというような明るさも感じられた。東洋物産が再び合弁会社という強力な形でカムバックしたら──それは、ほとんど時日の問題だが──この人は以前に増した不安の中に突き戻されるであろう。沖は自分が罪をくわだてているような後《うしろ》めたさを感じた。

「でもな、小久保はんスペイン語できはったのが、かえって仇《あだ》やった。悪うなってからもバイヤーと正面衝突や。空《そら》つんぼきめこむわけに行けしまへん。とことんまで喧《けん》嘩《か》ですわ」

E氏は気の良さそうな横顔を見せて話しつづけた。

「現地人というか、ここらのバイヤーはきついでっからな。とるものはとると、はっきりしてます。小久保はんを追い廻しおったんや」

空港に下りる飛行機が、バス道路の遠い端をかすめた。

「ここの日本人仲間からは、それ以前に小久保はん総スカン、村八分や。今から思えば、気の毒なことしましたわ」

目的地に着いた。昨日の老婆が相変らず両手を腰に構えて現れた。E氏が話しはじめると、老婆は口重く受けごたえながら、沖の方を見る。やがて、眼から警戒の色が消えた。E氏は、老婆の手に硬貨をにぎらせた。

教えられたのは、カラカスの外港ニ・グァイアラ寄りに一哩《マイル》ほど下ったところで、そことは、まるで方向ちがい、とのことであった。E氏は言葉少くなり、車はスピードをあげた。輝くように白い街が窓外を吹きぬけて行く。路上に見る男も女も、精悍《せいかん》な面貌《めんぼう》をしている。ロスでは一哩走れば一人か二人、日本人か、東洋系の顔を見ないということはない。だが、カラカスはどのストリートを走り、どのコーナーを廻っても完全に異邦人の町であった。ロスよりは、いま一つ遠い地のはてに来たという感じが深い。沖はロスがなつかしくなった。笹上やミチの顔をフロントのガラスに思い浮べた。

車は市街を横ぎり、一時間近く走りつづけた。それから二度ほど場所をきき、ようやく止った。蒸れた風が吹きだまりになっているさびれた住宅街である。

小久保のアパートは、石畳より一段低い階下を何か穀物の貯蔵庫にあてている建物の二階にあった。ドアは半開きのまま、部屋の中央のベッドで小久保らしい大きな人影が仰向けに寝ていた。部屋に入ろうとする沖の腕をE氏は軽くとらえ、東京からの電話の時間で失礼する、また連絡を、と云って、急いで階段を駈け下りて行った。沖が追おうとすると、エンジンのかかる音がきこえた。彼は立ち止り、腕時計の針の動きを見ながら、間に合えばよいが、と祈った。

部屋に戻ると、小久保はねむり続けていた。間遠《まどお》に拍子をとるようないびき。その度に厚い下唇のはしで唾《つば》が踊る。顔全体も別人と思うほど変っていた。もともとつくりの大きな顔が更に一廻りふやけ、鉛毒に侵されたかのように青黒かった。

「小久保！」

名を呼ぶと、何か音がしたが、といった風にゆっくり眼だけをこちらに向けた。光のない、大きな眼だった。そして、びっくりして半身を起し、沖を指さして、

「お、おお」と、どもった。

「沖だ。わかるか、東洋物産の沖だ」

小久保の半身に、こわれたブラインド越しの光があたった。そのだんだら縞《じま》の光に浮き出た小久保の顔は、なお、その青黒さが目立った。

「グラシアス、グラシアス、セニョル・オキ」

精一杯の声であった。

沖は駈けよった。胸をしめつけられる思いがした。ベッドに膝突き当て、小久保の

手をとった。合掌する形で受けたその手は、異様にむくんでいた。力をこめて握りしめると、みるみる水気が浸み出てきそうである。

身体《からだ》の底からの声で、小久保はうめいた。むくみの来た瞼《まぶた》の下の、水っぽい大きな眼、沖はいたわりをこめてその眼に見入った。次の瞬間、顔をのぞきこんだ沖は、小久保の瞳《ひとみ》がまるで自分の像をとらえていないのに気づいた。怯《おび》えがひろがって行くのが見える。彼は沖の手をはなし、

「きみ、カラカス駐在になったの、いつ辞令出た?」

「そうじゃない。きみが音信不通なので探すように云われてきたんだ」

「スペヤーは。スペヤーは着いた?」

「いや、だが、じき着く、きっと着くよ」

沖はせきこんで答えた。

「そう。それでよかった」小久保は眼をとじた。だが、またすぐ開いて、

「ところで、きみ、おひとりですか」

「もちろん。とりあえず飛んできたんだから。いや、岸田部長がロスアンゼルスまでは来たんだが、シカゴへ廻ってね」

「そうだろう。重役はそれでいいんだ」

その語調は、アイロニイなのか、肯定しているのか見当がつかなかった。小久保は、焦点の定まらぬ眼を日の射《さ》す方に向けながら「そうだろう」と、二度三度くり返した。それから突然、

「ところで、きみ、岸田部長の娘はどう？」

沖は話の飛躍に驚きながら、写真を見たことや、そのときの印象を話した。

「まあ、そんなところかな」

小久保はずるそうな笑いをうかべた。

「ひとつ、どうです。きみ、おもらいになっちゃ」

「なにを？」

「部長の娘さんをですよ」

小久保は頬《ほお》に幾重もの肉のひだをつくりながら、笑った。沖は、小久保の話の方向がわからなくなった。

「これは失礼。どうぞ、かけて下さい」

沖は小椅子をひきよせた。そのとたん、バサッと何か落ちる音、ふり向くと封書が二通滑り落ちていた。封のきっていないのもまじえ、古い郵便物が脇机《わきづくえ》の上につみ上げてある。沖は落ちた封筒を拾い上げた。

「ああ、見ないで下さい。頭が痛くなる」

小久保は両腕で頭をかかえこんだ。

沖はそのまま、脇机へ投げ返した。一通がまた滑り落ちた。

「部長がスペヤーを持ってきたって?」

「いや。部長は部長、スペヤーは後から送ってくると云ったんだ」

「そうか……部長の娘の件だったな」

沖はじっと小久保の顔を見た。尋常でない肥り方、顔色であった。

そのとき、階段を上ってくる靴音《くつおと》がきこえた。すると、小久保は急におどおどし、スペイン語らしい早口で何かしきりにつぶやき出した。「マルゾ」とか「アルミランテ」とか、何回もくり返すのが聞きとれた。靴音が近づいてくると、彼は毛布をかむり、まるで仮死状態の人のように呼吸までとめた。褐色の肌《はだ》の頑丈《がんじょう》な体軀の女が行き過ぎていった。その後も靴音が近づく度に、小久保は同じような動作をくり返した。

靴音が消えると、小久保はけろっとした表情で起き上り、

「あまり活躍したから、ねらう者が多くてね」

そう云って、いかにも恥ずかしそうに笑った。

昼食は、小久保の出してきた青豌豆《ピース》の缶詰《かんづめ》、パン、それに容器《コンテナー》入りコーヒーです

ました。外で食おうと誘っても、小久保が応じないためであった。彼はいつもそうして食事をすましているらしかった。

「みんなが、ぼくをねらってるんでね」

小久保は実によく食べた。

食後、沖はE氏へ電話した。簡単に事情を話し、医者の紹介をたのんだ。診察は午後三時からとのことなので、それまでの時間、沖は小久保を納得させて、手紙の束の整理をはじめた。小久保がつぶやいていた「マルゾ」「アルミランテ」などというのが、リベート問題が起っているバイヤーの名であることもわかった。

小久保は相変らず脈絡のない話を続けていた。スペヤーの話、部長の娘の話を何回となく、くり返した。そして、しばらく黙ってから、急に弱い口調で、

「ぼく少し変だろう、変と思うだろう」

小久保を診断した医者は、簡単に「精神分裂」と診断を下した。

沖はその夜、ロスアンゼルスでの打ち合せ通りニューヨークへ電話をいれた。電話口へ出ようとする小久保を制するのに骨が折れた。小久保は怒った眼をすえていたが、通話がはじまると落着きなくあたりを見廻しはじめた。

「しようがないな。使いものにならんじゃないか」

岸田部長の声には、アルコールが入っているのが感じられた。東京と相談するが、とにかくロスまで連れ帰るようにとのことだった。合弁会社の話には、部長からも沖からも触れなかった。試案か、思いつき程度のことかも知れない――そうあるようにと沖は祈った。笹上のためにもE氏のためにも。

通話を終り、ロビーで一服いれようとすると、小久保が腕をつかんだ。部屋へ行こう、ここではねらわれてる、というのだ。眼が子供のように怯えている。沖は苦笑すると、小久保の広い肩を押し戻した。

五

マイケティア空港のターミナル・ビルで、沖は思いついて、ミチへの土産に木彫の女人像を買った。

コンステレイション機は浮上し、眼下にマラカイボ湖の林立する油井《ゆせい》が吹き抜けた。

禁煙《ノー・スモーキング》のネオンランプが消え、沖が一服つけようとした時、

「お、おんな。これは、おんなだな」

小久保が横から大声で叫んだ。沖は危く煙草《たばこ》を指から落すところであった。半裸と思った女人像は実は全裸で、いつのまにか包みからほどいたその像を、小久保の太い

指がからむようにもてあそんでいる。下腹部のかすかなふくらみには、明らかに一筋、女のしるしが刻まれている。「女だな、女だな」と大声でくり返しながら、小久保の芋虫のような指がその部分を執拗《しつよう》に愛撫《あいぶ》していた。

再びメキシコ・シティで乗りかえ、ロスに戻《もど》ってきたのは六日後であった。着陸コースへ入り、機が降下をはじめるに連れて、ビヴァリイ丘《ヒル》につづく市街の灯《ひ》が次第にきらめきを増しながら漂い寄ってくる。惜しみなくダイヤ屑《くず》をまきちらしたその灯の群は、注意すればはるかに冷たく、硬質のきらめきをともなっていたが、沖はその灯の海に一瞬、東京を思い、あの谷中の墓地から見た江東、深川あたりの灯の海を思った。与圧装置で気圧の変る筈《はず》はないのに耳鳴りがした。裸形《らぎょう》の木々を吹きかすめる木がらしの音が聞えるような気がした。ミチの話した墓地でのあいびき——沖は目をつむった。見合いの娘を墓地に押し倒す幻想が熟《う》れるように網膜にひろがった。なぜそうしなかったのか、一押しも二押しも娘の倒れるところまで何故《なぜ》押して行かなかったのかと、思いがけぬ悔いが湧《わ》いた。その悔いは、瞬間沖をうちのめすような意外な重量をもっていた。

小久保がわめいた。太い指がシート・ベルトをもてあましている。沖は、ほとんど突っかかるような勢いで腕をのばした。

ロスアンゼルス空港のターミナル・ビルに入ると沖は、すぐウォレス・アベニューのアパートに電話した。通じない。笹上は留守の様子、珍しいことであった。沖は独断でホテル・オリエントに小久保の宿を頼んだ。ロビーのアナウンスがシティ行きのバスの発車を告げた。沖は小久保の体を押し上げるようにして乗りこんだ。

ホテルは寝静まっていた。その静けさの中に、ミチのやすらかな寝息がふくまれているかと思うと、心がふくらむ思いがした。小久保には四階の角の小部屋をとった。いつまで滞在するか分らないのと、他の客への万一の迷惑を考えて。

タキシーをひろい、アパートへ戻った。沖たちの部屋は、カーテンを開けたまま、灯は消えていた。スイッチを入れる。部屋の中央の茶卓の上に置手紙があった。小さな硬い筆跡。

「急用で部長に呼ばれた。今日の第三便でニューヨークへ発《た》つ。二、三日で帰れると思う。小久保君の帰国旅費その他オフィスにある。留守中よろしく頼む。笹上《ささがみ》」

何の用なのか。カラカス合弁会社の話を思い出し、沖は不安な気がした。

室内はきれいに片づいていた。その横に、沖の帰りを待つように母の写真が、枠《わく》から抜きとられていた。マントルピースの上の笹上の家族の写真が、残っていた。しまい忘れて出かけてしまったのだ。ほこりを払い、トランクに戻そうとして、沖は思い止《とど》まった。久しぶりに母と見合い、語り合いたい気がした。「お母さん、ただいま」沖は小さく声に出した。

翌朝オフィスに行くと、留守中の沖の仕事も笹上が一応整理しておいてくれていた。小久保の帰国旅費もすぐ分った。一等旅費《ファースト・クラス》で組んだ、かなり余裕のある額である。病人である小久保のためを思っての好遇のように思え、沖はうれしかった。さっそくホテル・オリエントへ電話し、小久保に連絡した。そのついでに、ミチにも通じ、小久保のことを頼んだ。

二人分の仕事を一通り片づけるためには、かなり忙しかった。できるだけ簡単に処理しても、九時近くまでオフィスを離れることはできなかった。翌日もそうであった。沖は、自分の留守中十日ちかく、そうして二人分の仕事を処理してきた笹上を貴重なものに思った。

帰って三日目の昼頃《ひるごろ》、ホテル・オリエントから電話があった。小久保が何か騒動を起したのかと心配になったが、出たのが当の小久保であった。はずんだ声だが、語尾がはっきりしないので、聞きとりにくい。ようやく「今夜ホテルのバーへ来るように。沖を驚かすことがある」と云っているのが分った。沖は、何を今さら驚かせようというのか、と苦笑しながら承諾した。「ミチも待ってる」と云われ、小久保に人をひやかすだけの余裕が出来たかと、それにも苦笑した。うるさいほど念を押されて、電話は終った。

その夜もやはり九時過ぎまで、オフィスを出られなかった。ホテルのロビーから、バー・リップスへ入ると、正面の暗いピンク色のソファに小久保とミチが並んで腰を下していた。小久保は片方の手をミチのドレスの膝《ひざ》にあずけている。むくんだ手――それは、手というより、小さな哺乳《ほにゅう》動物がわだかまっているという感じがした。それを払い落して、ミチが立った。小久保は坐《すわ》ったまま、やあ、と声をあげた。通い馴《な》れ、そこをねぐらと定めている客のしぐさである。気が変になっても相変らず図々しい奴《やつ》だ、と沖は思いながら、

「どうだい……」

頭の工合《ぐあい》は――と続けるのを抑えた皮肉な声をかけた。もちろん反応はなかった。小久保はにこにこしていた。グラスをとりよせながらミチが、

「いままでお仕事？」

「帰ってから毎日そうなんだ。笹上氏がニューヨークへ行ってるもんだから二人分でね」

「ニューヨーク？」小久保が大きな声をあげた。「僕が行かなくていいのかなあ、ニ

ユーヨークは」

ミチは構わず話し続けた。

「……でも、笹上さんも沖さんも、おかたいから、東洋物産も安泰だわ。そうでしょ？」

そう云って小久保の顔をのぞきこんだ。小久保は、うん、うんと、大きく首を動かしてうなずいた。沖はいじらしくもなった。

「小久保君のようなやり手がいるから、まあ安泰なんだろう」

「そう、ぼくはやったんだ、みんなにねらわれるぐらいな」

「聞いたわよ、もう五百回ぐらい」

ミチは大げさに耳をふさいで見せた。

「五百回とはひどいなあ」

「だって毎朝、毎晩でしょ。なんなら勘定《カウント》しておきましょうか」

「まいあさ、まいばん」小久保がうたうようにくり返した。それから盗むような目で、沖を見、ミチを見た。

ミチは小久保の目にゆっくり視線を合わせてから、沖の方に向き直り、

「びっくりなさってはだめ、それに怒らないでね」

沖は何のことか見当もつかず、ただ、うなずいた。

「この人がね」と目で小久保を指し「わたしにプロポーズしたの」

失笑しそうなのを危く沖はこらえた。

「それで、きみは」

どう、あしらったか、興味があった。

「OK《オーケー》なの」

沖は、あっと思い、次に、馬鹿《ばか》にするな、と腹が立った。廃人同様、そして手続きの済み次第帰国する小久保と、どうして結婚が……。

「ほんとよ」

ミチの目は笑っていなかった。

ジューク・ボックスの音楽が、突き上げるような急テンポのコンガに変った。口もとをゆがめて笑っていた小久保が急に両腕の中に顔をうずめた。それから、起き上ると、「やめい」「やめい！」と右手を振りながら、ジューク・ボックスの方へ歩いていった。ボーイが駈《か》け寄った。

「カラカスの何とか云《い》うレストランで、いつもあの曲をやっていたんだって」

ミチはそう云ってから、身を近づけた。

「あなたに小久保さん看《み》てくれって頼まれたでしょ。だから、やさしくしたのが悪かったかしら」

「……いいのかい、小久保はあの調子なんだよ」

「わかってる。ちょっとね。でも身体《からだ》の方は何ともないわ」

身体とは何なのか——沖は心でつぶやいた。くらくらする思いがした。光沢のある白いミチの肢体《したい》、それにあの水ぶくれしたような澱《よど》み切った小久保の身体が……。

「そうか、じゃ、おめでとう」辛《かろ》うじて、沖は云った。

「いやだわ。まだ、早いわ」

「どうして」

「結婚したら、そう云ってちょうだい」

「いつ」

「わからないわ」ミチは気軽く云って「日本へ帰ってから考えるわ」

「日本へ？　いつの話になるんだい」

沖はミチまで頭が混乱してきたのかと思った。

「すぐよ。彼といっしょに帰るの」

沖は姿勢を起し、ミチに見入った。ジューク・ボックスの音が低くなった。

「だって、きみ、旅費が？」

今のような貯金の殖え方では、いつ帰れるか見当もつかない、とつい先夜聞いたばかりである。

ミチは笑顔で、

「小久保さんの旅費かなり余裕があるでしょ。だから、私の貯金足せば、大衆料金《ツーリスト・クラス》で二人どうやら帰れるの」

「じゃきみは帰るために……」

ミチは指を口にあてて笑った。それから急に真顔になると、

「でもね、帰りたいの。ミチ、ほんとに帰りたいの」

沖はひどく気抜けした。こわばっていた頰《ほお》の肉のゆるむのがわかった。小久保はボーイやバーテンダーにからかわれているらしく、笑い声がジュークの音を時々吹き消した。

そのとき、スクリーン・ドアに突き当るようにして、一人の客が舞いこんだ。かなり酔っている。外れかけた眼鏡をおさえようとして前のめりになり、ほとんど倒れんばかりになった。小柄《こがら》な体軀《たいく》。笹上である。酒好きだが、それだけに乱れたことのない人なのに――沖は走り寄った。

「おお、きみも来ていたのか」

沖のいるのを当てにして来た言葉ではなかった。

「いつ帰られました？」

「今日の五便だ。七時だ」時計は十一時に近かった。問いかけようとする沖をまともに見すえて、

「飲んだ、おれは飲んで来たんだ。……酒、酒だ」

小久保が大きな身体の腰を屈《かが》めるような姿勢で近寄ってきた。沖が紹介する。笹上は部長から事情を知った風であった。受ける声が涙声になった。

二人はへだてられていた父子のように互いの上膊《じょうはく》をつかんだ。笹上が、小久保の肩を引きよせようとしたのだが、短身のため、かえって広い小久保の胸へ烈《はげ》しく音立てて、顔を埋める形となった。奇妙に抱き合ったまま、笹上はわめいていた。小久保は濁った眼を瞠《みは》って、おう、おうと声をあげる。ようやく沖の耳に、笹上が「カラカス！」と何度か叫んでいるのが聞きとれた。ミチも、バーテンダーも、ボーイも、輪を作って立ったまま見守っている。大男の精神病患者とちびの酔っ払いの奇妙な交歓ぶりだったが、笑えなかった。

突然、笹上の手が突き出て、沖をその抱擁の中へ引きずり込んだ。

「おれはな、カラカスだ。たらい廻《まわ》しされるんだ」

沖は応じようもなくただ笹上の顔を見つめた。眼鏡がくもっている。そうした沖の腕を笹上は手荒くゆすり上げた。

「わかるか、おい。おれはカラカスだ」

ミチとボーイが三人をテーブルへ連れ戻した。笹上はカラカスの合弁会社へ東洋物産側代表として赴任するよう指示されてきたのであった。

「仮病も健康も考慮してはくれん。部長はこう云ったよ。『東洋物産の名をカムフラージュして行くんだから、沖君のように一度行った者より、全然カラカスに無縁だった者の方が、かえって好都合だよ』と。皮肉な云い方でね」

小久保が眼球を突き出すようにして言葉をはさんだ。

「部長はぼくのことを?」

「よろしく云ってたよ」

「部長の娘の話は?」

「なんだって?」笹上は小久保をにらんだ。小久保はうろたえて視線をはずしながら、

「いや、いいんです。うるさく云われない方が。あわてられても困るんです」

ジューク・ボックスで、また最前のコンガが鳴り出した。小久保は飛び上ると、そ

ちらへ歩いて行った。

「部長の娘婿《むすめむこ》に選ばれるという幻想《イリュージョン》があるんです。もともと自分でつくり出したものらしいんですが」

　沖が説明した。

「たいへんなイリュージョンだね。娘婿どころか、帰国と同時に馘首《ファイア》にきまったんだ。部長の内申でね……」

　帰国旅費が多いのも、退職金の前払い分をふくめる意味だとのこと。沖は言葉も出なかった。しようがない、使いものにならんじゃないか、という部長の声が耳もとで鳴った。

「仲々の傑物だね」とは、まぎれもない部長の肉声だったのに、今はフィルターを通した別人の声としてしか再生されなかった。

　笹上が興奮して話しつづけている。

「残酷とか何とか云うこととは別の論理《ロジツク》、つまり、脚を折った競走馬はその場で殺す――それと同じ論理《ロジツク》なんだ。おれたちも、いつかは、この簡単的確な論理《ロジツク》で斬《き》られるんだ」

「脚を折らない馬だって、いくらでもあるわよ。その方が多いくらいよ」ミチが、いくらか気色ばんで云った。

「無理をしない馬はね、われわれは無理をしない馬だ。無能な男だ。それでも拍車をかけられれば、そむけないんだ」

「脚を折らないでね、笹上さん。奥さんや子供さんのためにも」

笹上の声は、また、うるんだ。

「ありがとう。ミチ。礼を云う、礼を云うよ」

内ポケットの大判の手帳の間から、二葉の写真をとり出した。

「見てくれ、これを」

マントルピースの上にあった家族の写真である。三方の縁が折れている。それをのばそうと、沖が手にとると、笹上の体温を吸った温かさが感じられた。

笹上は、すわった眼でミチを見上げ、

「女々しいと思うか、この四十男を」

ミチは、ゆっくり首を横に振った。

「おれのように泣きの涙で行く奴も、会社には必要なんだ。とりわけ、こんどは合弁会社だ。会社の資本《かね》が入っている。小久保のような若い者だけで派手にやられたんじゃ、かなわないんだ。若いのも一人来る。だが、おれのような身の重い四十男がぜひ要るんだ」

ジューク・ボックスの音楽が止った。

「おれはいい。おれはやって行くよ。部長の云うように、商社につとめる以上、光栄さ。だが、女房や子供がどれだけ耐えられる？　四年間の辛抱、指折り数えて四年、その上、これから何年数えよというんだ。指を、数えたことがあるか」

笹上は手をのばし、ミチの掌《て》をつかんだ。

「これで一日。これで二日」

両腕を構え、針金でも折るようにミチの指を倒す。

「痛いわよ！」

ミチは手を振った。はずみで笹上の上体がのめった。のめったまま笹上は、酒のこぼれたテーブルにあごをあずけ、自分の指を折る。

「これでやっと十日だ。十日にしかならんのだ」

その仕種《しぐさ》を見ている中《うち》に、沖は水上署《すいじょうしょ》の留置場を思い出した。入れられてから×日目と、毎日数えたものである。沖一人だけでないと見え、コンクリートの壁には正正正下などと、日を刻んだ爪《つめ》のあとが幾つとなく残っていた……。

笹上が頭を擡《もた》げた。頰のしみが濡《ぬ》れて黒褐色《こつかつしょく》に光っている。

写真を見つめたままミチが、

「わかるわ、笹上さんの気持。ミチわかるわ」

「外貨がない――それもいいだろう。だが、重役や大臣どもの百分の一、千分の一の金で結構すむんだ。あいつらが来て、いったい、どれだけ輸出が伸びるんだ。あいつらこそ何しに来るんだ！」

笹上は自分の言葉に激した。

「輸出を伸ばしたのは彼だ。彼こそ伸ばしたんだ。おい小久保君！」

そう叫ぶと、笹上は小久保の方に泳ぎよった。小久保の大きな身体は、またバーテンダーやボーイにかこまれていた。彼等《かれら》にとっては、ひまつぶしのいい対象なのだ。

「小久保君！　きみは一体、どんな報酬《ゲイン》をもらったんだ。ミシンをあんなに売って？」

小久保は不安な眼で笹上を見る。

「会社がきみに何を進呈しようとしているか知ってるか」

はにかみながら、小久保は首をふった。

「笹上さん！」

沖は制止した。帰国の旅をせめて無知《イノセント》のままで送らせてやろうと、話し合った筈

である。笹上は合点し、それから、勢いよく沖に向き直ると、

「きみもそうだ。ぶちこまれ、おふくろをなくし、それで何をもらったんだ」

沖も何か叫び返したかったが、笹上の眼の色に圧《お》された。白眼が瞼《まぶた》を切り、そのまま瞳孔《どうこう》の光を絶つかと思われるほどであった。その形相のまま笹上は、フロアのまん中に仁《に》王立《おうだ》ちになった。

「インチキをやり、きみも、きみも、きみも」と人影をやたらに指さし、

「みんなをめちゃくちゃにして、そして輸出だ。人間の輸出だ。りっぱだ。まったく一流商社だ。東洋物産バンザイ。一流商社バンザーイ」

「バンザイ」小久保が濁った声でひとり和した。

「バンザイだよ！」笹上は手にしていたコップをフロアに叩《たた》きつけた。

六

それから三日目の夜半、沖は旅装をととのえたミチや小久保と一緒に空港に来た。

ターミナル・ビルのロビーには光と音が溢《あふ》れていた。夜に入って間もないその時刻、空港はバス・ストップのように各地からの飛行機の発着ににぎわっていた。

アナウンスがシアトルからのコンステレイション機の到着を告げた。沖はエプロン

を見下せる窓際《まどぎわ》によって、下りてくる人々の姿を眺《なが》めた。日航線に接続しているこの便で、日本から新しい駐在員、笹上とともにカラカスへ配属される若い社員のTが着く予定である。沖はTを本社在勤当時知っていた。だがエプロンを歩いてくる旅客たちの姿は小さく、暗く、沖は探すのをあきらめた。笹上は気が進まぬと空港に来ていなかった。あの夜以来、笹上はすっかり元気を失くし、急に幾つも老《な》けこんだような疲れを見せている。

沖から少し離れて、小久保とミチが寄り添って立っていた。二人はいまヴァンクーバー経由便で日本へ発《た》つところだった。ネイヴィ・ブルーのボックス・コートにまっ白なボンネットをいただいたミチ。彼女は眼《め》を美しく輝かせ、ロビーの人々を眺めている。沖の胸に烈《はげ》しい渇きが吹き上げた。ただ一度触れた身体のやわらかさが改めて思い出された。

アナウンスは、金属的な男声でインフォメイションを続けている。メキシコ行、ホノルル行、ヴァンクーバー行……経由地、接続便、接続先が続く。トウキオというのが二度ほどきこえた。背筋に手を触れるような発音である。アナウンス、人の声、低い音楽、それが渾然《こんぜん》となって、一つの波をつくり出す。沖はまわりがゆれ始めているような気配さえ感じた。ミチからはなれ、小久保の像が近づいてきた。土色の合オーバーの裾《すそ》がほころびている。

「沖君、ひとつ、ひとつだけ一生のお願いがある」

言葉は真剣だが、表情には少しもそれが浮んではいない。

「たのむ。ミチのことは黙っていてくれ給え。部長には絶対内緒だ」

「だって、結婚するんじゃないか」

「うそだ。ジョウトウシュダンだ」

「ジョウトウ？」沖にはすぐには分らなかった。

「みんな、そう云ってやるじゃないか。たのむ。おれは部長の娘と結婚せにゃならん」視線をはずしたまま、高圧的な云い方だった。

「じゃ、ミチは？」

「ポイだ。ハネダでポイするよ」

「そりゃ、ひどいじゃないか」

小久保の顔をにらみ、きびしい声を作って云った。ミチのプランを知っているだけに、かえって気楽にこわい顔がつくれた。

「だって、だって、ポイしたって、ミチは……」

うろたえた声。顔にも、口にも、声にも、むくみが来ている。この男が立ち直る時があるだろうか――。

「そうだ。やって行ける。日本でなら、きみに負けぬくらい、やって行けるよ」

沖は、きみこそポイされたんだ、元気を出せよ、と、その肩を抱いてゆすってやりたい衝動を感じた。だが、それも一瞬間だった。小久保が人形を突き出したのだ。ミチの土産にと買って来た彫像である。

「これ、やるよ」

ロビーの光の海の中で、小久保は大仰なしなをつくって、その全裸の女人像を沖に手渡そうとした。血の気のない厚い唇《くちびる》を歪《ゆが》め、

「代用品だよ」

屈辱感と怒りの爆発を、その時どう制したのか、沖自身分らなかった。血が沸き返り、ふーッと意識がかすれてしまったのだ。人形を突き戻《もど》し、押し戻され、そうしたことを何度かくり返した末、結局、それは沖の手に残った。米人たちがゆっくり重なり寄ってくる気配に、沖の方で折れないわけには行かなかった。

ヴァンクーバー行の改札がはじまった。ミチも寄ってきた。アナウンスにせかれ、二言、三言の簡単な別れだった。小久保の土色の合オーバーがミチの後姿を蔽《おお》い、丈高い人々の背の彼方《かなた》に消えた。

沖は窓際に戻った。頭が熱い。眼下のエプロンを旅客たちが歩いて行く。後尾近くに、ミチと小久保の大小二つの影が現れた。小さな青い影がふり返る度に、大きな影もあわてて、こちらを見た。

手をあげる気力もなかった。その時、後から名を呼ばれた。

「いま着きました」

元気な声。新しい駐在員のTが、晴れやかな顔で立っていた。きちんと身をつつんだリヴァーシブル・コートの白さ。まま新しい商品の匂《にお》いがする。沖は目をそむけた。

「失礼。今、小久保が発つんだ」Tもいそいで窓際に寄った。

旅客たちの影は、うすい闇《やみ》の中にとけ入り、小久保らの姿を見分けることはできなかった。

「お会いしたかった。小久保さんは、すごい活躍だったそうですね」

「……………」

「ぼくもやりますよ。負けぬくらいに」

沖はわずかにうなずいた。後手《うしろで》に女人像の首をつかんで。右に、左に、風があわただしく吹き過ぎる気持である。

エプロンのはしでは、白金色に浮き上ったストラトクルーザー機の巨大なプロペラが始動しはじめた。一基また一基、やがて四基のプロペラが鼓膜を吹き破る轟音《ごうおん》をそろえ、大きな渦《うず》を巻きはじめた。

（「文學界」昭和三十二年七月号）

メイド・イン・ジャパン

一

電報を受取った藤下《ふじした》の手が、思わずふるえた。

「また、一発屋が……」

それだけ云《い》って、厚い下唇《したくちびる》を嚙《か》む。カルカッタD商会からの電報は、すでに荷造りをはじめている湿度計八万本の契約破棄《キャンセル》を伝えてきた。銀河湿度計の後を追って、安売りの日本製品が出廻《でまわ》りはじめたにちがいないのだ。

斜め背後から大島常務がなだめるように、

「マセさんでしょうか、それとも」

「わからん、だが、恐らくはマセも……」

火箭《かせん》の舞う作業場の壁に、間瀬文平の猫背姿《ねこぜすがた》を思い浮べて云う。電報を持つ手は、まだふるえている。

「何か良くないことが起ったのか」

熱気の中に大きな体でうずくまり、ストップ・ウォッチをみつめていたメイヤーが、顔だけ起して云う。血色のいい顔が火箭を映して、真赤に染まっている。栗色《くりいろ》の髪まで燃え立ちそうである。

恥さらしになることだ。云うまいとためらう気持もあったが、メイヤーのまじめな表情に誘いこまれて、

「市場荒《しじょうあら》しだ。うちの湿度計が拓《ひら》いた後へ、安ものが出廻ったらしい」

「市場はどこだ」

「インド。ブラジルでもそうだったし、香港《ホンコン》でも。……そして、今度はインドだ」

またしても、という感じであった。折角開拓した香港市場からは二年前、ブラジルからは半年前しめ出されてしまった。永い努力の後、銀河湿度計が出はじめると、すぐ後からマセ湿度計などの粗製湿度計が安値を武器に、猛烈な勢いで流れこむ。そして安さだけを競い合った末には、粗悪品の氾濫《はんらん》となり、日本製湿度計そのものへの信用が失われ、MADE IN JAPAN《メイドインジャパン》はすべて駄目《だめ》ということになる。悪貨は良貨を駆逐《くちく》するとはいうものの、遂《つい》には悪貨ゆえに世界市場から駆逐されてしまうのだ。その場限り、一発やって儲《もう》かればよい。そうした同業者たちのために、開拓した市場は次々と失われてきた――。

「価格とは神聖なものだ。値崩しをすれば、市場を失うのは当然だ」

さとすように云うメイヤーに、

「その通り。だが、ようやく業者仲間で協定ができ値崩しの止ったあなたの国では、

今度は関税を引き上げて、われわれの輸出を妨げようとする。われわれにとっては、西も東も……」

　メイヤーは、大げさに間の悪そうな表情をつくって笑った。

「まだ決ったことではない。わたしも日本製の半製品《ブランク》を輸入し、それに加工して儲けてる方だ。いっしょに闘おう」

　メイヤーはそう云いながらも、手帳にストップ・ウォッチの時間を記入している。工程や工数を徹底的に調べて、原価を洗い出そうとする眼《め》である。

　藤下は視線をそらせた。「西も東も……」と思わず漏らした言葉が、不気味なほどの実感を伴ってよみがえってくる。

　焦点を失った眼の前を、火箭が幾条も乱れ飛んで行く。摂氏五百度の電気炉はうなり、そこから取り出された真赤なガラス球をつかんで十数人の少年工が休みなく走り廻っている。だが、一切の音が藤下の耳に遠い。少年工たちの気合いがすべての音を封じこめているためでもあった。気合いと云えば、熱気まで殺している。火工場をのみこむように大きく口を開いた電気炉は、猩々緋《しょうじょうひ》の反物を時々眼を射るように白熱させ、はじき出された火球が視野を縦横に截《き》って走っているのに、ふしぎに熱を感じない。

乱れ飛んで見える火箭にも、秩序がある筈《はず》であった。三年がかりで熟練工の作業工程を綿密に分析し、歩幅や速度まで正確に計測し、その尺度通りに少年工たちは駈《か》け出し、横走りし、駈け戻《もど》っているのである。その度に、拳《こぶし》ほどの火球が長さ百尺にも及ぶ火箭に変り、冷却してガラスの表情をとり戻すはしから、湿度計五本分八〇センチの長さに截られて行く。藤下の眼には、その動きのすべてがメカニカルな幾何学模様に映る筈であった。だが、いま眼にする火箭は、乱調子の脈搏《みゃくはく》のように波打ったり、ふいに藤下に突き当らんばかりの乱れを見せたりする。

「彰さん、アメリカの弁護士は高い方にすると云うじゃないか」

嗄《しわが》れた声が、突然耳の近くでした。張りつめていた火工場の空気が、ぽっかり口をあける。銀河湿度計の社長である藤下を、「彰さん」と呼ぶ男は一人しか居ない。間瀬文平であった。大島常務を突きのけて、文平の蒼《あお》ざめた顔が迫っていた。呼吸が荒いのは、守衛が遮《さえぎ》るのもふり払って、そこまで走りこんできたためであろう。文平が用にかこつけて、工場の中まで入りこんできたのは、それで三度目であった。藤下に向って話しかけながらも、眼の隅《すみ》では火工場の内部をさぐっている。

藤下は湿度計輸出組合の組合長を兼ねている。このため、アメリカでの関税引上げ提訴に対し日本側の立てる弁護士の選定を一任されていた。

「高い方のデュブリッジ弁護士にきめました。いろいろ調べてみた結果、デュブリッジの方が信用もあり、有能という評判だから」

「有能なのは結構。だが、弁護料は安い方のサヴェスの二倍近いというじゃないか」

「ちょうど二倍、二万ドルです」

「二万ドル？　七百二十万円だ。少し高過ぎやせんか」

「サヴェス弁護士は、間瀬さん、あなたの方で推薦されてきた人だし、安いことでもあるから、できれば頼みたい。しかし、アメリカで頼りになるのは弁護士ひとりだ。できるだけ有能な人に頼まないと……」

「それは、あんたの自由だ。湿度計輸出組合としては、弁護士の選定は組合長の彰さんに一任したからな。だが二万ドルとは……。彰さんもアメリカに行けば、いろいろ金が要ると思うが」

藤下がその二万ドルの一部を着服すると疑ってでもいるような毒をふくんだ云い方であった。

「弁護料のことを云ってるんですよ。何もわたしの……」

藤下ははげしい声になった。文平はうすいごま塩頭を振って、

「何しろ大きい金額だ。……話を蒸し返すようで悪いが、下手《したて》に出て自主規制を申し

出たらどうだろう」

「自分の方から輸出量を制限するなどという弱気なことは止《や》めよう、どこまでも闘おうと組合で決まったばかりじゃないですか」

「決まったというより、彰さんが強引に組合の空気をリードしてしまったのだ。第一、あんたは票決をとろうとしなかった」

藤下は答につまった。同業者たちの意向が、関税引上げに対して闘おうというよりも、小さく自主規制にまとまろうとする気配を察して、故意に票決を避けたのだ。

文平は、黙りこんだ藤下の顔を嘗《な》めるように見て、

「うまく行けばいいが、二万ドル使ったわ、負けたわで、関税引上げになったらどうするのだ」

「たとえ二万ドル棄てるとしても、やって見なくちゃわからない。少なくとも、日本の方から引きさがる理由はない」

「相変らずの強気か」

「弱気じゃ何もできない。市場は狭くなるばかりだ。デュブリッジ弁護士を信用して闘いましょう」

文平はまた藤下の言葉を聞いていなかった。火球をつかんで走る少年工の動きを、

眼で追っている。

大島常務がそれと気づいて、文平の前に立ちはだかり、「ここでは何ですから、事務所の方で」

藤下も長身の体を一歩踏み出した。

「ジャンパー姿で陣頭指揮か。勇ましいことだ」

文平は、藤下と大島を並べて見、いまいましそうに云ったが、その眼が急に別の光を帯びた。顎《あご》で指すようにして、

「バイヤーか」

屈《かが》んだままでしきりにノートをつけているメイヤーに、はじめて気付いたようであった。それまで藤下の蔭《かげ》になっていたメイヤーは、やはり銀河湿度計の作業服である紺ジャンパーをつけている。

文平の頼みでメイヤーに引き合わせた。文平は下手な英語で、くどいほどマセ湿度計会社へも来るようにと誘ってから、

「こんなところより、何故《なぜ》、見物に連れ出さないのか」と藤下を見咎《みとが》め「何なら、わしが見物の案内をしようか」

「だめですよ。この人は工場以外に全然興味がない。宮城へ案内しようとしても『俺《おれ》

は他人の住宅に興味はない』とけんもホロロなんです」

藤下が遮ると、メイヤーも八ッ手のような手を振ってことわり、また屈みこんだ。

「バイヤーにノートさせるなら、同じ日本人じゃないか、わしに見せてくれたって」

「それなら、うちの会社の傘下《さんか》に入りなさい」

云い争いながら、藤下と大島は両側からはさみつけるようにして、文平を火工場の外へ出した。文平は、まぶしい日射《ひざ》しの下に戻《もど》っても、なお、ねばるような眼を火工場に向けていた。

「平均年齢十九歳と云うが、嘘《うそ》じゃないな。人件費が節約できる筈だ」

二人に送り出されながら、文平はかざした手の下から鋭く道の周囲を見廻し続ける。掃き残したガラス屑《くず》の散っているだけの道にも、銀河湿度計製造の秘密がころがってでもいるといった眼つきである。

銀河湿度計は従業員四二一名、日本の湿度計メーカーとしては、ビッグ・スリーの一つである。戦前は胃腸剤「銀河」のメーカーであったが、大きな市場である中国大陸を失ってからは、若い社長の藤下彰の下で湿度計製造に乗り出した。それまでは熟練工の手先にだけ頼る家内工業であったが、その工程を徹底的に計測分析し、可能な限りで思い切った機械化を行った結果は、年少労働者の手でほとんどの工程が担当できるようになった。このため品質の割には比較的廉価《れんか》な湿度計生産に成功していた。戦前、胃腸剤「銀河」の中国販売網の総支配人であった間瀬文平は、引揚げ後、同じ湿度計メーカーとして、時には品質を落した安値輸出で、銀河湿度計を追ってい る——。

藤下と大島が両側からはさんで、文平を事務所の前まで押し戻した。文平は汗を拭《ぬぐ》った。小さな日本手拭で、うすい頭を丹念に拭《ふ》いている。

大島常務を眼で去らせてから、藤下は強い語調で云った。

「間瀬さん、インドではまたやりましたね」

「やったって?」

文平は顔を斜めにしたまま聞き流そうとする。文平を見たときから抑えていた怒りが、迸《ほとばし》り出てきた。

「なぜ、市場を大事にしないんです」

「安いものができるのは、しようがないだろう」

「安いだけじゃない。安かろう、悪かろうでしょう」

「それなら、あんたのところの技術を公開してくれたらいい」文平は押し強く云ってから「インドなど、ちっぽけな市場だ。本命はアメリカだ、頼むよ、アメリカを」

「あなたたち一発屋は、そういう調子で市場を失くして行ってしまう。他に市場さえあれば、アメリカに対しても、もっと強腰になれるのだ」

文平はその言葉を遮るように、汗のにじんだ手拭をちょっと陽光にかざすと、音を立てて四つにたたんだ。モーターの音、ガラスの触れ合う音——工場の作業音が潮騒《しおさい》の高まりのように聞えてくる。

「彰さん、ニューヨークでの宿はわしに世話させてくれんか」文平は急に弱々しい老人の眼つきになって云った。「わしも輸出組合の副組合長だ。万事あんたに一任と云っても、少しは役立たせてもらわにゃ。せめて宿の世話ぐらい……」

本気で云っているのかと、返事をためらう藤下に、文平はかすれた声を続け、

「娘の知子がニューヨークの大学に行っている。もう三年になる」斬《き》りこむような白い眼で藤下を見て「知子を覚えてなさるだろうね」

「ああ」藤下は言葉を濁した。

「あんたのお父さんと約束したが……。約束は全部御破算の時世だからな。御破算した方はいいが、された方の身にもなってくれ。あれがアメリカへ行くと云い出したのも……」

藤下は黙ったまま、文平の深い皺《しわ》の刻みこまれた首筋をみつめた。知子を最後に見

たのは北京の日本人女学校に入学したという年の夏休みのことで、文平に連れられて藤下の家にやってきた。セーラー服の白い襟《えり》、くりくりした瞳《ひとみ》がまだ眼の底に残っている。国民服を着た文平は、両手に藤下への土産を提げていた——。

「ホテルの世話もできよう。車も借りていると云うから、運転手代り、秘書代りに使ってくれ」

藤下は曖昧《あいまい》にうなずいた。強《し》いて断る理由もないと思った。知子がニューヨークでどんな娘に変っているかと、好奇心も湧《わ》いた。そうした表情の変化を、文平はすくうようにみつめていて、「彰さんには気晴しにもなるだろう。だが、知子はなあ……」

と吐き出すように云ってから、あわてて言葉をつぎ、「ぜひ知子を役立たせてくれ」

藤下は曇った顔でうなずいた。間瀬父娘《おやこ》への警戒心が、ふと心をかすめた。文平もまた気難しい表情に戻っていた。

「ここでは、お茶ひとつ御馳走《ごちそう》してもらえんようだ。どりゃ、失礼するか」

引きとめようともしない藤下に、一歩踏み出してふり返り、

「二万ドルとは高い弁護料だ。これで負けたら、彰さん、あんた顔向けできんぞ」

強い声で云った。

二

総ガラスばりの壁面から五月の太陽が流れこみ、大理石の階段は光の渦《うず》である。うっかりすれば足をとられそうに磨《みが》き上げられたステップは象牙《ぞうげ》の肌《はだ》のように輝いて、人の立入りを許さぬ豪奢《ごうしゃ》な宮殿の歩廊を思わせる。合衆国関税委員会《ユー・エス・タリフ・コミッティー》——ワシントン市東北区コンスティテュウション・アベニューにある関税委ビルの階段を、藤下は二段飛びに上って行った。

「勇ましい上り方ね」

間瀬知子の声が追う。語調が文平に似ている。やはり父娘とふり返ると、知子の笑顔は光の渦の中に花弁のようにゆれていた。

「海軍の癖がまだ抜けなくてね、海軍では階段を二段飛びに上るのだ」

「海軍？　もう十年以上も昔のことでしょ」

追いついた知子の笑顔が眼《め》の前をふさぐ。光は絶えずゆれていて、金砂をふりまかれてでもいるように眩《まぶ》しい。二人が同じステップに立つと、藤下はすぐまた階段を上りはじめた。前ほどの勢いではないにしても、やはり二段をまたいでいる。苦笑しながらも、そのまま二段ずつまたいで上りつめた。

「癖は抜けないの」

下からの知子の声が、咎《とが》めるような口調に変っていた。

「いい癖は抜く必要はない」

「いい癖かしら。何も急ぐことはないわ。それに急ぐなら、エレベーターだってあるでしょ」

「きみは、えらく癖にこだわるね」

話の先をねじ切るように云う藤下に、知子は、

「癖に執着できるあなたが癪《しゃく》だからよ。わたしには惜しい癖なんてないわ。何もないわ」

リノタイルの踊り場の先には、深い毛脚のグレイの絨毯《じゅうたん》が敷きつめてある。ネオン・ランプが「喫煙室《スモーキング・ルーム》」と標示している下を横切って、教えられてきた三つ目のドアを開けるとそこが公聴会場であった。正面の大きな星条旗が蔽《おお》いかぶさってくるような感じである。思わず立ち止った藤下に、灰色、栗色《くりいろ》、碧色《みどりいろ》さまざまの瞳《ひとみ》が強い光をこめて注がれてきた。関税引上げ提訴側の傍聴人である。私語をまじえながら、視線はすきまもなく注がれてくる。三十人近くも居るであろうか。

その視線の群とは反対の方角から、名を呼ばれた。メイヤーが血色のいい顔で笑い

かけている。中北部のウィスコンシン州から飛行機で直行してきたのであろう。他に顔見知りのバイヤーが二人、大使館関係者が一人居た。日本側傍聴人は、藤下たちを合わせて、その六人である。

間瀬知子を紹介する。斜め前からの提訴側傍聴人たちの密度の濃い視線に灼《や》かれながら握手の交換がすむと、メイヤーは大声で、

「あなたはニューヨークで大変なところに宿をとりましたね。なるほどブロードウェイには近いが、あの辺はニューヨークで有名な犯罪多発地区だ。不気味に思いませんか」

藤下はその声を知子に隠そうとでもするように、ほとんど反射的に身を立て直した。けわしい山脈の裏側にある谷間のように、一日中、陽《ひ》の当らないセメントの舗装道路。劇場や安ホテルや薄汚れた商社のビルが立ち並んでいる。知子の紹介してくれたのは、タバコ屋と蚤《のみ》のサーカスにはさまれた四階建のホテル。露台《バルコニー》の手すりは壊れ、壁面の褐色砂岩《かっしょくさがん》は幾カ所かひび割れていた。

「貸室――一ドル五〇セント」と白文字を浮かせた一ヤード幅の看板。藤下はその文字を思い浮べて、

「いや。あまり金のかからぬところに泊りたいと思ったので」

メイヤーは、工場の中で話すような大声で、

「誰が紹介したのか知らぬが、ひどいところに泊めたものです。わたしが紹介してあげればよかった。何なら、今からでも遅くはないが」

藤下が口を開くより先に、背後から知子の声がした。

「もう開廷の様子よ。それにしても、私たちの人数が少ないので、向うは驚いてるわ」

意識的に話をそらそうとしているのだが、ひどく冷静な口調であった。油断できぬ女だと、藤下は心の隅《すみ》で思う。

「食器のときでも、綿製品のときでも、いつも日本側は満員だった様子よ。鉢巻《はちまき》しめて勢揃《せいぞろ》いしている写真を見たこともあるわ」

「大勢揃って、という訳だね」

藤下は冷たく云った。

「そう。日本人はいつも大勢で押しかけると思われている。今日も向うはその心算《つもり》で居たのだろう」

メイヤーも引きこまれて、口をはさんだ。

藤下は組合の席上、組合長である藤下ひとりがアメリカに渡り、運動したいと主張

した。他の業界のように、やたらに人数だけ繰りこんでも却《かえ》って悪感情を抱かせるだけだと説き、それだけの外貨を弁護士なり、政治工作屋《ロビースト》なりに廻《まわ》した方が有効な闘いができると見透《みとお》したからであった。予想に反して強い反対意見は出なかった。事毎《ことごと》に藤下に逆らう副組合長の間瀬文平が珍しく藤下を支持し、口うるさい連中の発言を封じたためでもあった。

藤下は、信念通りに、デュブリッジ弁護士の能力にすべてを賭《か》けている。デュブリッジとの打合せも十分過ぎるほど済ませた。デュブリッジの指示で、二、三の政治工作屋《ロビースト》への折衝も済んでいる。大勢揃って来ても何になるか、と唇《くちびる》を結びながら、提訴側の傍聴人席を見返す。双方の弁護士が着席し、定刻十時、五人の関税委員が入場した。委員席の背後の大星条旗の縞目《しまめ》の一つ一つが眼に喰《く》い入るように鮮かである。

法廷書記《クラーク》が提訴趣意書の朗読を始めた。

「湿度計が完成品たると半製品たるとを問わず通商協定で譲歩を与えられた結果、国内産業に深刻な危害を与え、または与える懼《おそ》れがある程大量に輸入されているので、これが救恤《きゆうじゆつ》措置として関税譲歩の撤回、元通り引上げることを要請する……」

通商協定では譲歩の結果として四二・五パーセントの関税が課せられていた。その四二・五パーセントでもかなり高いのに、譲歩の撤回とは一挙に八五パーセントという阻止的な高率にまで引上げることを意味する。

趣意書の朗読に続き、提訴側弁護人が簡単に提訴理由を説明した。それが終ると、正面両側の扉《とびら》が開かれ、提訴側・被提訴側の要求で委員会が喚問した証人がそれぞれ入場する。提訴側が十三人の証人を動員したのに対し、日本側デュブリッジ弁護士の喚問した証人はわずか一人であった。

提訴側傍聴人席の空気のほぐれるのが、眼に見えて分った。もはや闘いを投げたのか、自主規制する気なのかと、物問いたげな視線を向けてくる者もあった。

「たった一人で大丈夫かしら」

知子が、不安と疑惑の入りまじった声を立てた。デュブリッジ弁護士は二万ドルも取っておいて、やる気がないのではないか、どうせ米人弁護士が頼りにならぬのなら、安い方の弁護士にしておけばよかったのに——と、その眼が文平の云《い》い分を浮べている。

藤下は応《こた》えなかった。

最初の証人が発言台に立ち、聖書に手を載せて宣誓した。度量衡品組合書記の肩書の、うるんだ眼をした老人である。提訴側弁護人の質問に答え、

一、湿度計は資料・人件費ともに値上りを続け、例えば水銀は三年前に比べポンド

当り四ドルも騰貴《とうき》しているのに、製品価格は安い日本品に圧《お》されて九〇セントから八〇セントに下っている。

二、湿度計半製品《ブランク》の合衆国における総販売高中、日本製品が三分の一を占めている。

一、二の理由から、合衆国湿度計業界が危機に瀕《ひん》している旨《むね》、証言した。

日本側のデュブリッジ弁護士が反対訊問《じんもん》に立った。薄い青味を帯びた金髪、頑丈《がんじょう》な鼻筋から広い額にかけての色艶《いろつや》が光る。歳《とし》は六十近いが声にも動作にも弛《ゆる》みがない。

湿度計が八〇セントに値下りしたと云うが、現在三ドルを越している製品もあるではないかと、その湿度計の名をあげて訊《き》く。証人は声を出さずにうなずいた。デュブリッジは更に、日本製品が三分の一を占めるという数字の出所を訊《たず》ねた。老人は聞きとれぬ声で人の名をあげ、まず間違いのない比率と思うと口ごもりながら答えた。

二人目の証人は、Hという湿度計メーカーであった。強く張っている顎《あご》の線と奇妙にはげしい眼つきが、いかにも闘士的なタイプを思わせた。その男は傍聴人席の後ろの壁にはね返るほどの大声で、湿度計製造のためには特殊な熟練を要し、莫大《ばくだい》な費用をかけて養成した熟練工は、他業種への配置転換不可能である。ところが日本品の輸入増のため同業者の廃業相つぎ、困難な失業問題をひき起していると、一呼吸も休まず弁じ立てた。

窓の外には議事堂のドームを斜めにのぞかせたキャピトル丘《ヒル》の濃い緑が続いている。その緑に向って、藤下は大きく呼吸《いき》をついた。証言の前半には異論があった。この証人に限らず、間瀬文平はじめ日本の湿度計業者の多くもそう信じこんでいる。銀河湿度計で試みたような作業分析も行わず、その結果、ほとんどの工程が少年少女工の手先で間に合うことにも気づかない。火箭《かせん》の中での少年工の動きが懐しく思い出されてくる。

デュブリッジ弁護士が立った。同年の友人にでも話しかけるような口調で、廃業したという同業者名を訊ねた。証人は昂然《こうぜん》としてS湿度計とG計器の名をあげた。デュブリッジは太い眉《まゆ》をゆるめ、眼のはしではじめて藤下たちの席を見上げてウィンクした。S湿度計廃業の理由は規格不合格品を製造したためであり、G計器廃業は日本製湿度計の輸入増加が現れる前のことではなかったかと、年月日をあげて反論し、証人の不興げな肯定を得た。

三番目の証人は、はるばる太平洋岸から飛んできたという湿度計メーカーであった。小柄《こがら》で、汚れた雪のような色の髪をし、顔色も同じように不健康な翳《かげり》を帯びている。その男は、自社の例だと断って、一九五五年以来日本品の輸入に圧されて売上げの減少が続く一方であるとし、茶色の書類鞄《かばん》から証憑《しょうひょう》書類の束らしいものをとり出し、売上げ高減少の記録を月を追って読み始めた。しばらく声もなかった提訴側の傍聴人席からはほっとした息づかいが聞えた。再び、刺すような視線が藤下らに向けられてくる。

委員から二度注意されるほど、その小柄な証人の陳述は長びいた。どこかに農夫の訥弁《とつべん》を残しているような、それだけに重みの感じられる陳述は、提訴人側の期待と重なり合って、日本側へ厚い空気の壁を押しつけてくる。

提訴側弁護人の誘導的な質問が終ると、すかさずデュブリッジが立ち上った。手に一枚の紙片を摑《つか》んでいる。デュブリッジは、その紙片をひらひらさせながら、証人の陳述の要旨をくり返して確認させ、その証人の会社で三カ月にわたる長期ストライキがなかったかと訊ねた。証人はその事実を認め、大した打撃はなかったと顔を赤くしながらつけ加えた。デュブリッジはその弁解を聞き流し、それまで右手で泳がせていた紙片を取り上げた。これは五七年春、あなたが出された手紙だが、と前のめりになって紙片を示し、ここには某社からの注文に対し忙しくてその注文に応じられぬ旨断ってあるが、とつめよった。

双方の傍聴人席から、うめき声と嘆声が聞えた。デュブリッジが、いつ、どこで太平洋岸に住む一業者の手紙を手に入れたかは知らない。訪ねる度に、十分準備しているからと笑っていたデュブリッジの言葉に、一分の掛値もなかったことは驚くばかりであった。日本側として一人の証人しか喚問しなかったのも、うなずけることであった。反対訊問で提訴人側の証言をくつがえした方がはるかに説得力があり、日本側の証人はそうした事実を整理して述べ立てるだけでよかった。

藤下は、正面に垂れ下っている大星条旗の星の数を、いつか無心に数えていた。四人目の証人の宣誓している声が、夢の中で聞くように遠い。「有能な弁護士」と自分にも云いきかせるように幾度か云ってきた、その「有能な」という語感があらためて胸に固い錘《おもり》を下して行く。心地良かった。提訴者側に勝っただけでなく、デュブリッジに疑惑を寄せていた間瀬たち日本の業者にも勝ったという感じである。国境や職種を越えて、「有能」という言葉だけで、かちんと応えてくるものを藤下は感じていた。

眼をあげる。キャピトル丘《ヒル》の緑は、金糸《きんし》に縁《ふち》どられたように、初夏の空に輝いている。窓外にひろがる広大な首府は、動きを止めたように静かで、ただ、丘《ヒル》を越したペンシルヴァニア・アベニューを流れる車の音が低く聞えてくるだけである。

眼の下では、腹が突き出た赤い顔の証人が場内を撫《な》で廻すようなジェスチュアで弁じ立てていた。その癖のある捲舌《まきじた》音を聞きとろうと、藤下は身を折り曲げた。それは、軽くなった気分を強いてつなぎとめようとする姿勢でもあった。

三

一日活動を続けたマンモス都市に、乳色のものうい夕暮が迫っていた。五時の終業を告げるサイレンの音が、煙霧にかすむ空へ消えて行く、その間にも、眼《め》の前のマンハッタンの空を区切るスカイラインには、細かな宝石のような灯《ひ》が数を増す。イースト・リバーのコンクリート護岸に寄せて五三年型空色セダンをとめ、知子は待っている。その背をふるわすように、背後のマレンバウム・グラス工場からも、サイレンが鳴り出した。

ふり返ると、先刻まで閉じられたままだった工場の正門は大きく開かれて、構内の長い芝生の帯を見せている。大艦隊を抱えこんだ広大な泊地のように、格納庫風の屋根を浮べた工場敷地は、視野を蔽《おお》ってひろがっている。

工場幹部に会うと云って入って行った藤下は、まだ帰ってこない。知子は辛抱強く待っている。この数日、藤下を乗せて廻《まわ》り、待つことに馴《な》れてしまった。日本総領事館の前で、政治工作屋《ロビースト》のオフィスの前で、ニューヨーク中《じゅう》に散らばる日本商社や銀行の前で、そして、マレンバウム・グラスの総ガラスばり三十五階建ビルの前で……。

藤下が次第に窮地へ追いつめられて行くのが、車を運転する知子にもわかった。イースト・リバーを渡り、このマレンバウム・グラスの工場に来たのは、藤下としての最後の手段であった。大統領裁定は、一両日中にも発表される筈《はず》である。

「彰さん、がんばって」ふいに口もとに浮んできた声を抑えて、知子は待っている。自分はあの人を憎んでいる。殺そうとまで憎んで、あのホテルを世話した。そして今も、ハンドバッグの中には茶色の小壜《こびん》が忍ばせてある。小壜はワシントンへ行ったときから用意してあった。それを疑われずに使うためには、藤下の失意の時をねらわねばならぬ。この数日来、そのチャンスが続いている——。

ワシントンでの関税委員会は三日間行われ二日後に委員会の決定が発表された。三対二で関税引上げを大統領に勧告するというのである。形式上は日本の負けであった。しかし、綿製品にせよ、食器、合板にせよ、関税委員会ではすべて五対零で日本側が敗れていた。敗れながらも、すべて裁定留保、再審議という形で、引上げ勧告が大統領の手もとでにぎり潰《つぶ》された。日本側が大幅の自主規制を申し出たためでもあるが、ともかく関税引上げには至らなかったのである。従って、三対二という僅差《きんさ》による引上げ勧告は、まず大統領の手許《てもと》をパスしないと見てよい。実質的には日本側の勝利と思われた。

だが、明るい気持でニューヨークに戻《もど》った藤下に寄せられてきたのは、「自主規制を申し出よ」という声であった。日本の同業者や通産省筋からの電報も、ニューヨーク駐在の外交・新聞・商社関係筋の忠告も、すべてそうであった。その度に藤下は、陽灼《ひや》けした顔の両耳に指で栓《せん》をして見せた。幾度かその仕種《しぐさ》を繰り返して見せられる中に、知子は笑えなくなった。知子の父の間瀬文平からも、直接藤下に宛《あ》て、また知子に宛てて、自主規制の申し出をすすめて来ていた。

藤下が深刻な表情を見せたのは、デュブリッジ弁護士から意外な電話があってからである。マレンバウム・グラス首脳がワシントンに着いた。大統領裁定へ働きかけるかも知れぬ、と電話は伝えてきた。マレンバウム・グラスは資本金二二億ドル（八千億円）、従業員十七万人、米国いや世界最大と云ってよいガラス会社である。それが原料ガラスの買い手である湿度計業者の頼みで動き出したというのだ。

圧倒的な経済力・政治力を持つマレンバウムに対抗してホワイト・ハウスへ陳情するためには、自主規制を申し出る他《ほか》はない。だが藤下はまわりの忠告をはねのけ、二日ほど一人で思いつめていただけで、知子たちの予想もしない方向に活路を拓《ひら》き出した。

「こちらから謹慎する必要がどこにある。……マレンバウムがその肚《はら》なら、米国の湿度計業者に代ってこちらでマレンバウムから原料ガラスを買ってやろう。たとえアメリカから運賃をかけて原料ガラスを買っても採算は立つ。努力次第で採算は立つ」
藤下がこう云い出したとき、知子は心の中で、あっ、と声を立てた。「あなたのところの資本金はいくら、従業員は……」と思わず強い皮肉が口に出てきそうであった。父の文平が若い藤下を幾つも年長の仇敵《きゅうてき》のように憎悪《ぞうお》する気持がわかるような気がした。

藤下はこの強気なプランでマレンバウム首脳を説得しようと、ダウン・タウンの中心部にあるマレンバウム・ビルへ幾度となく訪ねて行った。首脳部は会おうとさえしなかった。応接に出た男の顔には、日本の一湿度計業者がなぜそうした途方もない話を持ちかけてくるのかと、藤下を怪しむ気配さえあった。本社でだめなら工場ででもと、藤下は知子の車を走らせたのだ——。

マレンバウム工場からは、クラクションの湧《わ》くのが聞える。その工場だけで、十二万人という従業員が帰るのだ。広い構内の右から左から車が現われ、中央を走る芝生の帯がまず見えなくなった。車は前の車にかぶさるようにして次々と数を増す。やがて構内一面が、色タイルを敷きつめたように、様々の車で蔽《おお》われてしまった。門からは、両側から落ち合った末に六列の流れとなった車が溢《あふ》れ出てくる。

藤下はどうしたのかと、知子が背を伸ばすようにしたとき、クラクションの音が一段とやかましくなった。門の蔭《かげ》から長身の男が走り出て、車の流れの中へ踏みこんで行ったのだ。踵《かかと》の裏にスプリングでも仕掛けてあるような勢いである。このため車の列の方が、うろたえた羊の群のように渦《うず》をつくって男を避ける。藤下であった。神経も含めた体全体が鋼鉄のバネなのだ。知子の眼には、関税委ビルの階段を二段飛びに上って行った藤下の姿が、ずっと続いている。

藤下は、クラクションの響きを運びこむようにして近づいてきた。

「どうでしたの」

「だめだ。話が通じない」そう云う藤下の顔には、少しも落胆の色がない。「明日もう一度マレンバウム・ビルへ行こう」

「しかし、もう裁定が……」

「裁定の出る瞬間までやるのだ。まだマレンバウムを阻止できるチャンスはある」

「どこまで強気なの。諦《あきら》めが悪いわね、勝負はついてるわ」

藤下は答えず、背後を流れる車の列をあらためてふり返って見る。

「すごい車だ」

「あなたはずいぶん乱暴に横切ってきたわ。よく轢《ひ》かれなかったわね」

「これだけの車の前だ、轢き逃げもできまい。却《かえ》って安全だよ」

藤下はそう云い棄《す》てると、煙草《たばこ》に火をつけた。反撥心《はんぱつしん》で知子の胸は次第に灼けてくる。

「この工場だけで、十何万人も働いてるそうね。彰さんの会社の何倍なの。……四百二十一人と仰言《おつしや》ってたわね。その何倍に当るかしら」

皮肉な口調で云う知子を、藤下は見ようともせず、

「そんな比較はナンセンスだ。比べるなら、工員や経営者の一人平均の質を比べるんだね」

「それなら銀河湿度計は負けないと仰言りたいのね」

「そうだ、決して負けない」そう云い切ると藤下は知子をまともにみつめ「知子さん、手を貸して」

驚いて声を立てたとき、知子の右手は藤下の厚い掌《て》の中にすくい取られていた。細いレースの編み目を通して、藤下の体温が伝わってくる。体中が熱くなった。

「手袋をはめてるんだね」

「ええ」と答えてから、知子は顔色を変えた。指紋を残さぬようにと用意してきた新しい手袋、それを藤下を待つ中《うち》に所在ないままにはめていた。狼狽《ろうばい》をかくそうと、力をこめて藤下を見上げる。

藤下は煙草を口にくわえ直すと、両手で知子の手袋を外しはじめた。オブラートでも剥《は》がすような丁寧な手つきである。小指が現れた。マニキュアしてないのに、爪《つめ》の先までうす紅色が差している。知子は逆らいようもなく、ただ藤下の手の動きに任せていた。煙草の煙が、強く男を匂《にお》わせてくる。

藤下のつぶやきが、また知子をうろたえさせた。

「手を大事にしなさいよ」

どういう意味なのだろう。指紋を隠す目的を見破られたのかと、頬《ほお》をこわばらせながら藤下を見上げる。藤下の眼鏡越しの瞳は、それまで知らぬ強い光を帯びていた。だがそれは、敵意や猜疑《さいぎ》をふくんだ光ではなかった。あたたかい湯のように注がれてくる光である。

「どうして……どうなさるの」

知子は喘《あえ》ぎながら云った。全身の神経が右手だけに移っている。手袋を外された指の肌《はだ》が男の掌に触れて行く度に、まるで裸の肉体が触れ合うように体の芯《しん》が疼《うず》いた。やはり、わたしはこの人を想《おも》い、この人もわたしを……と、羞恥《しゅうち》と期待で眼の縁《ふち》まで熱《ほて》り、藤下の顔が見られない。

藤下の手は、知子の指を一本一本愛撫《あいぶ》していた。指の肌から体の芯にかけて、その度に疼きが走る。

ふたたび眼が合ったとき、藤下は三本の指の腹で知子の人差指をはさんだまま、

「しなやかな指だ。……日本の女性だけなんだ、このしなやかさは」

「何ですって」

叫ぶと同時に、知子は手を引いた。胸がはげしく動悸《どうき》をうつ。

「彰さん、あなたは……」

声がふるえて続かない。藤下は煙草の灰を払うと、

「マレンバウムがどんな職工を抱えていようと、湿度計にかけてはうちの女工員の訓練された指先にかなうものか。湿度計のような仕事は、アメリカが逆立ちしたって、日本の少女の指先にかなやしないんだ」

知子は靴音《くつおと》を立てて、藤下から離れた。そうした知子の頭越しに、藤下は昏《く》れて行くマンハッタンの空をにらみ、

「アメリカへ来てからも人の手ばかり眼についていた。女でも百姓のように無骨な手、茹《ゆ》で上げたような手、フケかウロコでもついていそうな手、毛のはえた熊手《くまで》のような手……。手が自分で自分をもてあましている。いくら機械の助けを借りたところで、あんな手で細かい細工はできやしない。細かな機械の操作ができるのは、日本人のよ

くしなう指先、訓練された細い指先だけなんだ」

知子は応《こた》えなかった。ハイウェイの自動車の騒音は遠ざかり、低い地鳴りのような音に変っている。藤下がまた喋《しゃべ》り出しそうな気配に、知子は声を励まして云った。

「あなたの奥さんも、きっと、しなやかな指なんでしょう。奥さんにしておくのが惜しいぐらいにね」

「ああ、以前はしなやかだった。しかし、段々かたくなってきた。やはり結婚前の指が一番いい」

「わたしの指は女工向きという訳ね。いっそ『銀河』で雇って頂こうかしら」

責めている心算《つもり》なのだが、そうした言葉で知子自身がますます傷つくばかりであった。うすく涙がにじんでくる。その顔を隠すように、腕を鉄の欄干にのせた。

眼下をスターテン島への連絡船が動いて行く。デッキの明りが水上にちらちら煌《きらめ》いている。連絡船の進んで行く先には、紫色の闇《やみ》を分けるようにして大洋通いの貨物船が一隻、投錨地《とうびょうち》をさがして進行している。北京・日本そしてニューヨークと、過してきた二十数年の歳月が、ただ藤下にはずかしめられるこの惨《みじ》めな情景のためにだけあったような気がしてくる。アメリカへ来たのも、この藤下や、藤下を許婚者《いいなずけ》ときめて自分の航路を狂わせた父から逃れるためであった。それが今は……。知子は、藤下に世話した露台《バルコニー》の壊れたホテルを思い、茶色の小壜《こびん》を思った。そうして心を落着けようとした。

「ああ疲れたなあ」

藤下は大きな声を出した。手を頭の後ろに組んで、背伸びしている。弓なりになったその長身の姿が、護岸の上の影絵に見えた。

心の弱みを気取《けど》られまい、藤下から自分を突き離すのだ。知子は、張りのある声をつくって云った。

「自主規制なされば、簡単に片づいたことなのに」

藤下は腹立たしそうな顔を向けた。

「だめだ。何度云ったたって」

「あなた一人のことではないわ。業界全部の運命に関することなのよ」

「だから、反対するのだ。自主規制をすれば、業界全体の未来を封じこめてしまう。自分で自分の足を縛《しば》ることなのだ。三割も、四割も、自分の方で輸出を制限するなんてばかげたことはない」

「じゃ、なぜ皆さんが自主規制をすすめるのかしら」

「皆さんとは誰だ」不機嫌《ふきげん》な声で云う藤下に、知子は怯《ひる》まず、

「たとえば、わたしの父」

「きみの前で云うのは悪いが、間瀬さんは寝業師なんだ。関税引上げに備えてのコスト切下げ、技術改善をする自信はないが、自主規制した後の業者間の枠《わく》の奪い合いには自信がある。アメリカの業者に対して闘うよりも、日本の同業者間での戦いに強い。戦いというより、傷つけ合いに強い。……間瀬さんだけではない。日本にそういう業者が多過ぎる。なぜ日本人の指を磨《みが》かないのか。新しい機械を使うしなやかな指や腕を」

父をきめつけられたことで、知子はまた感情を昂《たか》ぶらせ、

「相変らずの御高説ね。いっそ、あなたの工場では千手観音《せんじゆかんのん》を祀《まつ》るといいわ」

「そうなんだ。今は昔からの稲荷《いなり》が残っている。それを壊して、千手観音を祀ろうかと思っている」

笑いもせず云う藤下に、

「まさか」知子の方が笑い出した。そのはずみに、目尻《めじり》から涙が一筋頰《ほお》を伝って落ちる。

「日の丸の襷《たすき》をかけた千手観音さまをね」

象牙色《ぞうげいろ》の空に金朱の矢を散らせていた夕映えも消えて、紫の闇が深まっていた。ド

ックや港の彼方には、鮮やかな一条の水色の空に、摩天楼を連ねたスカイ・ラインが浮き出ている。

車に戻って、室内灯《ルーム・ランプ》をつけた。後ろの座席に腰を下す藤下に、

「どこかでお飲みにならない、御案内するわ」

「いや、やめておこう。勝負のきまるまでは……。きみは毎夜のように飲めとすすめるが、きみひとり飲んだらどうだい」

知子はバック・ミラーを見た。藤下の黒い精悍《せいかん》な顔が鏡いっぱいに映っている。眼鏡が光って、視線はとらえられない。鏡の隅《すみ》に、見上げている知子自身の顔が映っていた。頬に涙の走った跡が残っている。女学生時代に逆戻りしたような小さな顔であった。コンパクトを開き、身を屈《かが》めながら、

「わたしは、あなたのお気持を思って云ってるの。お酒に酔って気を紛らわしたいのじゃないかと」

円い鏡に向って、そっと舌を出した。

「闘っている最中に酔うなんて……。きみはそんなにぼくに酔って欲しいのか」

「酔って欲しいわ」知子は甘えるように云ってから、声を出さずにつけ加えた。〈酔って死んで欲しいの〉

四十九丁目のホテルへ戻る。

八番街との角には、白粉《おしろい》を厚く塗った背の高い女が、通りを往き交う人々にウィンクを投げている。蛍光《けいこう》ランプに照し出された「貸室一ドル五〇セント」の白い文字板、その下に数台の車が斜めに頭を突っこんで駐車している。

知子のセダンが止ると、その中の二、三台の車から、あわてて人が駈《か》け寄ってきた。ニューヨーク駐在の日本の新聞記者たちである。藤下はドアを開いたままの状態で、記者たちの声を浴びた。

「裁定が出ました。関税引上げですよ。いったい、どうする心算《つもり》なんです」

「なぜ、自主規制しなかったんです」

「強気過ぎましたね。え、そうは思いませんか」

藤下は黙ったまま、記者たちの顔を見廻した。

「間違いないね。いつ発表になったんだ。裁定の公文はあるかね」

一人の記者が、テレ・タイプのコピイらしいものを差し出した。藤下はそれを受け取ると、空いていた方の手で知子の背を突いた。

「走ってくれ。逃げるんだ」

車は躍り上るような勢いでスタートした。フル・スピードで走り、高いブレーキの音を立てながら右折左折をくり返す。五分と経《た》たぬ中に、夥《おびただ》しい車の流れが、追ってくる車の姿を消してしまった。

「今になって騒がれても何の効果もありはしない。……それより、きみと飲もう。どこかの酒場へつけてくれ」無意識の中に拳《こぶし》で額を叩《たた》きながら云ってから、明るい声でつけ加えた。「勝負は一段落だ。今夜は思い切り飲もう」

知子は小さくうなずいたまま車を走らせる。〈これで負けたら、あんた顔向けできんぞ〉文平の声が知子の背からにじんでくる。

「負けたんじゃない」

藤下は思わず大声を出し、その声の大きいのに自分で苦笑した。知子はちらっとバック・ミラーを見上げただけで、黙ってハンドルを握って行く。

強がりではなかった。〈引上げか。そうか、そうなのか〉と開き直りたい気持で、負けたという感じはなかった。

藤下はシートに深く沈み、腕を組み直した。八五パーセントという高率関税。さし当り、ほとんどの湿度計が輸出不能となろう。容易ならぬ事態である。だが、努力の余地はある。生産技術の向上で生産費を下げ、たとえ八五パーセント課税されてもなおアメリカ製品に勝る製品をつくることだ。妖怪《ようかい》に挑《いど》むような、まるで手応えのないマレンバウムとの戦いに代って、別の戦い、苦しいが努力次第で着実にのり越えて行ける戦いがはじまるのだ。自主規制のように、屈伏したのではない。努力の余地がある中は、決して負けたのではない。

知子は黙って運転を続けて行く。ネオンの燃える夜空に、藤下は少年工たちの操る火箭《かせん》や、水銀充填機《じゆうてんき》に向った少女たちの白い指の流れを思い浮べた。その幻影にうたいかけるように、

「負けたんじゃない」

記者たちの顔、間瀬たち同業者の顔、不安に曇った顔の重なりに向って、笑って見せたい気分さえ湧《わ》いた。

車が二度ゆれるようにして止った。

「あまり高級なお店は知らないのよ」

知子は先に立って歩き出しながら、

「もう勝負の話はやめましょう。不愉快になるばかりだわ」

抑揚のない声が、藤下の耳に打ちこむように響いた。

明るいタイル張りの酒場《ジンミル》。拳闘《けんとう》選手や競馬の写真を貼《は》った壁越しに、スロット・マ

シンの音が聞えてくる。スタンドの上には固茹での卵を積み上げた大きなガラスの容器。その容器の前に「常連の方は無料。フリのお客は五セント」と書いた板切れが立ててある。

藤下は、知子の顔をすくうように見た。こぼれそうな大きな瞳《ひとみ》、記者たちに襲われてから閉じてしまった形のいい唇《くちびる》、稚《おさな》さの残っている頬から顎《あご》の線——自分の妻になったかも知れぬ女である。妹を不当に遠ざけてきた兄のような心の痛みといじらしさを感じる。

だが、それも一瞬のことで、藤下の眼は検査用レンズの光に変った。文平の云うように、この女は秘書として、運転手として、助手として十分役立った。センスもいいし、意見めいたものも持つ。二児を育てるだけの平凡な現在の妻に代ってこの女を妻としていたら、経営者としての自分にとって少しはプラスだったろうか。いや、関係はない。妻が鈍くても鋭くても、男の仕事に大した変りはないのだ。それより、間瀬文平との関係が問題になる。

久しぶりのカクテルは舌を灼《や》いた。知子はコカコーラだけ飲むと、掌の中で茹で卵を弄《もてあそ》びながら、顔見知りらしいバーテンダーと話している。

〈二万ドル使ったわ、負けたわで、関税引上げになったらどうする〉文平の声がまた聞え出す。

〈本命はアメリカだ。頼むよ、アメリカを〉

藤下はそこを出ると、近くのナイトクラブ風の店に入って行った。知子も後についてくる。安っぽい編成のオーケストラが、コンガを奏《かな》でていた。鋸屑《おがくず》が散ったフロアを、タキシイ・ダンサーが泳ぎ寄ってくる。知子は踊るのを拒んだ。踊れないと云い張るのだ。その瞳がすわっていた。

「きみはどうしてそんな眼つきをしているのだ」

知子は黙ったまま、眼の縁で笑って見せる。いじらしさがまた頭を擡《もた》げる。

「何を考えているのだね」

「何も……。それより、もう一杯頼みます?」

グラスをとらない知子に、先へ帰れとすすめても、首を振って席を立とうとしない。

そうした知子をうるさく思う気持と、愛《いと》しさが交互に点滅する。

二人でブロードウェイに戻る。宝石屑のような光の流れ、白熱するネオンの輝き、影のない街路――ブロードウェイ界隈《かいわい》は夜も知らず活動し続けていた。バーの壁に身を寄せていると、黄金の高鳴りが聞えてくるようである。体に伝わってくるふしぎな活力に魅せられて、藤下はグラスを重ねた。

どれだけ飲んだのか、八番街のホテルに戻ったのは、午前三時過ぎであった。いつもロビーから奥へ入ろうとしない知子が、藤下の先に立って汚れたリノリウムの床を踏んで行く。

階段にかかる。藤下は二段飛びに上ろうとしたが、よろけた。急にアルコールの勢いが出て、前よりはずみをつけて、二段飛びに駈ける。その様子に、知子は声を立てると、体を丸くして駈け上って行った。

階段を上り切ったところは、踊り場が露台《バルコニー》に突き出た形になっている。上ってくる藤下を遮《さえぎ》るように、知子はそこに腕をひろげて立った。顔が蒼白《そうはく》である。

「この露台《バルコニー》は手すりが危いわ」

藤下の部屋からも露台《バルコニー》に通じるドアがある。藤下はそこに出て知子の車を見送ったり、くわえ煙草でブロードウェイの裏側を眺めたりしていた。知子は藤下の部屋の中まで入ってくると、そのドアに背を当てて、

「おねがい。このドアから出ないで」

「大丈夫だよ」藤下は、知子を突きのけようとした。

「おねがいなの。落ちて死んだ人が居るわ」

知子は、藤下の腰にすがりついた。

「よし、わかった。わかったから、帰り給え」

藤下は煙草に火をつける。知子は眼を見開いたまま動こうとしない。

「きみはこぼれそうな眼をして、いったい、どうしたのだ」

「あなたが寝入るのを見届けるまで帰らないわ」

知子は、白いコートの襟《えり》を立てて云う。顔はその白よりも色を失って見えた。

酔いを洗い落すようにシャワーを浴び、ガウンを羽織って戻る。知子は、ドア寄りの小椅子《こいす》に小さく坐《すわ》っている。光をこめた黒い瞳。藤下の足はベッドを通り越し、知子の椅子に近づいて行った。

知子は腕の中で声を立てずに泣いた。外からの夜の明りに、涙のあとが光る。藤下は、女の感傷のせいと単純に考え、泣いた訳を訊《き》こうとはしなかった。

二人の顔の上には、間を置いて緑色の光の網がかかる。ホテルの隣の、消し忘れた蚤《のみ》のサーカスのネオンである。〈蚤のサーカス　後学のため　おたのしみのため　ぜひ御一覧を〉

四

輸出組合委員会の席は始めから殺気を帯びていた。緊急対策を協議するのだと、羽田からそのまま連れて行かれたのだが、まるで藤下の査問会であった。

藤下は一応謝罪した後、引上げに至った経過、マレンバウム・グラスの動きを説明し始めると、間瀬文平は大声を出した。

「云《い》い逃れもいい加減にせい。一ガラス会社のどこにそんな力がある。どこにそんな証拠がある。……それとも、あんたが二万ドルで雇ったデュブリッジという男は、物好きな探偵稼業《かぎよう》なのか」

マレンバウム・グラスの終業時刻、六列に溢《あふ》れ出てくる数千数万の車の流れ。知子が居てくれたらと、ふっと思う。〈この工場だけでも十何万人も働いてるそうね。彰さんの会社の何倍なの〉皮肉な知子の口調。この父娘は自分への気の強さだけが似ていると苦笑しながら、文平にはとり合わず説明を続ける。

盃《さかずき》の音、食器の触れ合う音がさわがしい。藤下の着く前から、酒が出ていた。藤下が組合長になってからは、役員会は酒席を避けることに申し合せがしてある。盃の音は、藤下への露骨な敵意のあらわれであった。

藤下の説明に構わず、別の声が起った。

「あれほど数量制限を申し出るよう電報を打ったのに、なぜ無視したんだ」

「わたしが行く前に、自主規制はしないと組合総会で決めた筈《はず》だ」

藤下も腹立って云い返した。

「それは、あんたが強引に総会の空気を引っぱって行ったからだ」

「他の業界を見ろ。数量制限を申し出たおかげで、関税を引上げられずに済んだではないか」

立ち叫ぶ同業者たちの顔を藤下はゆっくり見廻《みまわ》し、叫びの静まるのを待って、

「ここで、はっきり申し上げたい。わたしは、自主規制でなく関税引上げになって、むしろ良かったと思っている。米国で輸入制限・関税引上げというと、あわてて数量制限を申し入れる。まるで、〈輸出し過ぎていて申し訳ありません〉と引き退《さが》るようなものではないか。自主規制をすれば、せばめた枠《わく》の中でお互いに喰《く》い合うだけだ。……なるほど八五パーセントと云う関税障壁は大きい。だが、障壁はのり越えるためにある。関税が上ったところで、日本製品の方が安くて良いということになれば、今まで以上にだって輸出は伸びる。コスト切下げの努力次第なのだ。のり越すための障壁だ」

藤下は弾み出す声を抑えるようにして続けた。

「いい品物で廉価《れんか》――それは米国民にとっても得なのだ。それが邪魔なのは、ほんの一にぎりの業者に過ぎない。……月世界へでも行けようという時代に、そうした非能

率な少数業者保護のためになぜ国と国との間に関税を高くしなければならないのだ」

話の腰を折るように文平が叫ぶ。

「あんた、それを誰に向って云っているんだ」そう云ってから、急に弱々しく「あんたのところはいい、工場も大きいし、技術も新しい」

「それは、あなたたちだって工夫すれば……」

「恐らく彰さんのところは困らぬだろう」文平は皮肉な調子を強め、「われわれを犠牲にして、あんた一人がやって行けばいい。われわれ皆が銀河湿度計の傘下《さんか》に入ればいいのだろう」

「曲解だ。なるほど、すぐに技術の改善はできぬかも知れぬ。だから、さし当りは関税を向うの輸入業者にも負担してもらおう。皆で結束して交渉するのだ。……われわれの製品は半製品というけれども、工程から云えば八割から九割終っている。実際は完成品なのだ。それを十五セント平均で出し、向うでちょっと加工して一ドル前後で売っている。輸入業者に少しは関税を負担してもらってもいいのだ」

「あんたは『完成品』『完成品』と云うが、そんなことは余り大きな声で云わぬがいい。完成品なら、当然『メイド・イン・ジャパン』と入れにゃいかんのだ。『メイド・イン・ジャパン』と」

文平はたたきつけるように云った。「メイド・イン・ジャパン」――その声は部屋中に陰気なこだまを響かせた。恐しい言葉なのだ。〝MADE IN JAPAN《メイド・イン・ジャパン》〟と刻印を打てば、「粗悪品」と打つのと同じで九割九分まで売れまい。業者たちは呼吸まで止めてしまったように静かになった。

「『メイド・イン・ジャパン』と入れればいいじゃないか」

藤下は云い返したが、その声はひどく空々しく、誰の耳にも届かず消えた。

「たとえ『メイド・イン・ジャパン』と入れたって、十分誇れる日本製品なのだ。少なくとも、うちはその心算《つもり》で作っている。あなたたち一発屋とはちがうのだ」

「あなたたち一発屋とは何だ」

一人の男が憤然として立ち向ってくるのを、文平が抑え、

「日本中が一発屋なんだ。政治を見ろ、外交を見ろ。わしたちだけじゃない」

部屋の空気はそのまま凍《い》てついてしまった。業者たちの耳には「メイド・イン・ジャパン」の声が不気味な余韻を響かせている。藤下の耳にも鳴っていた。

藤下の主張通り組合で一致して交渉したため、引上げられた関税分は日米で折半して負担することになった。輸出量は予想したほどは減少しなかったが、行き詰った二

人の業者が「銀河」の傘下に入った。間瀬文平からは技術の公開をくり返し迫ってきたが、藤下は吸収合併を条件に応じなかった。障壁は劣者の脚を折って行く。技術の改善・生産費の切下げ――藤下は大島常務とともに紺ジャンパーをつけて、終日、工場に下りていた。

しかし、この小康状態も永くは続かなかった。障壁を越えて日本品の流入する形勢に、最後の、そして最悪の障壁が準備されていた。それは、業者たちの口を凍らせたあの不吉な壁――「メイド・イン・ジャパン」の明記である。大西洋岸の一つの州でとり上げられたその法案は、たちまち幾つかの州に飛火《とびひ》した。

「メイヤー商会からも契約破棄《キャンセル》の電報です」

うなだれて社長室に入ってきた大島常務は、そのまま藤下の顔も見ないで云った。

「但《ただ》し、思い直して延長部位に刻印してくれるなら、いつでも再契約しようとのことです」

〈あのメイヤー氏までが〉日本見物をしようともせず、火箭《かせん》の中にストップ・ウォッチを持って屈《かが》みこんでいた男――あの男だけは信頼できると思っていたのにと、藤下は宙をにらみながら、

「断る。おれは決して一発屋にはならぬ」

きびしい声で云った。

〝MADE IN JAPAN〟《メイド・イン・ジャパン》の刻印を強制されるようになって、湿度計の対米輸出は完全にストップした。ところが、間瀬文平がすぐその抜け道を考え出した。湿度計を普通より一センチほど長く作っておき、その延長部分に刻印し、アメリカ国内に入った後で刻印の部分を切り落させようというのである。間瀬湿度計はその便法でみるみる輸出を伸ばした。法の裏をかき、一発やって儲《もう》けようという戦法の勝利であった。この方法はやがて同業者間にひろがり、向うのバイヤーからも、そうした偽刻印《にせこくいん》づきを条件に、ふたたび注文が来るようになった。だが、藤下の銀河湿度計ではその便法をとろうとはしなかった。新規の契約は止り、既契約分も次々に契約破棄《キャンセル》されて行く。

「これでまた三割方、減産せねばなりますまい」大島は口重く云うと、藤下を見上げ

「来月からは、工員をさらに百人整理しなくちゃならんでしょう」

四百二十一人居た工員が、すでに三百人に減っている。それから、さらに百人……。

藤下は大島をいたわるように、

「組合での行きがかりや強がりから、こんな辛抱をしているのではない。一発屋では結局はだめだと信じているからだ。……苦しくとも、『日本製』はいいものだと知ら

せるのだ。きっと、分ってもらえる。それまでの辛抱だ」

黙って聞いていた大島は、太い銀色の眉毛《まゆげ》を上げて、

「社長の気持は分ります。分った上でお願いするのです。延長して刻印させて下さい」

藤下は苦しかった。「だめだ」とだけ短く云って、顔を逸《そ》らす。

「これだけお願いしても……。それでは、わたし辞めさせて頂きましょう」

「何だって？」姿勢を立て直す先に、大島は言葉を続け、「いやがらせや脅迫とおとりにならないで下さい。社長の信念は正しいし、その信念通りにお進みなさるがいいでしょう。……ただ、この状態では、わたしが残ったところで、もうお役に立つこともありますまい。わたしの給与なら、工員の五人は残せましょう。その方が『銀河』のためです」

思いつめた口調であった。

「しかし、常務、あなたには……」

「わたしはもう十分食べて行けます。昔の重役は会社が行き詰まれば私財まで投げ出したようですが、わたしにできるのは身を退《ひ》くことだけです」

藤下は、どんな言葉をはさめばいいのか見当もつかなかった。

「こうなったのには、わたしの責任もあります……。恐らくは、自主規制をすすめる

べきだったでしょう」

口数の少ない農夫のように素朴《そぼく》な人柄が、その瞬間、同業者仲間の一つの顔と違わぬように見えた。

「あなたまで、そう思うのですか」

つぶやきながら、藤下は頭の中ですばやく計算を廻《めぐ》らしていた。今は輸出組合の仕事もなく、藤下自身が社務に専念できる。大島の退職は思ってもみなかったことだが、大島自身認めるように、その方がたしかに合理的かも知れぬ。

「それほど云われるなら、残念だが辞めて、いや、休んで頂こう。退職金も出せなくて気の毒だが……しかし、必ずまた迎えに行く」

藤下の声は珍しくふるえた。その声を重ねて、「きっと迎えに行くから」

五

暮近い東京港には、細かな氷雨《ひさめ》が降っていた。豊洲《とよす》、晴海《はるみ》あたり、五本並んだ煙突も銀の碗《わん》を伏せたような石油タンクも、一様に灰色の雨に煙っている。埠頭《ふとう》にほとんど人の影もなく、雨に乱された潮の香が控え目に慕いよってくる。

芝浦桟橋《さんばし》寄りの岸壁に横づけされている大倉丸は、錨鎖孔《びょうさこう》から白く水を噴き出していた。

レインコートの身を丸めて、藤下はそのタラップを二段またぎに上る。濡《ぬ》れたステップに靴《くつ》が滑る。

十二月二十六日。その年最後の米国向け湿度計の船積みを自身の眼《め》でたしかめたくて、藤下は車を走らせてきたのである。

タラップの最上段近くで下りてくる人影とぶつかった。肩と肩が触れ合わんばかりであった。

「お、彰さんじゃないか」「彰さん」

重なる声に驚いて顔を上げる。間瀬文平と、思いがけぬ知子であった。

「いつ戻《もど》ったの」

と問いかけるのを文平が遮《さえぎ》って、

「今度はえらく荷が少ないようだな」

血の気のない唇《くちびる》で笑う。

「彰さんの得意先のあのバイヤー、ほら、メイヤー氏からもうちの方へ注文が来た。おかげでうちは『銀河』の五倍ほどの荷がある。はじめて『銀河』に勝たせてもらった訳だ。……少々後味の悪い勝ち方だが、まあ彰さんが強情張ってる以上は、こちらで儲けさせてもらおう」

「『メイド・イン・ジャパン』の刻印は？」

「打った」

「製品の中に？」

「御推察に任せよう」文平は笑い顔のまま、

「あんたは相変らず冷酷な男だな。常務の大島を退職金一つやらずに追い出したそうじゃないか」

「追い出した訳じゃない」

「まあいい。……しかし、大島もかたい男だ。いくら金を積んでも、間瀬へは来てくれんわ」

〈きっと迎えに行く〉と云った言葉を、大島老人は信じて待っているのだろうか。眼の前の文平が一層腹立たしくなった。

「一発屋め」

傘《かさ》を持つ文平の手を突きのけて、甲板に駈《か》け上る。

「彰さん！」知子が呼ぶのに、ふり返りもせず行く。雨滴が冷たく頬《ほお》を走る。

梱包《こんぽう》された銀河湿度計は、船艙《せんそう》の隅《すみ》に声をしのぶように置かれていた。間瀬湿度計が、その横に高く積まれている。

文平が「五倍」と云《い》ったのも誇張ではなかった。

岸壁に戻ると、雨は益々烈《はげ》しくなっていた。レインコートの襟《えり》を立てて走る。

保税倉庫の蔭《かげ》から、傘をさし出すようにして女が飛び出た。知子であった。駈け寄りながら、

「来てよかったわ。ひょっとしたら、会えるかも知れぬと思って」

「きみはいつ日本へ」

「二十日ほど前。妹が死んだの……。また、すぐ帰るわ」

「帰るって、アメリカへか？」

「そう。わたし、日本に未練はないもの。向うの方が気楽に暮して行けそうよ。こせこせしてないわ。あなたの云う『一発屋』が少ないせいかしら」

「それで、文平さんは」

「父も諦《あきら》めてるわ。妹が死んだし、わたしが居なくなれば、別居させていた二号さんを家へ入れることもできるでしょう」

低い発動機音がして、曳船《ひきふね》が小さく白波を立てて行く。

知子は藤下の顔をのぞきこむようにして、

「なぜお会いしたかったか分る？……露台《バルコニー》のあるホテルへもう一度誘って頂きたかったからかしら」と眼だけで笑い「本当はね、一つだけあなたに云っておきたかったの。それを云わないと、何か、あなたにも日本にも借りがあるような気がして……」

知子は一呼吸《いき》つくと、うるんだ瞳《ひとみ》をまっすぐ藤下に向け、

「わたし、ニューヨークであなたを殺す心算《つもり》だったの」

藤下は思わず立ちすくんだ。知子は行き過ぎ、冷たい雨が横降りに藤下の顔をたたく。

「メイヤーさんには、あの安ホテルを紹介した肚《はら》を危く見破られるところだったわ。手すりの壊れている露台《バルコニー》から落すこと——まず、これを狙《ねら》ったわ。そのために、露台《バルコニー》へ出れる部屋を予約しておいたの。わたしが手を下さないでも、あなたを酔わせて落すことも考えられる。薬も用意しておいたわ。あなたのアメリカへいらした役割から考えれば、服毒自殺する理由だって十分あり得るものね。引上げ発表のあったあの夜まで、わたしは毎日のようにその機会を狙ったわ」

「なぜ、ぼくを殺そうなどと……」

「まず、わたし自分の借りをお返ししたかったの」

「借りだって？」

「そう。物心のついたときから、わたしは彰さんの話ばかり聞かされて育ったわ。北京の日本人小学校時代も女学校のときも、いつも、わたしの前にあなたが置かれていた。わたしは他《ほか》の夢は見なかった。ただ、彰さんという人の夢ばかり無理に見せ続けられてきたの。その夢は、引揚げてきてあなたに奥さんがあると分ってからも消えなかったわ。わたしは、もう他の男の人のことが考えられなくなっていた。アメリカへ行く気になったのも、そのせいだったわ。あなたが奥さんとこの同じ日本に住んでいると思うと、耐えられなかった。ながいながい間、女の夢の座をひとり占めにするということが、どれだけ残酷なことかお分りになるかしら」

藤下は顔をそむけて笑った。

「ぼくの責任じゃないよ」

「責任のことを云ってるんじゃないの。……父も傷ついたわ。父たちの間に約束めいた話が出たのは、まだ『銀河』も大きくならない頃《ころ》ね。しかし、あなたのお父さまは成功なさる。わたしの父は外地廻《まわ》りで、一向に呼び返そうとなさらなかった。一度だけ女学生になったばかりのわたしを連れて、日本のお宅へ押しかけるようにして訪ねて行ったこともあるわ。終戦後、そのお父さまは亡くなっていた。後を継がれたあなたには、すでに妻子があって、湿度計の方に熱を入れていらっしゃる。そして、復職を頼んだ父をひどい言葉でお断りになったわ」

「ひどい言葉？」

「覚えてるわ。『会社は慈善団体じゃない。人助けしようと思えば、こちらが溺《おぼ》れてしまう』って」

「云ったかも知れぬ」藤下は苦笑した。

「何とかいう常務も同じ手で放り出されたのね。……父は同じ湿度計で見返してやるのだと、夢中で金儲け、金集めにかかったわ。おかしなこともしたでしょう。一日に四つの警察署から呼び出されたこともあったわ。『おれたちが満洲《まんしゆう》や支那でやってきたことに比べりゃ、警察なんてちょろこいもんだ。命までとると云いやせん』などと云って、父も母も平気を装っていたけど。母はそんな生活の疲れ、気の疲れから、肺炎にかかると二日ほど病んだだけで死んでしまったわ……」

話し続けようとする知子を遮って、

「じゃ、なぜ殺すのを止《や》めたんだ」

「殺したって、無駄《むだ》とわかったの。あなたの心には、わたしたち父娘のことなど影一つ落ちていない。わたしの手をとっても、女工さんの手を調べるのと同じ気持ですものね。殺しても、結局はまた、わたしの方が傷つく。折角あなたの日本から離れておきながら、一生あなたの幻につかまってしまいそうな気がしてきたの……。あなたの仕事への自信、『負けたんじゃない』と繰り返していらしたけど、わたしに殺された後まで、あなたは自信に燃え続けて行きそうなの。わたしが傷つくだけで、決してあなたをつまずかせることにならないと思うと……」

藤下は知子に押されて、いつか岸壁の縁を歩いていた。足の下には、藁《わら》や野菜屑《やさいくず》を浮かばせた鉛色の海がひろがっている。なめらかな水面には、雨がまるい波紋を打ちつづける。

「きみは幸せな人だなあ」

藤下は皮肉でなく云った。

「どうして」

「一人の人間をそれほど憎めるなんて幸せだ」

「わたしはあなたが幸せだと思うわ。憎しみや苦しみが少しも影を落さずに生きて行けるなんて」

「じゃ二人とも幸福という訳か」藤下は声を立てて笑って、

「ぼくはねえ、人間一人一人の憎み合いなんて、どうにもしようのないものだと思っている。どれほど深く憎み合おうと、ただそれだけじゃないかって気がするんだ。戦争で痛めつけられたせいかも知れない。……ぼくのしたいのは、階段を二段飛びするように、眼の前にある段を上りつめることだけなんだ。そこで転んだり、傷ついたりしても、それには構わない。却《かえ》って生き甲斐《がい》があるとも云える」

「階段の一番上に『メイド・イン・ジャパン』の夢があるのね」

「そうかも知れない」

知子は悪戯《いたずら》っぽく瞳を輝かせ、

「最後にもう一度訊《き》くわ。今度は負けたの」

電気炉の小さくなった火、淋《さび》しく痙攣《けいれん》する火箭の模様が藤下の眼に浮んだが、言葉は強く、

「負けるとはどういうことだ」

「まだ分らないの」水玉の光った眼で、知子は笑う。

重く垂れた空気をふるわせ、汽笛が鳴った。

沖に碇泊《ていはく》していた貨物船がゆっくり船首をめぐらして出航して行く。

「負けるとは一発屋になり下ることだ」

濡れた暗い空に向って、藤下は強い語調で云った。


（「オール讀物」昭和三十四年二月号）

浮上

観音崎《かんのんざき》沖の作業現場から、夕方近く、津村が社に戻《もど》ってくると、受付の女が飛び上るように腰を浮かせ、

「社長さんがお呼びです。何か、お待ちかねの御様子……。いまも、現場の方へお電話したところでしたの」

津村の眼《め》は、その女の肩越しに雑然とした社内を見廻《みまわ》した。

社員たちは、思い思いの服装と姿勢で三十余りの机に向っている。津村の席近く、回転椅子《いす》を三つ並べて商談していた同僚の一人が、津村の眼を感じると、笑い顔になり、指先で小さく輪をつくって見せた。

「そう。そうかい」

津村は思わず二度うなずいて、云《い》った。受付の女は、それを彼女への返事ととったらしく、

「そうですの。早く社長室へ……」

そう云っておきながら、津村が大股《おおまた》に歩き出すと、あわててその背に向って、

「あの……、出嶋《でじま》さんという女の人が先ほど御面会に……」

かたい声で呼びかけた。

「お電話下さいって」

「ああ、わかった」

津村はふり返りもせず、面倒くさそうに答えた。

社員たちの商談や雑談の声に押されるように、二分ほど開いたままになっている社長室の扉《とびら》を形だけノックして入って行く。社長の福田は、パイプ煙草《たばこ》に火をつけたところであった。眉《まゆ》も鬚《ひげ》も半白で、人なつっこい農夫のような顔を笑いにほころばせ、

「きみ、やっとパゴパが取れたよ。二時過ぎ通産省から連絡があった。きみに早く知らせてやろうと思ってね」

「ありがとうございます」

津村は頭を下げた。さまざまの感懐が一時に湧《わ》いて、社長の声がかかるまで、津村はしばらくその頭を上げないでいた。それは、難しい仕事が取れたというよろこびや昂《たか》ぶり、南の海へ行けるという懐しさだけでなく、もう一つの別の期待をふくんでいた。〈素子《もとこ》の永い悲願を叶《かな》えてやることができる。素子の兄、俺《おれ》の学友であった出嶋の骨をおれの手で拾ってきてやれる〉路傍から茶の間に呼びこまれたように、素子との間がふいに近くなったように感じられた。

「折角二千万円近くも調査費をかけたきみらの苦労のこもった見積りだ。ここまで来て、赤毛のトンビにさらわれるってことは無い」

社長はいたわるように云い、

「しかし、よかった。ほんとうに……」

パゴパ沖の三隻《せき》だけではなかったが、大洋サルベージ・Nサルベージ・T探海など日本のサルベージ会社では、二千万円近くの経費と二カ月にわたる日数をかけて、パゴパ周辺の日本の沈没艦船についての現地調査をすませていた。その調査にもとづいて、ポリネシア高等弁務官宛《あて》、引揚げ権利金の入札が行われた。日本のつくった艦船ではあっても、敗戦のせいで、相手国に金を払わなければ引揚げさせてもらえない。三社中、百五十二万ドルという最高価格をつけた津村の大洋サルベージに入札ときまりかけたところ、突然、入札の様式がちがうからと再入札の通告があった。

驚いた大洋サルベージでは、早速、現地の日本公館や商社から情報を集めたところ、ポリネシアのサルベージ会社が横槍《よこやり》を入れてきたことがわかった。弁務官宛提出された日本側の申請書と調査資料をたくみに利用し、日本側をわずかに上廻る入札価格で、労せずして引揚げ権を獲得しようとしているのだ。津村らが算出した額以上では採算のとれる筈《はず》はないのだが、権利だけはとっておいて、時期を見て転売しようという肚《はら》に見えた。たとえ、再入札に応じても、日本側には落札しそうにない雲行きである。津村は役所廻りをはじめ、政治家ぎらいの福田社長も伝手《つて》を求めて政界廻りをしていたようであった。相手がポリネシアのせいもあってか、その努力が効果をあらわし、一週間前、再入札中止の情報が入った。そして、いま、大洋サルベージへの落札が確定した訳である。

「いろいろ御心配をおかけしました」

津村はまた頭を下げた。社長はパイプを持ちかえ、

「いや、いや、わしは何もしやせんよ。きみが駈《か》けずり廻ってくれたおかげだ。それに、役所も今度は割によく動いてくれたしねえ」

「社長のおかげです。……だが、ほんとうによかったですなあ」

津村は、吉報をあらためてたしかめるように云った。社長は小さくうなずき、

「早速準備をはじめて、一日も早く出かけるんだな。……はじめから、けちのついた仕事だ。今後もきっと、いろいろ、いやがらせはある。たとえ、妨害は入らぬにしても、再入札騒動のおかげで、時期が遅れて悪くなってきている。気象も潮流もよくないだろうし、それにスクラップ相場も軟調気味になってきている」

最後に洩《も》らした不安が、実はいちばん社長の気にかかっているのだ。サルベージ稼《か》

業《ぎょう》は、ある種のばくちである。見積った作業量通りに引揚げられるかどうかもばくちだし、引揚げたときのスクラップ相場如何《いかん》にも大きく賭《か》けている。百万かかって引揚げたスクラップが六、七十万円にしか売れぬときもあれば、その逆の場合もある。このため、サルベージ会社の盛衰ははげしい。資本金八百万円、業界の五指の中に入る大洋サルベージも、つい数年前までは、社長の福田がスクーターの後座席に乗って飛び廻っていたほどである。

パイプ煙草の煙が部屋の中にこもってきた。後手《うしろで》にドアをきっちりしめてきたためでもあろう。社長室から流れ出すパイプ煙草のにおいは、社長の福田の存在を社員たちに知らせ、無言の威圧を加える役割を果していた。少なくとも、社長自身はそう思っている。

社長の足もとには、パラオ島産の白いシャコ貝が飾ってある。うす紫の煙の底から、それは津村をからかうように大きな口をあけていた。

社長の洩らした不安が、津村の心をかげらせはじめた。現地側のいやがらせ、気象・潮流の悪変、スクラップ相場の軟化――どれをとっても容易なことではない。引揚げ権を落札したからと云って、よろこんで居《お》れる形勢ではない。津村の算出した予定作業通りにきっかり納めて、軍艦一隻、輸送船二隻、揚げトンにして一万一千トン、トン当り三千円の利と踏んで三千三百万円の利益をあげてくれるかどうか――。

津村の心の動きを見すかすように、社長が言葉をついだ。

「たしか作業日数は百十日の予定だったな」

「はい」

「一日も早くたのんだよ。スクラップ相場は別としても、作業一日で五十万は経費が違う。一日も早くな」

「はあ、少しでも……」

「もっとも予定以内に揚げてさえくれれば問題はないがね」

社長は、きめつけるような口調をゆるめ、

「ところで、頭《かしら》は黒須の筈だったな」

津村が声を出さずにうなずくのを見て、

「黒須なら、大丈夫だ、あれだけの頭《かしら》はざらには居ないからな」

〈おまえ程度の作業主任はいくらでも居るが、黒須ほどの潜水夫頭はざらには居ない〉

社長の口ぶりには、そうしたニュアンスがこもっているようで、津村はすなおに答えられなかった。

社長は、笑いをにじませたまま、

「きみとは余り気が合わぬようだが、気性が荒いだけで、あれも悪い男ではない。わしは何十年来のつき合いで知っている。昔は、腕のいい潜水夫の中にいくらもああいう男が居たものだ」

「…………」

「何ごともチーム・ワークだ。よろしくたのんだよ」

「はあ、もちろん」

「潜水夫の選考は？」

〈訊《き》くまでもない〉と思いながら、

「黒須に一任してあります」

「そうか。それはよかった。顔さえ立ててやれば、あの男はいくらでもいい奴《やつ》を集めてくる。潜水夫の良《あ》し悪しだけは、金に代えられぬからな」

津村は、思わずきびしい顔つきになった。社長の眼が、なだめるように笑う。黒須のピンハネを知っている言葉であった。

黒須の集めてくる潜水夫は、高給を要求する者が多い。外地作業の場合、ふつう潜水経験二十年で月給八万円程度であるが、それを十万円とふっかける。三十前後の者でも、経験年数をいつわって六万、七万と要求する。津村の前で嘘《うそ》が通らぬと、〈×年やったと同じなんだよ〉と、黒須が横から口をきく。そうした上で、黒須は潜水夫仲間から五分・一割とピンハネしているのだ。

「いい潜水夫をうまくこなすことだけが、サルベージのこつだ。そのためにゃ、辛抱せにゃならんこともある」

「………」

「とりわけ、南洋での仕事だ。よほどうまく気合いを合わせてくれないと……」

黒須をそのまま認めた上で、津村の譲歩を求める声であった。

津村は、不機嫌《ふきげん》にうなずくばかりであった。〈気象や潮、現地の妨害、相場の動きの他《ほか》に、おれにはもう一つ悪条件が重なってくる——黒須との組合せなのだ〉

その時刻、まだ観音崎沖の黒潮の上に出ているであろう黒須のことを思った。戦時中、事故で沈没した小型艦の引揚げをやっている。その日も作業の手筈で、小さな諍《いさか》いをしたところであった。津村が出てくるときには、黒須は分厚な唇《くちびる》をゆがめたまま、遠い潮の流れをみつめていた。

津村の立場から見れば、黒須との組合せ以上の悪条件は無いとさえ言えた。しかし、会社としては、黒須を頭《かしら》に持って行くことほどの好条件はない。ピンハネしたところで、会社のかぶる分は大したものではない。それより、能率が大切である。津村もそれを認める。事実、百十日という予定作業量も、黒須を頭に想定した上で算出したものであった。

津村は、黒須の像から逃れようとでもするように話題を変えた。

「遺骨の収容のことなんですが」

素子の来訪に思い出した訳ではなく、前から気にかかっていた。現地へ行ってから黙って収容にかかってもよいのだが、黒須との衝突を予想して、予《あらかじ》め社長の言質《げんち》をとっておこうと思った。

社長はパイプの灰を落した。上目《うわめ》づかいに津村を見上げる。〈今度はおれが譲歩しよう〉と、その眼が云っていた。

「ああ」

社長は大儀そうにうなずき、先を促した。

「輸送船二隻の方は、一部、遺骨が残っているようですが、大部分は脱出しています。ところが駆逐艦の方が……」

「相当に残っているのか」

「はあ」

津村は強い声で答えた。事実を偽っていた。駆逐艦「さちかぜ」の乗員も、大半は脱出している。ただ艦底近くに居た連中が昇降口《ハッチ》を閉められて、生きたまま水中に葬《ほうむ》られた。その中に、出嶋の遺骸《いがい》もある筈である。

社長は、また津村の肚《はら》を見透すような声で、

「収容したいんだな」

「はい、できれば……」

「金がもらえる訳じゃなし、復員局が表彰してくれる訳でもないがね……。もっとも、表彰してもらったところで、何の足しにもならんが」

社長はそう云ってから、からかうような眼になり、

「きみの気が済むのなら、収容してやりたまえ」

「はあ」

津村の返事に思わず明るい声がにじむのに、社長は追い討ちをかけて、

「ただし、作業予定にくいこまぬ範囲でだ。骨拾《ほねひろ》いに行くのじゃないんだから」

席に戻ると、素子から電話があったとのことであった。一日も待てないように、「さちかぜ」引揚げの見込みを訊いてくる。隣席の同僚は素子の用件を知っている。

それでも少し冷やかすように、

「よくかかってくるねえ」

「うるさいお嬢さんだよ、全く」

「しかし美人だから、文句も云えないじゃないか」

その声を聞き流しながら、ダイヤルを廻す。素子の待ちあぐねていたらしい声が出た。

津村は、つとめて無愛想に落札の確定を告げた。

「うれしいわ」「お祝いをしない？」「今夜はわたしにおごらせて……」

津村の返事を待たず、立て続けに話しかけてくる。津村は苦笑しながら、受話器を耳もとから遠ざけた。

しかし、はずみ出しそうな素子の声をきいている中《うち》、津村の心も晴れ上ってきた。出嶋の遺族にしてみれば、十年以上の望みが叶う訳であり、津村としても、自分の手がけた入札が成功したことは、ともかく祝うべきことなのだ。行手を暗くかげらせはじめている悪条件は、ぶつかる度ごとに片づけて行く他はない。

いまは、素子のすすめる通り、すなおに飲んで祝おうと思った。

「乾杯！」

合わせたグラスが、高い音を立てた。グラスの向うで、素子の眼も頰《ほお》もまぶしいほど美しく光っている。

Dホテルのグリル。外人客をまじえた控え目な視線が、いくつか素子の顔に集まっている。見馴《みな》れた顔なのに——と、津村も別人を見る思いで、素子をみつめた。

「もう一杯頂きましょうね」

声といっしょに、素子は空のグラスを上げた。白い二の腕が眼の前に光る。

〈兄の遺骨を引揚げられるということが、それほどうれしいことなのだろうか〉

津村にはわからなかった。素子に訊くには残酷な問いであった。

さぐるような眼を向けていると、素子の眼が笑い返してきた。

口をつけただけの津村のグラスに気づくと、その眼がかげった。

「どうなさったの」

「いや……」

津村は曖昧《あいまい》に首を振った。

「余りうれしくなさそうね。御迷惑だったかしら」

「いや」

「それとも、どこかへ行くお約束が……」

意地悪い思いが、津村の頭をかすめた。

「そうなんだ。行くところがあったんですよ」

「どこですの？」

ひきこまれて訊く素子を、津村の答えが突き放した。

「歯医者ですよ」

出まかせではなかったが、素子の昂《たか》ぶった気持に水をかける形になることは意識していた。

素子は、「まあ！」と呆《あき》れたような大きな眼をしてから、素子自身に云いきかせるように、

「ムシ歯ですの？」

「いや、ムシ歯かどうか診てもらおうと思って」

「おからかいになるの」

声も眼も、はっきり津村をとがめていた。ウェイトレスの運んできた二杯目のグラスには指もつけず、掌《て》をテーブルの上に重ねたまま津村の顔をみつめている。

津村は、二杯目のグラスを干した。

「まじめな話ですよ。ぼくは向うへ出かけることになる度に、まず歯医者に診てもらう。……戦争で召集されたときも、そうだった。戦争にしろ、南洋での仕事にしろ、歯医者へ通ってる暇などないからね。ムシ歯のようなものが支障になるようじゃ、つまらないと思って」

「召集されたときにも？」

「そうですよ。どこへ行くよりも先に、歯医者へ出かけて行った」

「りっぱなお心がけね」

皮肉と感嘆の入りまじった口調であった。津村は構わず、

「ぼくは、それが当然だと思った。どうせ死ぬ体だ、何をいまさら――という考え方もあるんだろうけど、やっぱり自分の体は可愛いからね。殺伐な場へ行くんだから、余計にいたわっておいてやらないと……」

「そうね。そういう考え方もあるわねえ」

と云いながらも、素子はまだ納得の行かぬ顔で、

「兄の場合がそうでしたけど、軍隊に入る前には、お墓詣《はかまい》りや、身の廻りの整理、お別れの酒盛りなど、することがいっぱいあって、とても歯医者へなど行けそうになかったわ」

「行く気になれば行けたんですよ」

「仰言《おつしや》られてみると、そうだと思うけど、あのときの形勢では……」

「あの形勢だからこそ、いっそう隙《すき》のない体をつくっておくべきですよ」

素子は、満ちたままのグラスを横にずらせ、津村の顔をみつめた。向い合っている男が、兄の出嶋とほんとうに同じ学年、同じ学徒兵であった男なのかと、いぶかるような眼《め》つきで、

「津村さんは、いまでもずい分がっしりしたお体ね」

「ボート部にいたおかげです。戦争がながびきそうだったから、学生時代から体をきたえておこうと思って……」

素子のしなやかな指が、グラスをつかんだ。

持ちかけたグラスを、周囲にひびくような音を立ててもう一度テーブルに戻すと、

「戦争さえなければよかったのよ。それに、兄は運が悪かったのだわ。同じ艦の中にいて、助かった人もいるのに」

何かを思い出すように、体をふるわせた。〈少し云《い》い過ぎたかな〉と、津村はにがい気持になった。いまとなって、眠っている傷を掘りおこすこともあるまい。いい加減に調子を合わせて、乾杯さえやっておればよかった。〈必ず骨は拾ってくる〉と、

くり返し安請合いしてみせればよかったのだ。遺骨が収容できなければ、礁湖《ラグーン》にひっかかっている魚か黒豚の骨でも持ってくればよい——。

津村の気分は、意外な方向に荒《すさ》み出しそうであった。永い間忘れていた、生き残った者のひけ目のようなものがちらちらしはじめている。

津村は顔を伏せたまま、フォークとナイフを手に取った。

料理は何ひとつ味がわからなかった。眼の上縁《うわぶち》に素子の姿がひっかかっていたが、やがて素子自身も食事にかかった。

〈百十日間のサルベージ。予定通り行けば、揚げトン一万一千トンで、三千三百万円の利益。その上に、予定を一日短縮すれば、経費五十万円が浮く。一日延長すれば逆に五十万円の損。スクラップ相場も荒れ模様だし、その賭けだけが、おれの仕事ではないか。この女の感傷なぞ……〉

しばらくして、素子はためらい勝ちな声で、

「わたし、ひとつお願いしたいことがあるの。ぜひ、きいて頂きたいことが……」

そう云ったまま、光を集めた黒い瞳《ひとみ》で、じっと津村の眼をのぞきこむ。津村も、ひるまず見返した。瞳と瞳が、しばらく光を散らし合う。

舟唄《ふなうた》のような低い音楽がかかっていた。

三十六にもなって結婚していない男と、三十近くまで未婚のままの女——戦争の傷《きず》痕《あと》が、二人を奇妙に結び合わせ、また、ある隔り以上には近づけないでいる。

津村に見返されても、素子の視線の強さは、変らなかった。眼の光だけで圧《お》し切ろうとでもいうように、黙って津村の瞳に見入っている。

「どんな頼みですか」

津村はたたみこむようにいった。

「実は……」

素子は、云いかけてから、一呼吸《いき》ついだ。

「今度の引揚作業に、一人、わたしの知り合いの潜水夫の人を連れて行って欲しいの」

「潜水夫？　また、どうして」

「兄と同じ艦《ふね》に乗り組んでいた水兵さんで、いま潜水夫になっている人がいるの。その人が、ぜひ連れて行って欲しい、戦友の骨を自分の手で集めて来たいんですって」

「………」

「その方の手で兄の骨が拾って頂けたら、兄もきっとよろこぶだろうと思って……。お願いできるかしら」

津村は、眼に微笑をとり戻《もど》してうなずいた。潜水夫の募集と選考は、社長に云われた通り、頭《かしら》の黒須に一任するつもりであったが、主任の津村の責任で、一人ぐらいは加えることもできよう。

その程度の頼みなのかと、津村は一瞬の間ではあるが緊張したことがおかしかった。それが後々まで津村を苦しめる大きな障害になろうとは、思いもかけなかった。

素子に頼まれた潜水夫小笠原孝吉に最初に会った日、津村の心には、すでに淡い悔いが萌《きざ》しはじめた。

年齢は津村と大してちがわないのに、三児の父である小笠原は、十年以上も年上に見えた。潜水夫には珍しく肥満した大きな体に、眼だけが不似合いに小さかった。象というより、海象《せいうち》に近い感じである。

小笠原は、話しながら、その眼をしきりにしばたたいた。仕事は主に、横浜港でドックや船底修理・貝殻《かいがら》落しなどをしているとのことであった。サルベージ作業は、戦後しばらく日本近海で引揚ブームがつづいたとき、幾年か手がけてきたとのことであった。

潜水夫頭の黒須に会う段どりをきめた後、小笠原は突然だみ声のようにうるんだ声

になると、

「主任さん、後生《ごしよう》だから連れて行って下さい」

切迫した口調で云った。

小笠原の顔を見返した津村は、思わず呼吸《いき》をのんだ。小笠原の小さな眼に、うっすら膜のように涙がにじんでいたのだ。

「おれは、……おれは、この手で出嶋少尉を殺しました。少尉ら三十六名を殺したんです」

太いふやけたような手をふるわせ、

「だから、この手で御骨を収容させてもらわないと、とてもやり切れないんです」

津村は受ける言葉もなくて、ただぼんやり小笠原の歪《ゆが》んだ顔を見守っていた。

右舷《うげん》の吃水線《きっすいせん》下に魚雷を受けた「さちかぜ」が浸水を局部的に抑え、沈没を免れようとして、中甲板《ちゅうかんぱん》から艦底に通ずるハッチをしめ、機関室に居た乗員三十六人を艦底に閉じこめたまま、その努力も空《むな》しく沈没してしまったことは素子から聞いていた、そのハッチをしめたのが、この男なのか——。

津村は、古い記憶の中の人をさぐるような眼つきで、小笠原を見た。

「……ガダルカナルからの撤退作戦でしたので、多少は余分の弾薬類も積んでいたんです。『誘爆の危険がある。早くしめんか』と半長靴《はんちようか》で頭を蹴《け》られて……、あの艦長は、いまは自衛隊のいいところにおさまっているそうだが、命令した奴は殺したいという気にならないんでしょうよ」

「………」

「あのとき、少尉らが居た機関室からは、這《は》うように薄茶色の煙が上ってきていました。停《とま》りそうな機関を動かそうと、少尉らはいっしょうけんめいだったのです。それを、おれはこの手で……。いまだにああいう煙を見ると、おれは頭をかきむしりたくなる」

小笠原は厚い掌で眼の下を拭《ぬぐ》った。

「お願いします、主任さん、給料はなんぼでもいい。殺したおれを行かせて下さい」

「『殺した』と云うのはやめよう。そういう云い方をすれば、誰だって一人や二人を殺してるのだ、ぼくだって……」

「主任さんも軍隊で?」

「ああ、陸軍の船舶兵《せんぱくへい》だった。セレベスに居て……」

「殺したと云っても、主任さんは……」

「そう、直接手を下した訳じゃないが……」

云いかけて、津村はそのまま口をつぐんだ。

セレベス島南岸に居た津村たちの部隊は、ときどき機銃掃射や潜水艦からの砲撃を受ける程度で、はげしい戦闘には見舞われなかったが、それでも数多い犠牲者を出した。いちばん多かったのが、Aパラチブスによる戦病死である。

輸送船団が台湾の高雄に寄港し、兵隊たちが干しバナナを争って買ったときから、チブスははじまっていた。医療品もほとんどなかったので、チブスはひろがるばかりであったが、津村ひとりは最後まで罹《かか》らなかった。大量に用意して行った帝征丸という丸薬を毎日一粒ずつひそかにのんでいたのだ。クレオソートの匂《にお》いが鼻を刺すまっ黒な丸薬には、強力な殺菌力があった。

津村は、それを誰に頼まれても分けてやらなかった。はげしい下痢に眼に見えて衰弱し、やがて死んで行くのを黙って眺《なが》めていた。

〈殺した〉とは云わぬにしても、見殺しにしていた。もちろん、帝征丸の一つ二つで助かる命ではなかったかも知れない。だが、戦友たちが津村を怨《うら》んで死んで行ったことには間違いない。

待っていても話し出そうとしない津村に、小笠原は心もち膝《ひざ》を進めると、

「罪亡《つみほろ》ぼしになるとは思えないけど、せめての気安めに……。少尉らの御骨を、とも

かく、この手で拾ってこないと……」

大きな体を窮屈そうにねじって津村を見上げ、眼をしょぼしょぼさせながら、くり返す。

津村は、その声の中にふっと素子の声を聞いたような気がした。疑惑がさした。素子と小笠原のひたむきな頼み――津村は、それをすなおに受け入れたのだが、素子の方ではもう一つ先まで踏んでいる。

サルベージ作業の都合如何《いかん》では、遺骨代りに魚や豚の骨を持ち帰られる不安がある。そうはさせまいと、監視の意味でも、この男を同行させようとしているのだ。

津村は、自分の好意に、素子が上から白い蜘蛛《くも》の糸をからめてくるのを感じた。善意に疑いをかけられるというのは、不愉快であった。眼の前の小笠原の鈍重な体が、いっそう耐え難いものに見えた。

津村は、語調を強めると、

「いいねえ、ぼくはきみをサルベージのために雇うんだよ。サルベージ作業に差し障りができれば、遺骨の収容も放棄する。……妙な感傷を出さないでくれ」

最後はたたきつけるように云った。小笠原は、悲しそうな眼つきのままうなずいた。

〈この男が、黒須の気に入るだろうか〉

いっそ気に入られず同行しない方が、さばさばしてよいようにも思えた。だが、小笠原の打ちひしがれた様子に、津村は予備知識として黒須の気性を教えてやったりした。

津村の不安通り、黒須は小笠原の採用に強硬に反対した。

〈チーム・ワークがみだされる〉〈統制がとれない〉〈もしどうしても採用するのなら、潜水夫頭をやめる〉とまで云い張った。

津村も意地になった。

〈引揚作業の全責任は、主任である津村にある。統制を持ち出すのなら、黒須こそ、まずその統制を破る男なのだ。やめるなら、やめろ〉と突っぱねた。

最後は、社長の福田の命令で、小笠原の技能をテストした上で、採用をきめることになった。

黒須は、そのテストに観音崎沖の潜水現場を選んだ。水深七十米《メートル》、潮流ははげしく、潜水作業としては最も困難な個所である。出かけて行くパゴパ沖の現場は、水深五十米、潮流もそれほどはげしくないのに、テスト場をそこに選んだのには、黒須の意地悪さが露骨にあらわれていた。おだやかな港内での仕事をしてきている小笠原には、苛酷《かこく》なテストのようであった。

だが、小笠原はそれに耐えた。三十分のワイヤー掛け作業を終え、潜水病防止のため、五十米を二十米のところで三十分ずつ二段に休止して、一時間半後に浮き上ってきたときには、マスクの跡が青黒くあざのようにその顔に残っていた。

ポンプ船に這い上ってきた小笠原に、黒須ははじめて口をきいた。頭ぶって、相手を見下げた口調であった。

「おめえは、潰《つぶ》れた会社ばかり歩いてきたようだな」

津村の許《もと》へ出された履歴書を見ると、最近まで小笠原が雇われていた会社は、ほとんど潰れていた。

顔を伏せる小笠原を、黒須はすくうように見て、

「おめえ、誰の頭についていたんだ」

小笠原は二つ三つ人名をあげた。その度に、黒須はねじるように首を振った。

「知んねえなあ。くそッ、おめえ、まっとうなんだろうな」

「はあ」

「〈掠《かす》め上り〉じゃねえだろうなあ」

小笠原はうなずいた。血色が悪い。

戦後のどさくさに、潜水夫でない者までが浅い海にもぐって、軍艦の金属などを盗んだことがある。正規の潜水夫たちは、その連中を〈掠め〉と呼んで、海の底で立ち廻《まわ》りをやったこともある。

「〈掠め〉じゃ、とても、これだけの海にもぐれないよ」

津村が口をはさむと、

「〈掠め〉と云ってるんじゃねえ。〈掠め上り〉と云ってるんだ」

黒須は、津村の顔を見ようともせずに云った。

小笠原は、滴《しずく》の垂れる潜水服をつけたまま、うなだれて立っている。誰も手を貸して脱がせてやろうとはしない。いかにも不運につきまとわれた男という感じであった。

「もういいじゃないか。会社の潰れたりしたのは、この男の責任じゃないんだ」

「よかないですよ。〈掠め上り〉じゃ大変なことになる。安心して仕事ができませんからね」

技能がだめなら、他のことでケチをつけてでも採用を妨げようという肚《はら》なのだろう。ピンハネのことが頭に浮んだ。ピンハネのきかぬ男が入ってくるのが、黒須はいやなのだ。そうなんだろうと、黒須に向って云ってやりたかった。

小笠原を採用した後でも、黒須は何かにつけて小笠原をいじめるであろう。そのときのことを思うと憂鬱《ゆううつ》であった。

素子からは、週に二度も三度も電話で誘ってくる。ピアニストの彼女が加わっている室内楽団の演奏会の切符も送ってきた。場合によっては、その室内楽団で東南アジア演奏旅行に出るかも知れない。そのときぜひパゴパに廻り道したいとも云ってきた。津村は出発準備に追われて、そうした素子からの誘いにも三度に一度しか応じられなかった。気象・潮流・相場など、すべての点で出発をいそがねばならなかった。いそがしさの中で津村は、白木の箱を素子に手渡す数カ月後の一日のことをぼんやり思い浮べたりした。

黒須・小笠原ら潜水夫七人、作業員五十一人から成る大洋サルベージの一隊は、横浜港を出てから二十二日目、パゴパから陸路八十キロの距離にあるサディナ港に到着した。目的地のパゴパ港は、港とはいうものの島廻りのスクーナー船が発着できる程度なので、水深も深く外航船の出入りできるサディナ港で、設備や機械、舟艇《しゅうてい》類の陸揚げを行わねばならなかった。それに引揚げた船を解体する作業場も、サディナの古い造船所を借りて使うことになっていた。パゴパ沖で浮上させておいて、サディナまで曳航《えいこう》し、そこでスクラップ化する訳である。

サディナに上ると、津村は荷揚げや設営の完了を待たずに、黒須ら潜水夫と二組のポンプ船を連れてパゴパへ直行した。

パゴパの風景は、津村の眼にまぶしかった。強い陽光のせいばかりでなく、それが余りにも津村のいたセレベスの風景と似通っているので。

銀色に光る砂浜が帯のようにつづき、みごとなココ椰子《やし》の林が、その波打際《なみうちぎわ》まで生い茂っている。椰子の木立の間には、吊鐘《つりがね》のような草葺《くさぶき》小屋が点々と散り、小さな教会が白く光っている。海は傲慢《ごうまん》なほどの青さに澄み返り、はるか遠くに煙ったようなニューギニアの山脈が浮んでいた。

だが、その風景に見とれる間もなく、津村たちは海に入った。

黒須が先《ま》ず潜り、その気泡《きほう》を伝うようにして、津村も潜水する。沈んで行くにつれて、青く澄んでいた水が、うす黒くかげってくる。

輸送船二隻は、水深四十米、潮の流れの速いところで、それぞれ三十度ほど傾いたままの格好《かっこう》で沈んでいた。

ハンマーで打診しながら、一廻り当ってみる。潮の速いためか沈澱物《ちんでんぶつ》も少なく、接《パッ》ぎ《チ》さえうまく行けば、割合楽に浮上できそうである。

駆逐艦「さちかぜ」は、それより少し沖、水深五十二米、海の底の吹きだまりのようになっているところで、横倒しになって沈んでいた。砂や泥《どろ》がつもり、艦体には海草・海綿・船喰虫・ひどろ虫・珊瑚虫《さんごちゅう》などがびっしりととりつき、さらに、それらの小生物の死骸《しがい》や排泄物《はいせつぶつ》が一面にかさぶたのように付着している。艦橋も砲塔も、およそ「さちかぜ」の形らしいものはなかった。どのあたりが機関室なのか見当もつかない。人が乗っていたことも、三十六人の遺骸《いがい》がとじこめられていることも想像つかぬほど、人間の匂いを失った姿であった。

輸送船二隻が比較的原型を保っているのに比べ、「さちかぜ」はもはや海底の一つの起伏に変貌《へんぼう》しつつあるようであった。おそらく何十年か後には、何事もなかったかのように、海底のわずかなふくらみに変ってしまうであろう。

死者はすでに安らかに眠っている。このまま手をつけない方が――と、そんな風に思わせるものがあった。

突然、後ろから肩を突かれた。

突かれた勢いで浮き上りながら、ふり返ると、黒須であった。潜水マスクのガラス越しに眼が笑っている。ゆっくり右手を上げて上をさした。潜水打切りの時間なのだ。

黒須の体が引き上げられて行く。津村も命綱を引いた。

三十米ほど上ってとまる。そこでなお三十分、水中に宙吊りになっていなくてはならぬ。水圧の変化に、体を馴《な》らすためである。ハンマーを腰のベルトにはさんだ黒須は、間もなく居眠りをはじめたようであった。マスクの頂から出る気泡が間遠に、不規則になる。

　潜水夫は、たとえ宙吊りで静止中でも、眠ってはいけないことになっている。頭の後縁でマスクの弁を押して、絶えず排気していなくては窒息するからだ。だが、馴れた潜水夫は、息苦しくなると、眠ったままで弁を押している。それが、不規則な泡になってあらわれてくるのだ。

　とりどりの魚の群が、二人の間を泳ぎ過ぎる。数尾の平べったい蝶々魚《ちょうちょうお》が、黒須のまわりをおもしろそうにぐるぐる廻っていた。

　だらりと垂れたまま、黒須の体は動かない。潮の流れに、わずかに足の方がゆれるだけである。気泡さえ出ていなければ、死者に見まがう姿である。それは、海底の「さちかぜ」とはちがった別の気味悪さを帯びていた。津村を侮《あなど》り、また、津村との衝突に備えて精気を貯《たくわ》えている不気味な敵の姿であった。

　津村と黒須は、「さちかぜ」と輸送船のどちらを先に引揚げるかで、まず衝突した。へスクラップの価値から云えば、「さちかぜ」の方が大きい。軍艦には鉄だけでなく非鉄金属も多く使われており、そのスクラップ価は、鉄の十倍近くするからである。仕事の段どりとしても、自然条件の悪化しない中《うち》に、難作業である「さちかぜ」を片づけた方がよい〉

これが津村の考え方であった。それに対して、黒須は、

〈「さちかぜ」に手間どっている中、最悪の場合は輸送船二隻の引揚げが遅れ、引揚げたところで、スクラップ相場の下落から引き合いがとれなくなるかも知れない。それより先ず易しい方からスクラップ化しておいて、最後に「さちかぜ」にとり組んだ方がよい〉

津村にも、黒須の主張はわかったが、譲らなかった。逆に黒須を説得しようとしたが、受けつけそうにもないので、一方的に「さちかぜ」優先にきめた。冷静に比較判断した心算《つもり》ではあったが、津村の心の中に、少しでも早く遺骨を収容し、肩の荷を下ろしてしまいたいという気持が働いていたのも事実である。それだけに、自分の打ち出した線は、ひるみを見せず押し切って行く心算であった。

パプア族の部落から少し離れた椰子林の中に、なまこ板を張ったバラックの宿舎もできた。サルベージに直接必要な資材だけでなく、食糧・寝具などの生活用品も運ばれてきた。主食はじめ肉類・調味料などはすべて内地から持ってきており、青果物だ

けを現地で調達する予定であった。すでに、設営がはじまるとほとんど同時に、腰巻《ラヴァ》をつけたパプア族の女たちが、マンゴーやパンの実、バナナなどを籠《かご》に入れて売りにきていた。ときどき真珠採取船が寄るらしく、警戒心はなくて、むしろ褐色《かっしょく》の顔に媚《こ》びを浮べ、意味もなく白い歯を見せて笑ったりした。
・碧玉《エメラルド》・緑《グリーン》・深青《ウルトラマリン》・紫水晶《アメシスト》……と、刻々と無限の変化を見せる海の上には、赤《あか》錆《さ》びたクレーン船や作業船、運搬船などが、漂流物のように集まってきた。
　いよいよ本格的な作業開始の直前、津村は潜水夫たちを集め、遺骨の収容について依頼した。

　そっぽを向くように聞いていた黒須は、津村の話が終ると、

「一柱いくらかでも出るんですかい」

　津村と社長との話し合いも、小笠原を加えた事情についても承知した上での横槍《よこやり》であった。

「いや、出ない。しかし……」

「それじゃ、よしましょうや。手間どるだけですぜ」

　背後から、その黒須にのしかからんばかりにして、小笠原が叫んだ。

「頭《かしら》、お願いします。ぜひ拾わせて下さい。あの艦《ふね》は、おれが居た艦だ。戦友たちの

骨が拾いたくて、おれはこの手で……」

小笠原は分厚な手をさし出した。津村が眼《め》をそむけるよりも早く、鈍い音がして、黒須はその手を払い落した。

「おめえの個人的事情など知るものか。終戦直後はともかく、今となっては、もう遺骨なんて拾ったってしようがねえんだ。死んだ者は死んだ者同士で仲よく眠って成仏している。その遺骨をなんて云《い》うのは、生きている者の手前勝手な気安めだ」

黒須は、そう云うと、白い眼で津村を斬《き》りつけるように見て、

「あの『さちかぜ』の遺骨をなぜ拾わにゃいかんか知らんが、沈んでるのは『さちかぜ』だけじゃねえからな。『われに大小五百の艦艇あり』などと大佐だか中佐だかが云ってたな。そのほとんどが沈んじまった。十万からの英霊が海の底に居るという話だ。その中で、いまさら三つや四つ拾ったところで何になるんだ」

しゃべっている中に、黒須の声はますます低く強くなった。

「おれの息子も、まだ十七か八なのに、志願して行きゃがった。そして、玉砕だ、……帰ってきた白木の箱の中にゃ、何が入ってたと思う。砂だ、砂が入ってただけだ」

冴《さ》えるような眼で、周りを見渡した。眼の合った潜水夫たちの幾人かが、小さくう

なずいた。

津村が口を切った。

「頭《かしら》、そのとき本当に遺骨が入ってたらと思やしなかったかい」

黒須はぎくりとした様子であったが、吐き出すように、

「……思やしねえ」

津村はおだやかな声でつづけた。

「頭のような親ばかりじゃない。……十万の中の三つでも四つでも拾ってやるべきじゃないかな。もちろん、作業に差し障りのない範囲でだが」

「差し障りがあるにきまっとる」

黒須は乱暴に云うと、小笠原の体を突き飛ばすようにして列から離れて行った。


黒須の言葉を思い出して、その夜、津村が仲々寝つかれないでいると、バラックの外を足音をしのばせて、誰《だれ》かが通り過ぎて行く気配がした。獣《けもの》のようではあるが、もっと重く、そして敏捷《びんしょう》な足運びである。

津村は、簡易ベッドの上に起き直って、腕時計を見た。蛍光色《けいこうしょく》に光る針は、十二時近くを示していた。

足音は、たしかに部落の方から来ていた。パプア族の者が、何か盗みにでも来たのか、そっと蚊帳《かや》をまくって靴《くつ》をはきにかかる。

別棟のバラックで、床板のきしむ音がした。

津村は、いそいで窓の羽目板に顔を寄せた。斜めに開いた視界に、細い三日月が出ていて、砂浜がかすかに白い。

足音が戻《もど》ってきた。今度は一人ではない。

砂の上に、黒い人影が射《さ》した。と同時に、すえた油のような一種特有な匂いがした。パプア族の体にしみついている臭気である。

眼をこらす中を、盛り上った乳房を振るようにして、女の影が過ぎた。つづいて、地下足袋をつけた小柄《こがら》な男が誘い出されて行く。髪のうすい後頭部が、一度だけ眼に入って消えた。黒須であった。

津村は、思わず大きく呼吸《いき》をついた。こそこそと消えて行った黒須の肩を、〈頭！〉と、親しみと冷やかしをこめて、たたいてやりたい気持であった。

戸を開けて、砂の上に出る。二度三度腰に手を当てて、冴えた夜気を吸った。南十字星が頭の真上近く、三日月よりなお明るく光っている。この高い夜

〈息子を玉砕させたというあのおやじは、息子の分までたのしんでいる。

空から、息子もにが笑いしながら、眺めているかも知れぬ……〉

黒須に対して抱いていた肩のこるような感情が、ほっとゆるんだ。潜水夫では明日の作業の支障ともなろうが、頭《かしら》のことだから大目に見ておこう――。

バラックの中に戻る。うなり出した蚊の群を払いながら、津村の口もとから苦笑は消えなかった。

〈手の早い男だ。あの椰子油くさい女の中に……。きっとピンハネした金であろう。それにしても小笠原もピンハネされているのだろうか……〉

ゆるんだ心の中に、ようやく睡気が忍び入ってきた。


サルベージ作業は、「さちかぜ」の艦内外を埋めている土砂の排出からはじまった。

その排出の手順について、津村と黒須は、また意見が分れた。

黒須をのぞき六人居る潜水夫は、三交代で、一時に二人しか作業できない。その二人を、共に艦内での排出に当らせるか、それとも、一人は艦内、一人は艦の外で艦内を埋めている土砂の掘上げにあてるべきかというのである。艦内の土砂は、一米半ほどの高さに積っている。その底に通路を掘って、真空吸揚げポンプを通し、艦外へ放出させるのである。堆積が大きく、また崩れ易《やす》くて危険の伴う場合には、二人入《い》れるのが普通である。一人が掘り進み、一人が監視する。能率は半減するが、事故を防止するためにはそうせざるを得ない。

津村は二人を、黒須は一人を主張した。それは、土砂崩壊の危険をどの程度に踏むかということで分れた訳であるが、津村の念頭に遺骨収容のことがちらつかなかった訳ではない。一人で崩壊の危険に脅《おび》えながら掘っていたのでは、遺骨の収容は不可能になってしまう。その意味では、黒須の一人説は収容放棄をたくらんでの主張とも云えた。

二人とも遺骨のことは口に出さなかった。ことさら崩壊の危険性だけについて論じ合った。津村は負債《おいめ》を感じた。そして、黒須の瞳《ひとみ》の中に、負債《おいめ》を感じさせて満足している光を見て、ますます硬化した。

素子に頼まれ気軽く考えてきたことが、いつの間にか、のっぴきならぬほど自分をしめつけているのに津村は苛立《いらだ》った。そうした津村の眼に、黒須の小柄な体が日一日と大きく映ってきた。毎朝出航して行くポンプ船の、間のびした焼玉エンジンの音は、津村の苛立ちをあざ笑っているかのようであった。

津村は、はげしい日射《ひざし》に灼《や》かれる腕を押えながら、一日中ポンプ船上に立ちつくし、青く澄んだ水面から無心に上ってくる気泡の動きを見守りつづけた。黒須の方は、勘《かん》所《どこ》さえつかまえて居ればよいと云うように、潜水夫を下ろした後は船尾に腰を下ろし、ポンプ船の連中と大声で笑い合ったり、生あくびをくり返したり、パプアの女との情事の翌日には居眠りしていることさえあった。それでいて、神経の一部は起きていると見え、気泡がわずかにでも乱れると、はじかれたように起き上って、ポンプ手をどなりつけていた。

しかし作業の方は、排出した土が一夜の中にまた流れこんで来ていたりして、歯がゆいほど進行しなかった。

こうして十日余り経《た》ったある朝、珍しく黒須の方から話しかけてきた。

「大将!」黒須は、津村のことを〈主任さん〉とも〈津村さん〉とも呼んだことがない。〈大将〉という言葉は、敬称のようでいて、一方では津村を自分たちのペースに巻きこむやくざな呼び方でもあった。

黒須は、津村の顔をゆっくりなめるように見て、

「困ったことになりますぜ」そう云いながらも、眼の色にひどく生々したものがある。

「パプア族の連中が騒ぎ出しそうなんだ。沖の方でガタガタやられたんじゃ、漁場が荒れるというんでね」

津村は、物売りに来ていた女たちの親しみを押しつけるような笑顔を思い出しなが

ら、

「何をいまさら……」

「焚《た》きつける奴《やつ》が居るんだなあ」

「誰が……」

訊《き》くまでもなく、津村に見当はついた。再入札をたくらみ、横合いから権利を奪い取ろうとしたポリネシアのサルベージ会社にちがいない。

黒須は、ひとりでうなずきながら、

「奴等《やつら》、このごろ、ちょくちょく部落に顔を見せてるからねえ」

「それで、パプアは何をしようと云うのだ」

「サルベージ中止を云ってくるよ。止めなきゃ、カヌーでとり巻いてでも止めさせると、いきまいている。あの椰子割りのナイフでやられたりすりゃ、こたえるぜ」

「まさか……」

「その証拠に、この頃《ごろ》じゃ物売りもばったり来ねえでしょうが」

津村は黙った。炊事番の者から、苦情をきかされたところであった。部落で玉子や野菜などを急に何一つ売ってくれなくなったというのだ。他人事《ひとごと》のように云っている黒須の顔を、津村は冷たく見返した。

混血の牧師につき添われたパプア族の若い酋長《しゅうちょう》が、作業中止を要求してきたのは翌日のことである。

津村は、はねつけた。高等弁務官から公式に許された仕事であるし、本社からの電信ではスクラップ相場の軟調を案じて、作業のスピードアップを促してきている。一日でも作業は休めなかった。

青果や玉子は、少し高くついてもサディナから取り寄せることにした。カヌー妨害に備えて、まだ稼動《かどう》していないクレーン船などの図体が大きく頑丈《がんじょう》なだけが取り得の鉄船群を動員して、潜水現場を取り巻かせた。

いちばん恐しいのが、潜水夫のエア・ホースや命綱をやられることである。潜水のたくみなパプア族が、その手を使わぬとは限らない。津村は炊事番まで動員して、船上からの見張りをきびしくした。

津村は、それだけでもなお安心できず、予備のポンプ船を出動させて、黒須と二人で交互に水中の見張りに下りることにした。

「おれたちまで潜ってしまっちゃ、指揮がとれねえじゃねえか」

黒須は、ねじれた声で云ったが、津村は構わず潜水具をつけると、飛びこんで行った。

「さちかぜ」の艦腹をうすくぼんやりと望む水面下三十米のところに浮んで見張る。作業する訳でもないし、その程度の水深なら、二交代で十分つとまるように思えた。海面からは、網の目のように、わずかに緑の陽《ひ》が降ってくる。大小色とりどりの魚の群が泳ぎ、シャボンでも吹き散らしたように、どこか遠くからひびいてくるような音がする。

さびしいほど、静かであった。うっかりしていると、気遠く眠りに誘いこまれて行きそうである。〈この海の底で、死者たちは、とっくに安らかに眠っているのだ〉そうした思いも湧いてくる。気をまぎらすように、素子の顔を思い浮べようとするが、とらえようもない。大きな乳房をふるようにして駆け出して行ったパプアの女のシルエットが、ひどく生々しく胸を灼いてくる。

津村が上ると、黒須が代って潜った。

しばらくすると、浮いてくる泡《あわ》が不規則になった。もう居眠りをはじめているようである。津村は、水中電話を取った。

「頭《かしら》!」と二度呼ぶと、間をおいてから「おうい」と太い声が返ってくる。

「だめじゃないか、眠ってちゃ」

「眠っていやしねえよ」

「……とにかく、気をつけて見張ってくれよ」

「見張ってる。……居眠りなんかするものか」

「泡の工合が、おかしかったからね」

「大将も、泡でわかるとは大したもんだね。おれなんぞは、三十年やってたってわかりゃしねえ」

そうした会話のやりとりを、幾度となくくり返した。

小笠原が、はじめて遺骨を拾い上げてきた。作業をはじめて三十二日目であった。十五センチほどの脛骨《けいこつ》で、水あかに黒く汚れていた。あかを拭《ぬぐ》い落すと、歯のかたい魚につつかれたらしい傷痕《きずあと》がいくつかあらわれた。

「おれに見せてくれ」

黒須はそう云うと、奪うようにして手にとった。

筋ばった両掌《りょうて》の中にはさんで、その堅さでもたしかめるように、しばらくじっとしている。眼の光が、だんだんすわってきた。砂の上にたたきつけでもしないかと、津村は不安になった。

だが、黒須はおとなしく、「じゃ、返すぜ。大事に持ってってやるんだな」

津村の手に渡された脛骨は、黒須の体温であたたかかった。

小笠原が、ぜひ自分に保管させてくれというので、骨はふたたび小笠原の許《もと》に戻された。

「拾えるものなら、沢山拾ってやるんだな」

黒須は、面倒くさそうにつけ加えた。

遺骨を拾った翌々日、サルベージ中止を迫って、パプア族は二十艘《そう》近いカヌーで現場に押し寄せてきた。大きいだけで動きのとれない作業船やクレーン船の間を縫って、ポンプ船めがけて迫ってくる。黒須が水から上り、代って津村が、滴《しずく》の垂れる潜水服をつけはじめているところであった。

「おい、エンジンをかけろ。全速だ」

黒須は、機関夫に云いつけると、船首に仁王立《におうだ》ちになった。

「おーい、廻《まわ》るんだ、ぐるぐる廻るんだ！」

間の抜けたように浮んだままの鉄船群に叫びかける。

潜水夫を下ろしているポンプ船二隻《せき》は、動く訳に行かない。その周りを、津村たちのポンプ船は躍りそうな勢いで廻り出した。

滑りこんできたカヌーの舳先《へさき》が、波にあふられて、宙に浮く。

鉄船群もゆっくり動きはじめた。各船の立てるうねりは、しだいに大きくなった。前後左右から起るうねりに、カヌー群はゆすぶられ、方向を失った。櫂《かい》で海面を打ち、甲高く叫びながらも、ポンプ船に近づくことはできない。そうして三十分近くの立ち廻りの末、パプア族は為《な》すところもなく引揚げて行った。

翌日は朝早く、潜水がはじまるとほとんど同時に押しかけてきた。津村たちは、あらかじめ作戦を立てておいた。

先頭のカヌーが十米ほどの距離に迫ったとき、海底での切断作業用の水中炸薬《さくやく》を、海面すれすれのところで爆発させた。高い真白な水柱が立ち、二、三艘のカヌーがひっくり返った。パプア族はさすがに驚いたらしく、高い叫び声を残して、そのまま引き返して行った。

三日目は、スコールの中をねらって、やってきたが、やはり水中炸薬で追い返した。宿舎の夜は夜で、潜水夫と津村、黒須をのぞく全員に、見張りを割り当ててあった。宿舎と船のまわりに、暁方《あけがた》まで三時間交代で立たせる。

三日目の夜、宿舎の見張りに当っていた男一人が、急にマラリヤで寝こんだため、スケジュールを組みかえるのも面倒と、津村が代りに立つことにした。持時間は、十一時から二時までであった。

月の美しい夜空に、黒い椰子《やし》の樹幹がまっすぐのびている。高く風にそよいでいる葉の動きを見ていると、津村は自然に戦争中のことを思い出した。

セレベスで幹部候補生試験を受けさせられたとき、涼しい木陰がいいというので、試験場には椰子林の中が選ばれた。試験官の親心なのだが、津村たちには有難迷惑であった。高い梢《こずえ》から、すさまじい加速度で落ちてくる椰子の実、その実に当って死んだ兵隊も居た。

いつ椰子の実が落ちてくるかと、気が気ではない。問題はうわのそらで、神経はむずかゆく上ばかりを仰いでいた——。

思い出し笑いが、にじんでくる。

そのとき、部落の方からまっすぐ歩いてくる小さな人影が目についた。津村は、棍《こん》棒《ぼう》を手に持ち直して身構えた。

人影は、そのままの姿勢でするする椰子林を縫い、宿舎の前に近づいてきた。パプアではない。しかし、サルベージ隊の者には外出禁止をきびしく申し渡してある。

眼をこらそうとしたとき、

「やあ、ごくろうさん」黒須の声であった。

「いい月だなあ。寝るのは、もったいないようだぜ」

右手をあげながら通り過ぎようとする。

「頭《かしら》！」

津村はきびしい声で呼びとめた。

黒須は、横に飛びのいた。

「あ、大将ですかい。どうして……」

「頭こそ、いまごろ、どうしたんだ」

「いやあ、いい月夜だものだから、つい……」

「どこへ行ってたんだ」

つめ寄る津村に、黒須は開き直って、

「部落ですよ」

「部落へ行くことは、禁止してあるじゃないか」

「そうですな」

「頭から規則を破ってくれたんじゃ、仕様がないねえ」

黒須は、顔をそむけた。煙草《たばこ》を口にくわえると、ポケットをさぐっていたが、

「大将、すまんが、マッチを……」

津村の気勢を削《そ》ぐように云った。

津村は、ふるえ出しそうな手でマッチの箱をとり出すと、ゆっくり一本とり出し擦ってやった。

黒須は火を受けると「やあ」と頑丈な顎《あご》をしゃくった。肚《はら》の中をさぐり合うように、二人はしばらく黙っていた。夜風に、煙草の煙がうすく散って行く。芭蕉《ばしょう》の葉陰からは、虫の鳴声がきこえた。

「部落の様子はどうだね」それ以上追いつめれば、ますます黒須はかたくなになるだけだと知って、津村は話題を変えた。いまいましさを、噛《か》むように味わいながら。

「よくわからんがねえ」

黒須は、そう云って唾《つば》を吐き、

「どうせ金で煽《あお》られて動き出したんだ。少しばかり金でもやったら、……もともと飽きっぽい連中だが、わずかの金で済むことなら、早く片をつけたがいいな」

津村も、それを思っていた。炸薬の費用だけでもばかにならない。

「一度、頭に案内してもらって、部落に行ってみるか」

努めて軽い口調をつくって云った。

「そうだよ。早い方がいいな。予定より、大分仕事は遅れてるからねえ」

遅れてるのが、津村一人のせいであるような云い方であった。

「パプアが片づいたら、潜水夫の一人は艦の外を掘らせるようにしようじゃねえですか。中をいくら空《から》にしても、すぐ外から流れこんできてだめになっちまう。何しろ、やわい土だからな」

「やわらかい土だからこそ、二人組まないと危いんだよ」

「危い、危くないのと、云《い》っちゃおれませんよ。おれたちの仕事で絶対安全などと云えるものは、もともと無いんだから」

津村は黙ったまま、煙草に火をつけた。その動作を、黒須の白く光る眼がみつめている。「こんな海の端まで来て、こわがってたんじゃなあ」蔑《さげす》むように云う。津村は、顔を立て直すと、まっすぐ黒須の眼をみて、

「それじゃ、パプアが片づいたら、頭《かしら》の言うように一人は外に出し、その代り、頭とおれとが艦内の潜水夫について入ることにしよう」

「おれたちが……」

「もちろん、つきっきりと云う訳には行かないが、とくに崩れそうな危険のある時にはね」

「よけいなことだと思うね。せまいところへ二人も降りて行けば、かえって邪魔になったり、土を崩したりしますぜ。それより、いっそ、切っちまったらどうかな」

「……」

「『さちかぜ』は相当やられてる。大きな穴がいくつもあいているようだ。うまく接《パ》ぎ《ッチ》がきくかどうかね。……あきらめて、切っちまったら」損傷がはなはだしかったりして、浮揚が不可能なときには、水中炸薬を使って海底で大ざっぱに解体、スクラップ化し、クレーンでつかみ上げる方法もある。だが、それはすべてが水中での作業になるため、経費もかさみ、時間もかかる。ただ、浮揚の見通しの立たないような場合には、その方法をとるより仕方がない。

「さちかぜ」の場合も、掘ったり埋まったりをくり返しているよりは、いっそ水中切断ということも考えられる。その方法については、すでに本社でも了解を得てきてあった。ただ、その方法をとれば、遺骨は四散してしまう。津村が水中切断をためらっているのは、浮揚させた上で、できる限り能率よく処理したいためであるが、遺骨収容についての心配りがない訳ではない。

津村は、黒須の視線を避けながら、

「ともかく、頭の云うように、一人は外を掘らせよう」

黒須は仕方なしのように小さくうなずき、

「それに、おれはどうも小笠原の仕事ぶりが気に入らねえ、ときどき降りて行ってみると、三十分経《た》っても、ちっとも掘り進んでいないことがある。あいつは掘り進むというより、泥《どろ》の中をかき廻している。いくら遺骨が欲しかろうと、宝探しに来てるんじゃねえんだからな」

吸殻《すいがら》を乱暴に踏み潰《つぶ》し、

「そのくせ、おれの顔を見ると、おどおどして……。何かと云うと、『この手で殺しました』だ。全く足手まといな奴ですぜ。あの男の代りは呼べないかねえ」

頭にとって、小笠原は相変らず煙たい存在なのだと思いながら、

「いまさらねえ。……それより、注意すべきところは、注意してやらせようや」

津村は、とりなすように云った。

「遺骨なんて酔狂なことは、もうやめたがいいなあ」黒須が歩き出しながら云った。

津村は、その声をききとがめた。

「『たくさん拾ってやれ』と、頭はつい四、五日前に云ったばかりじゃないか」

「差し障りさえなければ、という話よ。ところが、結構、差し障って来ている。……なぜ『さちかぜ』に限って、大将は遺骨に甘いんだ」

津村は、ひるみを見せず、

「『さちかぜ』に限らん。拾えるものなら拾ってやるのが、同じ日本人の義務だ」

「拾えるならの話さ。仕事もしないで拾っておられたんじゃ、叶《かな》わねえよ」

「一応、小笠原に注意しておこう。だが、頭も夜出て歩くことは……」

「ああ、わかった。それより、早くパプアと仲直りするんだな」

黒須は、背を向けて歩き出した。永い潜水生活に少し猫背《ねこぜ》になった小柄《こがら》な体を、後ろから駆け寄って突き飛ばしたいようないまいましさを、津村は感じた。

　黒須と話すと、向うに弱みがあっても、話している中に、いつか黒須のペースに巻きこまれてしまう。潜水夫たちを使いこなすために、身につけた話法なのであろう。黒須は決して弱みを弱みとして認めない。

　黒須の影の消えたバラックの方向で、食器をたたき割る音がし、つづいて罵《ののし》り合う声がきこえた。床か壁板にぶつけられでもしたのか、体のぶつかる重い音がする。朝から夜まで、六十人近い男が顔をつき合わせての生活。作業は進捗《しんちょく》しないし、気のまぎらわしようもない。椰子から取ったカヴァ酒の酔いに、よく喧嘩《けんか》が起った。そのため怪我人も出た。部落との絶縁に、酒が切れかければ切れかけたで、また別の喧嘩も起るのであろう。善い悪いの問題ではなく、ひとつの自然現象であった。

　駆逐艦一隻、輸送船二隻。一万一千トンのスクラップ、三千万円の利益をはるばる日本に持ち帰るためには、さまざまのトラブルを忍ばねばならない。その上、金に代えられぬ遺骨という土産もある。

津村は、素子のことを思った。東南アジア演奏旅行の計画は、かなり進んでいるようであった。素子の云うように、旅行帰りにニューギニア近くのこのパゴパまで寄れるとは思えない。だが、出嶋の骨だけは、それまでに拾っておこう。

素子の弾くピアノの音が、芭蕉の葉を騒がす夜風にのってきこえてくるような気がした。素子の拇指《おやゆび》は、ピアノのはげしい練習に爪《つめ》が二つに割れている。その指のことを思うと、素子の像が急に肉感を帯びてよみがえってきた。演奏旅行帰りに、もしパゴパに寄ってくれたら——そのときのことを思うと、乾いた熱風が通り過ぎるように、胸の中が疼《うず》いた。

翌朝早く、津村と黒須はパプアの部落へ入って行った。津村が漁場を荒す補償代りにと、金をさし出すと、牧師と酋長は顔をぶつけんばかりにして算《かぞ》え、笑顔でうなずいた。

その金額は、黒須と相談してきめたものであるが、あまり簡単に話がついたので、津村にはかえって疑いが湧《わ》いた。黒須が事前に部落と相談し、ピンハネをふくめた金額をきめておいたのではないかとも思える。お礼にと、鮫《さめ》の歯と貝殻で編んだ首飾りをその場で渡されて、いっそう疑いは増した。

金を持ってきたということは、すぐ部落中に伝わったらしく、帰り道には、どことなく活気が溢《あふ》れていた。パンタナスの葉で葉巻をつくったり、草蓆《くさむしろ》を編んでいる女たちも、笑いかけてくるようである。ポリネシア・サルベージの者は、どこにひそんでいるのだろうか。それとも、帰ってしまったのだろうか。

割り切れぬ気持のまま、部落を出外れようとしたとき、ピアノの音がきこえてきた。パイナップル畑のかげに、洋風の小屋が三、四戸かたまっている。その一戸、緑のブラインドを下ろした窓から、ピアノの音は流れてきていた。白いレースのワンピースを着た女が弾いている。黒人なのか、混血なのかはわからない。ピアノの音は、津村の胸をしだいに波立たせてくる。素子の思い出ではなかった。もっと強烈に心をかきみだしてくる音である。椰子の大きな木陰に立ちすくみ、津村は眼を蔽《おお》いたい気がした。ピアノを弾いているのは、セレベスで同じ学徒兵だった森ではないのか——。

船舶兵部隊では、四月二十九日の天長節、演芸会を開くことになり、津村らは駐屯《ちゆうとん》地《ち》に近い町へピアノを借りに出かけた。

目ざして行ったピアノの持主は、オランダ系らしい混血の十二、三の少女であった。一日借りるだけと云っても、そのまま、奪《と》られてしまうと思うらしく、眼をいっぱいに見開いて、ピアノの蓋《ふた》を押さえた。

そのとき、脇机《わきづくえ》上の楽譜を見ていた森がふいに曲を口ずさみ出した。上野の音楽学校から中途で召集されてきただけに、譜はそのまま正確なメロディーに変って行く。

少女は警戒心をゆるめた。森は、滑りこむようにピアノに向った。蓋をとり、白い鍵盤《キイ》の列が現れると、森の眼は異様に輝き出した。

津村のみつめる前で、森はその眼をうすく閉じると、白い鍵盤《キイ》をさすりはじめた。母親が隔てられていた子の肌《はだ》に久しぶりに触れたように、幾度も幾度も撫《な》でる。

それから、急に片手をふり上げて、一音高くたたき出したと思うと、華やかなワルツがたちまち部屋いっぱいに溢れ出した。兵隊たちは黙り、少女はうっとりと見惚《みと》れている。パラチブスに罹《かか》っていた森の痩《や》せくぼんだ青黒い顔、荒れた手、そのどこにこの技能が――と、呆《あき》れるとともに、感嘆しきった顔であった。

〈この兵隊さんが弾くのなら、貸す〉

少女は念を押して、ピアノを貸してくれた。

その森も、下痢がはげしくなったとき、津村の帝征丸を欲しがった。おとなしい、遠慮がちな訴えであった。同じ班の中で、学徒兵は二人だけであったので、津村は余計に心を動かされた。

だが、津村は最後まで一粒も渡さなかった。森が死んだとき、津村はまだ帝征丸を大壜《おおびん》にいっぱい残していた。それでも、戦争がいつ終るかわからぬと思うと、分けてはならぬと自分に言いきかせていた。それから四カ月足らずの終戦が予想されていたものなら——。

津村は、あのとき拒んだことが間違っていたとは思っていない。間違っていたのは、戦争の方だ。戦争が、あんなに早く終ってしまったことなのだ。

戦争が終ってからも、津村の気持はもう学園の空気の中に戻《もど》れなかった。何事もなかったかのように、家庭を営む気にもなれなかった。帝征丸をことわられて、うらめしそうに死んで行った戦友たちの顔が、折に触れて思い出されてくる。自分の手でハッチをしめた小笠原が、いつ迄《まで》も遺骨にこだわるのは当然と思えてくる。津村は、ピアノの音に体を縛りつけられたように立ちつくしていた。

先の方に立ち止っていた黒須が、けげんそうな顔をふり向け、

「どうしたんです……下手くそなピアノを聞いたって仕様がねえでしょう」

津村は、ふきげんに黙ったまま歩き出した。

パプア族の妨害は止った。

津村は、黒須の提案通り、潜水夫の一組を「さちかぜ」の艦側の排土に当てること

にした。潜水夫たちは、暗鬱《あんうつ》な艦内の作業よりも、艦外での仕事をよろこんだが、小笠原は例外で艦内作業だけを望んだ。遺骨にとりつかれている姿が、津村には痛々しかった。

脛骨《けいこつ》を拾い上げてから八日目、小笠原は今度は大腿骨《だいたいこつ》の一部を収容してきた。潜水服の胸に黒ずんだ白骨を抱えるようにして上ってきた小笠原を迎えて、黒須の態度は冷たかった。ポンプ船の水夫に云いつけて受け取らせると、そのまま突き戻すようにして、海へ潜らせた。

「手柄顔に抱えてきやがって……」

黒須のねじれた声は、マスクの中にある小笠原には聞えなかったが、津村の耳に届いた。

ふたたび海底に下りて行った小笠原は、潜水してから三十分経っても上ろうとはしなかった。黒須が電話をしても返事をしない。

次の番の潜水夫が下りて行った。しばらくは二人並んで掘り上げ作業をやっているようであった。四十五分近く経ったとき、ようやく作業をやめ、三十米のところまで浮き上る旨《むね》の連絡があった。作業時間を少しでも永くして、黒須の非難めいた態度に応《こた》えようというのであろう。

船上で休み、次の潜水時間に下りて行ったときも、やはり三十分経っても浮上する気配はなかった。津村は、電話でどなった。

「なぜ上らないんだ」

「…………」

「規定通り三十分で、打切らなくちゃだめだ。中途まで上って、三十分みっちり浮いてなけりゃ、潜水病にやられるじゃないか」

「どうも、作業が進まないものだから……」

低い声で、口重く応えてくる。電話で話しているというよりも、地面を伝わってくる声を聞くような感じであった。

小笠原は、それからも三日か四日おきに遺骨を拾い上げてきた。他の潜水夫たちは、それが小笠原だけの仕事であるかのように、一度も収容してこない。それだけに、小笠原ひとりがますます潜水夫仲間から浮き上る形になった。すべて、黒須の差金《さしがね》かも知れなかった。

小笠原の潜水時間は、永びくばかりであった。津村は、幾度となく叱《しか》ったが、小笠原は気の入らぬ返事をするだけで、海に入ると、まるで魅入られたように浮き上って来なかった。

五十二米の沈没現場に下りることは、潜水夫でない津村には、かなりの苦痛であった。耳が鳴り出し、酒に酔ったように足許《あしもと》がおぼつかなくなる。そのまま眠りこんでしまいそうにもなる。

それでも、電話で応答のない小笠原を呼び戻すため、ときには津村や黒須が潜水して行くこともあった。すると、その気配だけは感じるのか、津村たちが水面下二、三十米まで下ってくると、入れちがいに小笠原のマスクが浮き上ってきた。

黒須が、その頭を足蹴《あしげ》にした。蹴られたままに、小笠原の大きな体は、ほの白い気泡《きほう》を洩《も》らしながら、ゆっくり右、左にゆれた。

艦側の排土が、かなり好調に進んでいるのに、艦内堆積土《たいせきど》の排出は一向にはかどらなかった。

「さちかぜ」が横転していて作業のやりにくいせいもあるが、黒須に云わせれば、〈三人の筈《はず》の潜水夫が二人分の働きしかしていないため〉である。

黒須の小笠原への風当りは一層強くなり、小笠原は拾い上げた遺骨を隠すようにして持ち帰っている。幾柱分の骨か、誰の骨かもわからない。それを小笠原ひとりで整理し、保管していた。津村は、サルベージが終ったとき、まとめて慰霊祭を行う心算《つもり》で、それまではすべて小笠原に任せていた。

作業は、たしかに遅れていた。「さちかぜ」引揚げに四十日と踏んでいたのに、すでに六十日を経過している。予定の百十日以内に三隻全部を引揚げられるかどうかは疑わしくなった。

スクラップ相場は相変らず軟調であり、潮流も気象も、日ごとに作業に不利になって行く。サディナの中継基地を通して、社長からはきびしい催促が来ていた。津村は、その返答代りに、さらに潜水夫六人をふくむ作業員二十人の増派を依頼した。

津村が案じていたように、小笠原は間もなく潜水病に罹《かか》った。足腰がしびれ、夜になると、眠れないほど痛み出すようであった。それが、海に浸ると、しびれも痛みも拭《ぬぐ》ったようにひいてしまう。小笠原の頼みで、痛みのはげしいときに限って、夜間でも特別にポンプ船を出させることにした。

潜水病になってから、小笠原の潜水時間はなお永くなった。津村の云うことも聞こうとはしない。ポンプ船上で時計を見て焦立《いらだ》っている津村に、黒須が話しかけてきた。

「大将、小笠原のことは、奴《やつ》の好きなようにさせといたがいい。あいつは自分でちゃ

 んと算盤《そろばん》をはじいて潜ってるんだ」

津村は、すぐには黒須の言葉の意味がわからなかった。

「算盤って、どういう意味だい？」

「いっぺん潜って見て来たら、わかるよ」

合点の行かぬ顔をしている津村に、黒須は声をけわしくして、

「あいつが集めているのは、遺骨だけじゃないようですぜ」

「遺骨だけじゃないって？　他《ほか》に何を……」

「きまってるじゃねえですか。軍艦のことだ。ちょっと剝《は》がしてくるだけで、金目になるものがいくらでも……」

「………」

「それに、夜まで潜らせてもらやあ、もう申し分なしだ。……部落には、ポリネシア・サルベージの一味が残ってる。銅《あか》にしたって、真鍮《しんちゅう》にしたって、云い値で引取ってくれますぜ」

黙っている津村を、黒須はじれったそうに眺《なが》めて、

「大将の知合いかは知らねえけど、小笠原は大したくわせ者ですぜ。遺骨までダシにしようってんだから。……大体、遺骨だけ拾ってよろこんでいる男が、いまどきある

筈がねえよ」

「もし本当なら、頭はそれを知ってて、なぜ放っておくんだ」

「おれに責任のあることじゃねえからな」

津村は、憤りに突き上げられ、

「責任というと、ピンハネのことか」

黒須は、答える代りに、細い剃刀《かみそり》のように鋭い眼《め》で、津村を見返した。

津村も、視線を崩さず、黒須の眼を受け、

「頭、小笠原を掠《かす》め上りときめこんだ上での、いい加減な中傷じゃないだろうね」

「ふん。中傷かどうか、潜ってその眼で見て来たらいいじゃねえか」

「…………」

「おれは、あの男が〈掠め上り〉にちがいないとにらんでる。ああいう連中には〈掠め〉で稼《かせ》いだうまい味が、いつ迄経っても忘れられねえんだ」

「だが、前身はどうあろうと……。小笠原はここへ来るまでは、横浜港でのまともな潜水夫だった。それだけで、いいじゃないか」

「それじゃ、なぜ、そんないい口をすててここへ来たんです」

「……そりゃ、遺骨のためだ」

「まさかね。あいつは二言目には『この手で殺した』と云っているが、いったい誰《だれ》がそれを証拠立てるんです。あの男がハッチをしめて、中の三十何人かを殺したという証拠がどこにあるんです。みんな、あの男の口一つでしょう」

津村は、返事をする気になれなかった。黒須のように疑ってかかれば、いったい誰の云うことを信用すればよいのか。小笠原は、素子《もとこ》まで欺《あざむ》いているのか、それとも、素子もいっしょになって、津村を欺いたのか。素子の動機は、ただ兄の遺骨を拾いたいという一念であろう。欺かれたとしても、それは許せる。だが、小笠原は……。

津村は、腋《わき》の下の汗を拭った。

「おれがにらんでるのは、こういう風なんです」

黒須は、前置きすると、煙草《たばこ》に火をつけた。

「大体、港内潜水夫の仕事なんて、先が見えてる。船底塗料のいいのができたおかげで、船食虫もふじつぼも、めっきりつかなくなってしまった。そろそろ商売がえしようと思ったところに、この仕事だ。あの男にしてみりゃ、いい仕事ですよ。適当に〈掠め〉もやり、それに遺骨を持ち帰れば、遺族から、そう、大将の知合いの素子さんなどという人から、結構お礼をもらえるでしょう。〈掠め〉がばれないで、今後も大洋サルベージに傭《やと》ってもらえるとなりゃ、なお願ってもないことだ。そのためには、大将のような人の前で『この手で殺した』と深刻ぶるのは、いい手段ですぜ」

「ばかな。あの小笠原がそんなことをする筈がない」

「一度、小笠原に訊《き》いてみなさい。このおれのにらみが当ってるかどうか。……いや、訊いても、やはり眼をしょぼしょぼさせて、ごまかされてしまうでしょうよ。それより、潜って見た方が……。え、大将」

黒須は、煙草の煙を吹きかけるようにして云った。

その夕刻、津村は小笠原を呼んだ。ポンプ手など他の作業員から聴取したり、部落へ調べに行くことも考えてみない訳ではなかったが、それでは余りに事が大きくなり過ぎるように思えた。黒須一人の中傷かも知れぬ。ともかく、表面立《おもてだ》っていないことについて、進んで事を構える気にはなれなかった。津村の心の中では、黒須よりも小笠原を信用する気分の方が強かったためかも知れない。

黒須から聞いた話を問いただすと、小笠原は眼を伏せ、

「頭《かしら》はいい加減なことを云ってるんです」

「じゃ、頭の疑いは全く事実無根なんだね」

津村が詰め寄るようにして訊くと、小笠原は黙ったままうなずいた。はっきり声に出して否定しないのが、津村には物足らなかった。しかし、小笠原の性格から見て、

そうしたおだやかな否定の方が、より真実らしくも思えた。

「本当にそうなんだな」

と、さらに念を押す。

「ああ」

小笠原は、毛の生えた厚い手で眼もとをこすって、

「主任さんにまで疑われようとは……。おれはただ罪亡《つみほろぼ》しがしたくって」

底太い声で云う。

「それに、こんな疑いをかけられちゃ、おれは出嶋のお嬢さんにも合わせる顔がなくなっちまう」

「きみひとり間違っていなけりゃ、いいじゃないか」

「ああ」

小笠原は、唸《うな》るように云ったかと思うと、急に顔をしかめた。

「痛むのか」

「ええ」

と、腰を押さえている。

津村は、やはり潜ってみようと思った。小笠原の行動を監視するだけでなく、堆積

土の崩れを見張るためにも、ときどき潜って見ている必要があった。一組の潜水夫を艦外作業に廻《まわ》した後、津村と黒須はそうする心算《つもり》で居たのだが、実行してはいない。海面下五十二米への潜水は、やはり気乗りのしない仕事であった。

潜ることに心をきめたとき、津村は小笠原と同時に潜水服を身につけた。

「いっしょに行ったんじゃ、正体が見破れねえじゃないか」

マスクをつけるのを手伝いながら、黒須が津村の耳もとでつぶやいた。

「しかし、『さちかぜ』の中への入り方もわからないしね」

津村が弁明するように云うと、

「それじゃ、他の潜水夫と……」

「いや、いや。とにかく小笠原と潜ってみる」

津村は、話の先を封ずるようにマスクを下ろした。

黒須の云ったことが仮に事実とすれば、小笠原の「掠め」の現場を見つけることは、津村には恐ろしく、不愉快なことであった。古い罪に打ちひしがれたように見えていた鈍重な小笠原の体が、暗い海底で銅《あか》や真鍮剝がしに精出している——その姿を目撃すれば、津村は自分自身の収拾がつかなくなりそうな気がした。

澄んだ群青色《ぐんじょういろ》の水がしだいにかげり、四十米あたりまで来ると、霧の立ちこめた山峡のような息苦しいほどの暗緑の世界になる。二本のロープを引きながら小笠原の体が沈んで行く先に、やがて「さちかぜ」の艦腹が見え出した。まわりの排土作業はかなり進んで、「さちかぜ」は海底に鈍い円弧を浮び上らせている。

近づくと、黒い魚群の影が散り、水あかがいっせいに舞い立ってきた。エア・ホースの位置をたしかめながら、艦橋の側面にできた穴から入って行く。兵員室・士官食堂・弾薬庫と堆積土は片づいて、作業は機関室の半ば近く進んでいた。

しかし、そこに積っている土砂の厚みは、楽に津村の背丈はあった。先に下り立った小笠原は、その中を真空ポンプの吸入口が通るだけの幅に通路を掘り上げている。シャベルの先から、土砂が円を描いて舞っている。作業が進むにつれ、砂嵐《すなあらし》の中に立たされたように土砂と水との境目が失われて行った。小笠原のエア・ホースを、その嵐は幾度も蔽《おお》いかくし、その度に土崩れかと津村の心はふるえた。崩れた土砂の重みでエア・ホースが潰れ、窒息死する危険は十分考えられる。津村の最初の計画通り、シャベルを持った見張りがぜひ要ると思われた。

幾年も前からそこに滞ったままの潮が、ゆっくり回流している。水圧に、津村の耳は鳴りはじめた。上下の感覚が、しだいに失《な》くなって行きそうである。ときどき振り返って、自分のエア・ホースの安全をたしかめながら、津村は眼をこらして小笠原の後姿を見守りつづけた。

二回目は、小笠原が潜ってから十五分遅く、次の番の潜水夫の作業をも見守れるように下りて行った。だが、小笠原には津村の潜水の意味がわかるらしく、その日、帰りのポンプ船上では、小笠原の表情はいっそう重苦しく閉ざされていた。

「あの土じゃ、大変だったなあ」

津村がとりなすように云っても、小笠原は海面に眼を落したまま答えようとはしなかった。

〈ふいに潜ってみなくちゃ、だめですよ〉との黒須の言葉に、翌々日、潜水作業もほとんど終りに近い頃《ころ》、津村は下りて行った。艦内では、小笠原一人が作業している筈である。

横倒しの艦橋に立って見上げると、気泡が心細い光を放ちながら、浮き上って行く。海底全体に音にもならぬ低いうなりがきこえるだけで、「さちかぜ」の艦内からは物音一つきこえなかった。

小笠原のエア・ホースを伝うようにして、屈折した艦内に入って行く。潮の動き、水の動きを見廻す。用心深い上にも、なお慎重に——。

相変らず何度もふり返って、エア・ホースの延びをたしかめながら、機関室に入った。三分の二近く片づいた室内に、水あかと土砂がうすく立ちのぼっている。

小笠原の姿は、すぐには見当らなかった。底面からわずかに浮くようにして歩いて行く。水の動きに、傍らの土砂がやわらかな布のように崩れた。

部屋の半ばをこしたとき、暗やみに馴《な》れた津村の眼は、ようやく小笠原の姿をとらえた。

一筋掘り上げた通路の奥に屈《かが》みこみ、何かを引きずり出そうとしている。シャベルは、その後ろに倒れたままである。

〈遺骨なのか、それとも……〉

津村は体を動かせて、その後ろに迫ろうとした。

そのとき、突然、眼の前の土の壁が崩れ落ちた。

ふりむいた小笠原のマスクのグラスが、一瞬光ったが、すぐ土煙の中に消えた。噴き上げるような泥水《どろみず》の動きに、津村の体は後へはじかれた。

機関室は天井近くまで一面泥の海となった。渦《うず》に巻かれて、津村の体は壁や機関に突き当った。しばらくは、自分の姿勢を立て直すのに、精いっぱいであった。

土煙がおさまったとき、小笠原が掘り進み、そのエア・ホースが走っていた溝《みぞ》は埋まっていた。小笠原の姿は見えない。ただ奥の方で、土煙がなお一カ所動いているあたりに、小笠原のもがいている姿があるようであった。

シャベルを持ち直して前へ前へと進みながら、津村は水中電話で呼びつづけた。

小笠原の火葬は、津村が頼まぬ中《うち》に、黒須がすべて手配をしてくれた。二、三人の作業員を手足のように使って薪《まき》を積上げる。何という草の葉を乾かしたのか、線香めいた匂《にお》いのする薫物《たきもの》まで集めてきた。

火葬のはじまる直前、津村は宿舎へ呼び戻された。マニラからの長距離電話だという。受話器を取ると、素子の声であった。

「演奏旅行でマニラに来ているの、そちらへ廻ろうと思って、いろいろ手続きをしているんですけど」

待ちかねていたように一気にしゃべってくる。その声を、津村はそれまでになく空々しいものに聞いた。

〈来れる筈もないのに、遺骨収容を励まそうとの策略じゃないか〉

津村は、黙って聞き流した。

「仲々ヴィザが取れないのよ。でも、何とかして行こうと思って」

「無理して来られるには及びませんよ」

　津村は、突き放した声で云った。

「遺骨の方はどうなのかしら。小笠原さんからのお便りだと、幾柱かが……」

「少しは集まりました」

「兄の骨も？」

「さあ、誰の骨だか……」

「小笠原さんなら、わかるわよ。きっと……」

　津村は、冷たい事務的な口調で、

「小笠原は死にましたよ」

「何ですって」

　甲高い声で訊《き》き返してくる。津村は、受話器を遠ざけた。

「どうして、どうして亡くなったの」

〈おれが殺したのです〉

　小笠原のつぶやいていたのと全く同じ文句。津村は、そのように口走りたいのをこらえた。

「事故でね。……海面下五十二米のところで作業中、潜水具に故障が起って……」

素子は、しばらく黙っていた後で、

「お気の毒に。御冥福《ごめいふく》を祈るわ」

「…………」

「それで、これから先の遺骨の方は？　収集の見込みはどうなんですの」

「……どうなりますかねえ。遺骨も遺骨だが、これ以上は……」

「でも兄の骨を」

素子の声はうるんだ。津村は、その声をはねのけるように、

「じゃ、切りますよ。いずれ、日本で」

そう云って、受話器を置いた。

索莫《さくばく》とした気分であった。始めから終りまで〈遺骨〉であった。サルベージの進み工合、津村の健康などについても何一つ訊いてこない。それは、素子には直接関係のないことかも知れない。素子の念頭には、ただ兄の遺骨があるだけなのだろう。小笠原の死さえも、〈御冥福を祈るわ〉で片づけられるのだ。三児の父である小笠原——。小笠原が戻ると、白布に包まれた小笠原の大きな体が、薪の上にのせられたところであった。

日本から増派されて着いたばかりの二十人をふくめ、潜水夫も作業員も声一つ立て

ず整列している。マラリヤや風土病に冒されている幾人かの患者も、籐椅子《とういす》に坐《すわ》って参列していた。

やがて薪に火がつけられると、津村は声を出して経文を唱えはじめた。読経の声と薪のはじける音、遠い珊瑚礁《さんごしょう》に砕ける潮騒《しおさい》の音とが交互に津村の耳に届いてくる。津村はその音にたぐり寄せられ、地に伏したいような気分の重みを感じた。椰子《やし》林越しには、小笠原の命を奪った夕凪《ゆうなぎ》の海が、湖のようになめらかに光っていた。まぶしくつづく海面の先に、ニューギニアの山脈が煙でも噴き上げたように、うす紫にかすんで見える。

津村のすぐ眼の前では、小笠原の体の脂《あぶら》を吸って、薪がはげしく炎を燃え立たせている。津村は、眼を押さえた。それは、Aパラチブスでやられた戦友たちを焼いたときと余りにも似通った風景であった。

音楽学校出の森は、津村とちがって体もあまり丈夫でなく、津村の親しかった兵隊の中では、最初の病死者となった。太い丸太を縦横に背より高く積み、その上に、森の死体を俯伏《うつぶ》せにのせた。下痢ばかりで憔悴《しょうすい》し切っていたのに、死体は重かった。腕の髄にいつ迄も残る持ち重みがあった。ピアノの鍵盤《キイ》を眼を閉じて撫《な》でていた顔、津村の帝征丸を欲しがっていた顔が、墨色の蠟細工《ろうざいく》のようになって丸太の隙間から仰がれた。先任軍曹の指揮で、津村は竹槍《たけやり》を持ってその傍《そば》に立たされた。

丸太に火が廻ると、皮膚が裂け、痩《や》せた体のどこにあったかと思われるほど大量の脂が燃え、腕や足の関節がばらばらと落ちた。

火が森の体の下面を焼いたとき、軍曹はその竹槍で下腹部を突き刺し、体を裏返しにして焼くように命じた。ためらう隙もなく、津村は竹槍を突き立てねばならなかった。帝征丸を拒まれ怨《うら》んで死んで行った戦友たちの体に、その後、幾度竹槍を突き立てたことであろう——。

ボート部や帝征丸。つまり、当時としては賢明な生活設計によって、津村は命を拾ってきた。だが、命を拾ってきた者に、何が待っていたというのか。津村の戦後の生活には全く設計がなかった。生きて行く上での抵抗がない。ただ惰性のように生き、そしていまは惰性のように骨を拾っているだけだ。

津村は顔を上げた。炎は盛んに噴き上り、小笠原の体はすでに崩れ落ちていた。その遥《はる》か先で、落日は海を一面の金色に染めている。

まばゆかった。そのまばゆさには、生きていることへの後ろめたさも含まれていた。

津村は視線を戻《もど》した。

津村の立っているすぐ前には、粗削《あらけず》りの机に小笠原の身の廻りの品が並べてあった。

その中に、潜水夫には不似合いな革表紙の小型の手帖《てちよう》がある。津村は、気分の重みから逃れ出るように、それを手にとって、繰った。

使い古した手帖らしく、インクの色もさまざまに、小笠原の体軀《たいく》に似合わぬ細かい字が連なっている。その手帖も終り近く、まだ新しいインクで書かれた日記風の記述が、眼の中に飛びこんできた。津村は、息を詰めた。

…日――……
九　日―兵員室左舷《さげん》腕骨、脊髄《せきずい》骨各一
十三日―艦橋直下。頭蓋骨一、プラチナ義歯一
二十五日―機関室右舷寄り。大腿骨一
二十八日―機関室右舷船首寄り、鉄カブト二、腕骨一
三十日―………
丹念につけられた遺骨の収容記録であった。
いつの間に来たのか、すぐ横から黒須の声がした。
「大将、くよくよすることはない。あの病気じゃ、どうせ先は永くない。保険金ももらえるし、かえっていい往生だ」
そう云いながら、手帖をのぞきこむようにして、

「あいつは、遺骨集めも本気なら、〈掠め〉も本気。両方を本気で精出した。その報いがこれだ」

黒須は、事故の後、小笠原が〈掠め〉であったことを証拠立てようとした。事実無根ではなさそうであった。津村は、追求をやめさせた。

一言も口をきこうとしない津村に、黒須は珍しく沈んだ声で、

「それにね、やっぱり艦《ふね》で死んだ仲間が呼んでるんだなあ」

小笠原が死んだことで、小笠原の口癖である〈おれのこの手で殺した〉ということが、かえって真実めいて受けとられている。勝手なものであった。

薪の燃え落ちる音がした。歩き出そうとする津村に、黒須の声が追いすがった。

「ところで、エア・タンクを六つにしますか、八つにしますかねえ」

「さちかぜ」艦内の排土作業はほとんど完了し、増派された潜水夫を加え、作業は接ぎ当て《パッチ》の段階にあった。その終り次第、艦内から排水、両舷にエア・タンクをつけて、「さちかぜ」は浮上する筈《はず》であった。エア・タンクの数について、黒須は六個、津村は八個と相変らず衝突している。

「八つにする」

津村は、腰の強い口調で云った。

七個目のエア・タンクを取りつけ中に、作業員が一人、クレーンに打たれて重傷を受けた。重症の下痢患者二人が、ヘリコプターでポート・モレスビーまで送られる。そうした中で、増援を加え、作業は殺気を帯びたように活発に進んだ。黒須も度々マスクをつけて潜って行く。

駆逐艦「さちかぜ」が浮上したのは、作業をはじめて百十二日目であった。輸送船二隻はまだ沈んだままであり、作業日程は大幅に遅れている。社長の計算のように、一日の遅れ五十万円とすれば、どれだけの損失になるであろうか。

それでも、エメラルドの海の上に「さちかぜ」を見たとき、八十人余りの作業員は思わず口々に「万歳」を唱えた。両舷に錆色《さびいろ》のエア・タンクをかかえ、「さちかぜ」は艦橋も砲塔も潰《つぶ》れ、灰緑色の巨大な爬虫類《はちゆうるい》のようになって浮上してきた。

黒須は、ボートを漕《こ》ぎ寄せると、すばやく、その艦上に飛び移った。弓なりに曲った後甲板《こうかんぱん》のマストに、若い者の肩を借りて、日章旗をしばりつける。貿易風の先駆を告げるそよぎの中で、日の丸はあざやかにはためいた。黒須の演出に、拍手が海面を圧《お》してひろがる。

津村は、ポケットの中の小笠原の手帖を、汗ばんだ手でにぎりしめた。その手帖の末尾近くには、〈自分にもしものことがあれば、「さちかぜ」の近くに水葬して欲しい〉と書き足されていた。黒須はそれを読んでいた筈なのに、火葬で葬ってしまったのだ。その方が、遺骨を帰国させることはできるのだが――。

浮上した「さちかぜ」は、エア・タンクにはさまれたままの無格好な姿で、曳船《ひきふね》二隻に曳かれて動き出した。解体工場のあるサディナ港まで、途中いくつかの珊瑚礁を大きく迂回《うかい》し、曳航されて行くのだ。

だが、日の丸が小さな一点となった頃、本社からは意外な電報が舞いこんできた。〈スクラップ相場の下落から、たとえ解体しても採算に合わない。以後の引揚作業は中止、浮上させた「さちかぜ」も回航解体を見合わせよ〉というのである。相場好転の兆《きざ》しがない以上、「さちかぜ」を放棄して帰国せよとの電文なのである。

再引揚げに備え、「さちかぜ」を沈めておく地点については、黒須と津村の意見ははじめて完全に一致した。サディナとパゴパの中間、水深十米、潮のおだやかな礁湖《ラグーン》沿いで、艦体内と八個のエア・タンクに注水されて、「さちかぜ」は日の丸を輝かせながら、水を吸うように静かに灰緑の艦体を沈めて行った。浮上してから、わずか八日の生命であった。

（「オール讀物」昭和三十四年十一月号）

社長室

ダアク・グリーンの和服をつけた若い女が、すしを運んできた。編笠風《あみがさふう》のしゃれた竹の皿《さら》に、小さなすしが細工物のように並んでいる。

白木のにおうテーブルの上で、女はしなやかな指をひるがえした。おしろいのにおいが迫り、襟足《えりあし》が直井の眼《め》のすぐ前で光る。

「お久しぶり」

腰をかがめて、女は佳恵子《かえこ》に会釈《えしやく》した。

「お元気？」

佳恵子は小さくうなずき、訊《き》き返す。好意は見せても、短く、追い立てるような口調である。

ええ、と答えて女はすぐ姿勢を立て直した。

「どうぞ、ごゆっくり」

直井の上に声だけ残して、うす暗い照明の中に立ち去って行く。

「きみ、おなじみらしいね」

「たまに利用するの」

「それにしても、ここはずいぶん高いそうだが」

佳恵子は咽喉《のど》の奥で笑った。

「それほどでもなくてよ。……どうぞ召上れ」

直井は杉箸《すぎばし》を持ったまま、

「トロひとつ四、五百円もするというじゃないか」

「おやまあ、経理部長さんともなると、細かいところまで御存知ね」

「………」

「だめよ、そんなこと気にかけてちゃ、お父さまの跡はとれないわ。お金なんて、一度も見たことがない――そんな顔してないと、社長室には納まれないものよ」

「社長室か」

直井は吐き出すように云《い》った。今夜会ってから数時間の中《うち》に、この女は何回同じ言葉をくり返したことであろう。

なるほど、直井精機工業はいま社の経営内容とは不相応なりっぱな社長室をつくりつつある。床にも壁にも大理石を使い、社長専用の手洗いと炊事室まで付属させている。直井の亡父輝三郎に代って、常務から社長になったばかりの小浜のプランである。経理部長として直井ははじめからその建設プランに反対であった。亡父の子飼いの社員であった新常務の久米と、技術部長の内藤も、同じ反対派であったのだが、新社長が強引に設計をすませてしまうと、社長側についた――。

佳恵子は箸をとめて直井の表情をうかがっていたが、

「でも、物は考えようよ。小浜社長があなたのためにりっぱな社長室をこしらえておいてくれると思えば……。あなたは前社長と同様、社長室に金をかける気にはなれない人でしょ。そのあなたがいつか社長になる日のために、小浜老人がつくっておいてくれるのよ」

「子供だましはよせ。小浜は自分のためにつくってるんだ」

「しかし、年が年よ。先が永くないわ」

「自分の後には、誰《だれ》か息のかかった者を据《す》える肚《はら》だ」

「誰？　それは誰なの。小浜社長には子供はないんでしょ」

直井はふきげんそうにうなずいた。

「え、そうなんでしょ」

佳恵子がおしかぶせるように訊いてくる。直井がにがい顔つきのまま、もう一度うなずいて見せると、佳恵子は大げさに小首をかしげた。黒瞳《くろめ》がちの大きな眼を、こぼれそうに見開く。

「そう思ってるのね。やっぱり」

「…………」

「実は小浜社長には子供が居るの。三号さんか四号さんだかに生ませた子供で、まだ小学生。それだけに小浜は可愛くてたまらないらしいわ」

「きみ、冗談もいい加減に」

直井には初耳であった。杉箸を持つ手がふるえた。すしが受皿に落ち、醬油《しょうゆ》をはねる。

「ほんとの話よ。わたしたちのような二流の経済雑誌記者は、その方の嗅覚《きゅうかく》はすごく発達してるの。背任・横領・姦通《かんつう》・蓄妾《ちくしょう》──経営者のスキャンダルがわたしたちの飼料なの」

「しかし、小浜は甥《おい》の長谷川を秘書課長として入社させたばかりじゃないか。ぼくはあの長谷川にバトン・タッチする肚かとにらんでた」

「一時的にはそうかも知れないわ。でも長谷川を経由するにせよ、しないにせよ、小浜の永久政権の構想は変らないわ。そのための社長室よ。美麗堅牢《びれいけんろう》なものをつくっておけば、気分的にも何か自分の政権が安定したような感じになるものよ。小浜社長は、そんな祈りをこめて、あのばかばかしい工事をはじめたのだわ」

「それじゃ、さっきの……」

思わずうらみっぽくなる直井の声の先を、佳恵子がさばさばした口調で奪い取った。

「ごめんなさい。ちょっとからかってみたくなったの。あなたがあまり世間知らずなものだから……。どう、輝雄さん、もう一杯」

しなをつくって、ビールを注《つ》ごうとする。直井は掌《て》でコップを押さえた。

直井精機は、もともと亡父の直井輝三郎が創立した会社である。中途で小浜機械と対等合併したとはいっても、実際は直井精機の方で吸収してやったのだ。小浜機械が業績不振から二度目の不渡手形を出し、倒産を噂《うわさ》された時期であった。ただ、税法上の特典にあずかるため、形式的に対等合併という手続きを踏んだに過ぎない。父の死後、輝雄がその椅子《いす》をつぐべきであったが、余りに若過ぎて金融筋や関係業界の信用を落すのをおそれ、一時的に小浜が社長室に納まった。文字通り、バトン・タッチまでのリリーフ役として。それが、いったん社長室の主になると——。

冷静にならなくてはと思うのに、体の芯《しん》から熱いものが噴き出してくる。

佳恵子はそうした直井に、射こむような視線を向けていたが、直井が大きく一呼吸すると、その視線のまま顔を近づけ、

「輝雄さん、わたし、ほんとにあなたのためを思って」そう云ってから、白い歯並を

見せ、「あら、ごめんなさい。輝雄さんなどと呼んで」

「いや、構わん」

直井は眼に見えない何かをなぎ払うように云って、眼を閉じた。

とまり木の客が一組去って行く様子で、板場の男が景気よい声をかけている。

熱い呼吸が頰《ほお》をつたい、眼をあけると、すぐ近くに佳恵子の大きな瞳《ひとみ》があった。

襟に白い線が二筋入ったセーラー服が、よく似合った顔である。父親の安藤弥八はどんな仕事をしても永続きせず、それでいて、結構、楽なくらしをしているふしぎな男であった。「おれは財界無銭飲食業。みんながおれにお賽銭《さいせん》をくれる」と云って、輝雄の眼をみはらせたりした。輝雄の父とは同郷ということでよく訪ねてきた。閑暇《ひま》が多いと見え、佳恵子ともども沖釣《おきづ》りに連れて行ったり、観菊会や観桜会に誘い出してくれたりした。輝雄が大学に入って間もなく、「安藤が娘をもらってくれたらと云ってたよ」と、父が冗談とも本気ともつかず漏らしたことがある。だが、間もなく学徒出陣でとられ、終戦後帰ってきたときには、安藤父娘の消息はわからなくなっていた。特需景気・神武景気と財界が息を吹き返しても、安藤弥八の姿は現れなかった。

弥八の死を知らせたのは、ネイビイ・ブルーのスーツにかたく身をつつんだ婦人経済記者の佳恵子であった。彼女はその夫も失っていた。そして、一人の子供を抱えた未亡人とは思われぬほど若く美しかった——。佳恵子は唾《つば》をのみこんだ。「やっぱり、いけないわ。輝雄さん」小さな声で云ってから、「輝雄さんなどと呼んでは……。あなたには奥さまもお子さまもいらっしゃるし、それに、りっぱな経営者の一人」

「………」

「あなたは当然、社長になる人よ。なるべきなのよ」

「しかし、いまの状態では……」

「役員会のことでしょ。久米や内藤まで裏切って向うについてしまったことね？」子供のときからの習慣で、さんづけにしていた重役たちを、佳恵子はこともなく呼びすてにする。聞き苦しいというよりも、かえって、さわやかな感じであった。

「あの人たちが寝返ったのも、理由があってのことよ」

「理由？」

「お金よ。小浜社長が下請けからリベートを取って、それをばらまいているの。あなた、御存知ないわけじゃないでしょ」

直井はあいまいに首を振った。

「小浜は、そういうことの達人よ。小浜機械がつぶれたのも、小浜が下請けからとりこみすぎたという噂よ。そんな噂の主がすることですもの、あなたのお父さまのときとはまるでちがうわ。……人間、汚い空気の中にも、しばらく居れば馴《な》れてしまう。リベートの分け前を受けとらなければ、新社長ににらまれる。受けとれば背けなくなる。どちらにしたって、連中は向うの罠《わな》にはまりこんでしまったわけよ」

「…………」

「いまさら、義理や道理を説いても、もちろん無駄《むだ》ね。結局、勝負は実力よ。実力、つまり、金と云っても、株と云ってもいいわ」

ロウソク型のスタンドの灯に照らされた佳恵子の頰《ほお》には、赤味がさしている。

「直井精機の発行済株数一五〇万株、その中《うち》、五十万株は金融筋でまず中立的と見ていい。それ以外で、大株主は誰なの。前社長は形式的には対等合併だからと遠慮して、小浜と同じ十五万株しかおとりにならなかった。ところが、小浜はその後もこっそり買い増しを続けていたの。いまは二十万株前後ということよ。あなたは相変らず十五万株。とすると、株保有の面から見ても、小浜の社長就任は穏当ということになるわ」

まるでこの女に裁かれているようだと思いながら、直井にははね返す言葉がない。

「あなたには前社長のような実績も人徳もいまのところ無い。とすると、くどいようだけど、やはり実力で対抗する他《ほか》ないわ。株も買い増さなくちゃならないし、重役たちを手なずけるにも多少の金が必要よ。あなた自身のための軍資金を捻出《ねんしゅつ》すること――それが、いまのあなたには何より必要なのよ」

脚を組みかえたのか、膝頭《ひざがしら》が触れ合った。佳恵子は、そのままあたたかな膝頭を押しつけてくる。

「ね、さっきのこと考えて」

「さっきのこと？」

直井は口重く訊き返した。

「導入預金のことよ」

恐れていた通りの返事が戻《もど》ってきた。恐れる気持になったのは、佳恵子と話している中にその誘いの中にたぐりこまれそうな自分を意識し出したからである。

その日、佳恵子が持ってきたのは、M商事のためにA銀行へ導入預金をする話であった。羊毛の思惑輸入で一もうけしようとするM商事では、一時に巨額の資金が要る。ところが、取引銀行であるA銀行から借りられる額には限度があり、それを越して借りるためには、別の第三者から大口預金を入れさせ、その中から融資を受けようというのである。第三者にしてみれば、銀行に預けるのだから安全であるし、預金利息とは別に多額の裏日歩が入る。M商事は一年で一八%、つまり一千万円の預金で一八〇万の利子を前渡しするという。

「悪いことをすすめるわけじゃなくってよ。経理部長のあなたが、会社の預金をどこにしようと、あなたの権限内のことよ。その預金を受け入れる銀行も、貸出しを受ける側も、みんなよろこぶわ。よろこんで、お礼の意味で裏日歩を払おうというのよ。……会社には規定通りの預金利息が入ることだし、少しも不都合ではない筈よ。ただ預金先を変えるというだけのことですものね」

復習でもするように云ってから、佳恵子は顔を横に向けた。まるくそろえた指の先で、ビール壜《びん》の口をつまみ上げ、

「ビール、おねがいね」

いい加減に飲んだ後、小腹を充《み》たすためにそのおすし屋に入った筈なのに、いつの間にか直井は一本空けていた。佳恵子と話している中、口のかわきがはげしくなり、ついついコップに手がのびていたのだ。話の内容が、直井の体を灼《や》き、また直井の心をすわりの悪いものにしたためであろう。

新しくビールが運ばれてきて、直井の口が泡《あわ》の中に埋れるのを見守りながら、佳恵子は話しつづけた。

「一千万で一八〇万、二千万の預金なら三六〇万。当座の軍資金としては、まあまあのところじゃないかしら。それだけ全部を株につぎこめば、いま店頭で百円前後だから、四万株近くは買い増せるわ。一挙に小浜の線まで伸びられる筈よ」

「…………」

「亡くなったお父さまの遺志をつぐためには、あなたはどうしても社長室に納まらなくてはならないわ。そのために、ぜひ必要な金なのよ。あなたに他にそれだけの金をつくれる目安があるの？　手を汚してでも金をつかもうとする人ではないし、仮に俸給の中から手がたく一万円ずつ貯金するとして、三十年かかる額なのよ。三十年ではどうしようもないわね。……わたしの話に乗って下されば、それだけの金を会社にも損をかけず、誰も傷つけず、一時に手に入れることができるのよ」

「わかった。考えさせてくれ」

直井は掌《て》で眼の前の空間を截《き》った。

「考えると云っても、考える材料はそれだけ。後はあなたの決断だけよ」

佳恵子の声がなお迫ってくる。

「わかったよ」

顎《あご》の骨が音を立てるほど、直井は大きくうなずいて見せた。手がまたコップにのびる。

導入預金——形式的には違法かも知れぬが、商慣行としては珍しくない。設備投資ブームに乗って資金繰りの楽な直井精機に、そうした話はこれまでも幾度か持ちこまれた。堅実一方の父の存命中のことでもあり、問題にしなかった。個人的に金の要ることもなかったし、会社としても、高利貸に似た利息かせぎをする必要はなかった。メーカーはメーカーらしく、いい品物をつくることだけでもうければいい、というのが亡父の信条であった。だが、いまは状況が違う。会社を小浜ラインから本来の姿に戻すためにも、佳恵子の云うように直井自身の軍資金が必要な情勢なのだ——。

そのとき、直井の背後の入口で、華やかな笑い声がした。反射的にふり返ろうとすると、佳恵子の指が直井の手を押さえた。

「そのまま。後ろを向いちゃだめよ」

押し殺した声であった。直井は体をかたくした。いったい誰が来たというのか。昂《たか》ぶった眼で佳恵子を見返す。だが、体のこわばりは一向にとけない。導入預金の話をしていたことで、いつのまにか犯罪者のような後ろめたさを感じていた。

佳恵子は眼で直井を射止めたまま、空いている方の手を滑らせて、スタンドのスイッチをひねった。ロウソク型のランプの灯《あかり》が、ほんもののロウソクよりもなお細い光になる。佳恵子の顔も、まるい顎の線を残して闇《やみ》にうすれた。立喰《たちぐ》い台より一段低く半地下風につくられたそのシートでは、気がつくと、いく組かの客が、光を暗くして、頰を寄せ合っていた。

女たちの笑い声はすぐ頭の上を通り抜け、立喰い台のとまり木に並んだ。どの女も大柄《おおがら》で、髪を染め、アイシャドウやマスカラで同じような派手な化粧をしている。デパートの婦人服売場の人形がそろって抜け出してきたような感じであった。カンバンになって引揚げる一流のバーの女たちででもあろう。三人の女にはさまれて坐《すわ》っている心もち猫背《ねこぜ》の瘦《や》せた男。華やかな一団をひきつれながら、まるでガイドのような貧相な——と、その男の横顔に眼をこらしたとき、直井は危うく声を立てそうになった。直井精機の秘書課長の長谷川であった。佳恵子がとっさに灯を暗くした理由がわかった。

女たちがまたはじけるように笑い、気がひけるのか、長谷川がふり返った。直井はあわてて額に手を当てて、顔をかくした。

「大丈夫よ。ここは暗いから」

佳恵子が口を寄せてささやく。

背中を女にたたかれて、長谷川は顔を戻した。馴染《なじみ》らしく、すしをにぎる男とすぐまた声高に話し合っている。女の一人が笑いながら、その肩にしなだれかかった。

「長谷川のやつ！」

後ろめたさが消えて、しだいに怒りがこみ上げてきた。いったい、どこからその金が出ているのか。

「あの人、よく来るようね」

佳恵子が顔は動かさず、眼だけで長谷川の後ろ姿をすくい上げるように見て云う。

「きみもときどきここで？」

「いえ、わたしはたまにしか来ないもの。……それにしても大した羽振りじゃないの」

「………」

「おたくの秘書課長じゃ、失礼ですけど、月々に入る額も想像がつくわ。機密費や交際費もあるかも知れないけど、その額は経理部長のあなたが御存知なんでしょ。……それとも、ずいぶん景気よくお出しになっているのかしら」

怒りに任せてしゃべりそうなのを、直井はふみこらえた。メーカーである直井精機では、機密費や交際費はわずかしか計上していない。その勘定をどれだけ操作しようと、女を連れて豪遊できる筈はなかった。長谷川の懐《ふところ》にあるのは、小浜社長が下請け工場からリベートとして取った金の分け前か、それとも長谷川自身直接受けとったリベートのいずれかであろう。会社はみすみすそのリベートだけ高い下請け工賃を払い、食いつぶされて行く。社長室の工事にも、やはり同じからくりがあるのだろう。白蟻《しろあり》に侵された柱が、立ちながらにうつろになって行く様子が眼《め》の前に見えるようであった。亡父の生涯《しょうがい》かけた努力をあざ笑うように、直井精機は食いものにされ、立ちながらの往生を遂げようとしている。

直井は短い階段を駈《か》け上り、とまり木の長谷川の襟首をつかんで罵声《ばせい》を浴びせかけたい衝動を感じた。その衝動を抑えれば抑えるほど、体の中は熱くなって行く。

「不愉快だ。帰ろう」

佳恵子はあわてて腰を浮かせ、両手で直井の上膊《じょうはく》をつかんだ。

「だめよ。いま出ては顔を見られちゃうわ」

「見られたって……」

「構わないと仰言《おっしゃ》るの」佳恵子はかたい声になった。「わたしはスキャンダル漁《あさ》りの『会社批評』の女記者。そのわたしと暗いところで夜おそくまで話しこんでいたと知ったら、長谷川はどんな邪推をめぐらすかしら。ただでさえ、あなたは小浜派ににらまれ、会社で孤立している。そんなとき、余計な邪推を飛ばされたら……」

直井は腰を落着けた。

「あなたの怒りはわかるわ。あなたのお父さまがごらんになっても、きっとお憤りになったでしょう。でも、いまここで腕力でけんかするのじゃなく、実力で闘うことだわ。あんなチンピラ課長は、実力でたたき潰《つぶ》すのよ。小浜社長の一党を、あなたの力で追いのけるのよ」

「実力？　軍資金、いや導入預金のことか」

直井は、格闘を終った後のように、がっくりして云った。

「そう。それしかないわ」

声は小さいが、佳恵子は勢いこんで云った。その口調に、直井はそれまで抱いていた疑念を呼びさまされた。

「どうして、きみはそんなにぼくのことを……」

「あら」佳恵子は大きな声を立てかけて、いそいで口を蔽《おお》った。わざとらしい仕種《しぐさ》には見えなかった。「幼馴染の輝雄さんのためを思っていけないのかしら」

直井は鼻じろんで云った。

「まさか、そんな云い方が信用される時代ではないよ」

「じゃ、わたしが誰かにたのまれたとでも」

直井は声を出すのもばかばかしいというように、顔も見せずにうなずいた。

「もちろん、M商事にはたのまれたわ。あそこでは、お金が借りたいんですものね。M商事はうちの雑誌の大広告主よ。そのパトロンのために、顔のひろいわたしたちがこっそり運動するのは当然のことでしょ」

「でも、その話をどうしてぼくのところへ持ってきたかということだ」

「おたくには預金も多いし」そう口を滑らせてから、佳恵子は眉《まゆ》をくもらせ、「やはり、あなたのためになるようにしたかったの」

「なぜ？」

「あなたが信用しない理由でよ。それに、わたしの父はずいぶんあなたのお父さまの御厄介《ごやっかい》になっていましたもの。『今日も直井のところでたくさんお賽銭をくれた』と、わたしは何度も聞いたおぼえがあるわ。その御恩返しをしなくては……。人の褌《ふんどし》で角力《すもう》をとるみたいだけど、わたしにできることと云っては……」

「この話がまとまったら、きみは何を要求するのだ」

「ひどい人。まだ疑っているのね。何も要求しないわ」

直井は信じられぬという風に、咳払《せきばら》いした。

「M商事から謝礼をくれるのなら、いただくわ。でも、あなたには何も……」

「この取引でいちばんもうけるのはぼくだよ。ぼくだけが一八〇万なり三六〇万なりをつかんでしまうのだ。そのぼくに」

「何も要求しません」

佳恵子の声はふるえた。そのまま息を詰めて、直井の顔をみつめ、

「もし欲しいとすれば、あなたよ。輝雄さん、あなたが欲しいわ」

一息に云ってから、うわずった声になり、

「あなたが出征なさる前、何か云っていただけるのかと、裂けるような思いでいたの。それをあなたは出発の日さえ知らせないで」

「しかし……」

「父親同士の冗談と仰言りたいのね。いいの。もういいの。遠い遠い話よ。……いまのあなたがどうあろうと心の中のあなたのためにつくすのはうれしいことなの」

思いつめた声であった。直井は答える言葉を失った。その夜も佳恵子と会ってから、直井の心の中には、十数年前の昔をなつかしむ気持が何度も湧《わ》き立っていた。その気持を、佳恵子の言葉はまっすぐ刺し貫いた。やり直しの効く人生ならと、淡い悔いがきざしている。導入預金は、ただの軍資金充足の問題ではなくなった。いまは別の光を当てて考えねばならぬ問題であった。

一段高いところでは、何がおかしいのか二人の女が手を打ち合ってさわいでいる。そのさわぎに首をすくめるように、長谷川は猫背をさらに曲げていた。

入口に下っていたのれんがいつの間にかはずされ、客の居ないとまり木の上に置かれている。黙りこんだ佳恵子の荒い息づかいが、暗い空気を伝わってくる。動きのとれぬ気分であった。

かたづけものをはじめた和服の女の袖《そで》をつかみ、勘定を云った。

「いいの。ここはわたしが払うわ」

佳恵子が強い声で遮《さえぎ》った。

「ぼくが払う」

「いいのよ。わたしがお誘いしたんですもの」

「いい。ぼくが……」

「だって」

そのやりとりに、とまり木の連中がふり返る気配がした。佳恵子は眼をいっぱいに見開いて、直井をにらんだ。

直井が勘定書を受けとった。ビール二本にわずかなすしだったが、五千円札を渡した。四人連れなら二万円である。長谷川はどこからそんな金を、と、けわしい眼がまたとまり木の背に向う。

テーブルの脇《わき》から佳恵子の手がのびて、直井の上着をつかんだ。

「おねがい、もう少し待って」

眼で長谷川たちを指す。

「どうせ、永くは居ないわ。秘書課長は三人の中の誰《だれ》かとしけこむ肚《はら》よ。その前のおつき合いに、ちょっと寄ってみただけだから」

「どうして、それがわかる」

「商売ですもの。スキャンダルのにおいはすぐわかるの」

佳恵子はランプに鼻を近づけ、子供っぽくうごめかせて云った。だが、直井の眼は、その整った鼻梁《びりよう》のかげに水玉のように光るものを見た。

「それじゃ、ぼくたちの間はどうなんだ」

声にやさしくいたわりをこめた。

「スキャンダルのにおいはないわ。わたしたち仮にどうなろうとも、決してスキャンダルにはならないわ。もともと、わたしたちは……」

佳恵子はその声の先をのみこんだ。

翌朝九時過ぎ、直井は酔いの残った重い頭で出社した。亡父のときからの習慣で、早いときは八時半、おそくとも九時にはオフィスに入る勤勉なつとめぶりであったが、酔いには克《か》てなかった。

大金庫を背にした回転椅子《いす》にはまりこみ、深々と煙草《たばこ》を吸いこむ。廊下づたいに社長室の工事の音がきこえてきた。その朝も、職人が十人近く入っている様子である。工事は塗装の段階に入ったのか、エア・コンプレッサーの規則正しい音が窓ガラスを小きざみにふるわせている。

オフィスの一劃《いっかく》、臨時にスクリーン・ドアで二重に仕切られた社長席には、まだ小浜の姿はなかった。いつも、十時過ぎの出社である。小浜は亡父が存命中、つまり常務時代もそうであった。それに対して、父は苦言を呈そうともしなかった。毎日出社してくれればいいと、半ば相手にしない態度であった。体裁上、常務の席を与えただけで、社長の椅子を継がせようとは思ってもみなかったのだろう。もともと父はまともに小浜のことを考えていなかったのだ。

うすい藤色《ふじいろ》の煙草の幕の向うに、小柄な人影が立った。度の強い老眼鏡越しに、貝のむき身のような白い眼が光る。

「直井君、今朝は珍しく遅刻だね」

体に似合わず、声は大きかった。新常務の久米である。近くのデスクの社員たちがいく人か顔を上げ、またあわてて視線を戻した。

直井は返事をためらった。このところ、直井から話しかけることはあっても、久米の方は新社長派の眼を恐れるように、直井に接近するのを避ける気配であった。

久米は、答えぬ直井の顔をなめるような眼で見ながら、デスクの前の来客用の肘掛《ひじかけ》椅子に腰を下した。

「なるほど、この部屋に居ると、仲々うるさいね」

社長室の方角を顎の先で指し、眉間《みけん》にしわをつくって云う。常務席は営業部や技術部と同じ階下にある。だからといって、社長室と並んだ二階の部屋のうるささを想像できぬ筈はない。それをいまさら……。

直井は久米の意図をはかりかねて、なお押し黙っていた。

「きみが工事に反対するのには、具体的な理由があったわけだ」

直井さん、あんた、と云っていたのが、このごろは、直井君、きみ、という呼び方に変っている。

直井は口先を細め、煙草の煙を吐きつづけた。

誘いにのってこないと見たのか、久米は肘掛椅子を近寄せた。デスクに片肘をつき、直井の眼の奥をのぞきこむ。

「直井君、ぼくだって本心は工事に反対なんだ。前社長の云って居られたように、事務所に金をかけるよりも、まず工場の充実を、と心がけたい。しかし、物には潮どきというものがある。退くべきところでいったん退いておいた方が大局的には有利なんだ。あんたも……」

久米はそう云ってから口ごもった。「あんた」と云ったことに一瞬こだわったようであったが、まわりの気配を声をとめてうかがうようなポーズをとり、

「ぼくだって、技術の内藤君だって、みんな前社長の方針を踏襲したい気持だ。それをあえて小浜さんに従ったのは、大局に立って会社のことを考えたからだ。つまらぬ工事一つをきっかけに、いまここで重役間の仲間割れが起ったように見られるのは、会社にマイナスだ。世間は事あれかしと新しい経営陣のあり方を眺めているときだからね……」

ねじ切るようにして煙草を消すと、直井はかわいた声で云った。

「久米常務、工事の件はもう済んだことじゃありませんか。何をいまさら……」

「まだ済んじゃいない」

「どういう意味です」

「きみのことだよ。きみはいまなお軽挙妄動《もうどう》している」直井は眼をみはった。声ごとのしかかってくるような云い方であった。

「常務、あなたは何を根拠に……」

久米は肘を滑らせ、顔を近寄せた。胃の悪い老人特有のくさい息が、まともに直井の顔にかかる。

「昨夜のことだよ。きみは昨夜誰と会っていたんだ」

直井ははっとした。

「昨夜は……」

と、返事をにごそうとしても、声がふるえた。のみ歩いた三軒ほどのバーでは、知った顔には会わなかった。二人とも気をつけて、知人に出会わぬようなところを選んで廻《まわ》ったのだ。顔を見られたとすれば、最後のすし屋以外にはない。佳恵子の言葉通り、長谷川たちが引き揚げるのを辛抱強く待って出てきたのだが、暗いとは云っても同じ店の中のことである。長谷川の眼にとまったのであろう。目撃しながら声をかけてこなかったとすると、いっそう長谷川が怪しい。ふくむところがあって、久米に告げ口したのであろう。

「わかったね。ぼくの云う意味が……」

直井の表情を読みとって、久米の声は教訓調になった。直井はおとなしくうなずいてから眼を上げ、

「常務はそれを誰から聞かれました」

「ぼくの口から云《い》うまでもないだろう。きみには心当りがある筈《はず》だ」

久米はぎすぎすした口調で云ってから、ふっと語調を低め、

「秘書課長はばかじゃないよ。小浜さんが引っぱってきただけのことはある」

直井は黙ってうなずくばかりであった。どの程度の情報が久米の耳に流れこんでいるのか知りたかった。長谷川に顔を見られたとはいうものの、佳恵子との話の内容まではは聞きとられなかった筈だ。それに導入預金の詳しい打合せは他の店で済ませた後で、すし屋ではただ決断を迫られただけである。

「軽挙妄動の意味がわかったね」

久米は老人らしいくどさでまたくり返した。これではやはり生涯、番頭役でしかない男だと、直井の心もようやく立ち直りを見せる。

「しかし、ぼくは……」

「弁解は無用。経理部長兼務の重役が、深夜、札つきの暴露雑誌の記者と顔つき合わせて話しこんでいたということであれば、大体の用件は見当がつく」

「ぼくは何も……」

「何も話さなかったというのか。それじゃ、何故《なぜ》そんなに夜おそくまで……」

「あの婦人記者はぼくの幼馴染で、父だって……」

直井がせきこんで云う先を、久米は小さく拳《こぶし》で机をたたいて遮った。

「だから余計にいかんというのだ。なるほど、あの女は前社長の知合いの娘だ。ぼくも知っている。きみの云うように幼馴染、いや、もっと特殊な関係にある女かも知れんな」

「特殊な？」

直井はひっかかって、訊《き》き返した。久米はうるさそうに首を振り、

「まあ聞きなさい。特殊であれば、きみはいっそう疑われるんだ。経理部長というポストを反省してみ給え。やろうと思えば、ある程度のことはできる。その好都合なポストを新社長派はなぜそのままきみに任せたのか。よくそのことを考えてみるんだ。疑惑の向けられやすいポスト、誘惑にかかりやすい椅子。向うはきみの失脚を待っている」

熱っぽく云いつづけるその口調に、直井は導入預金のことも勘づかれたのかと思った。眼の前で計算器を廻し帳簿を繰っている社員の一人一人の姿が、急に大きく浮か

び上る。まだ手を汚さぬ中から、この取引は罪のにおいを放っている。

前夜、佳恵子を送ってから、直井は酔いの廻った体をタクシーのシートに横たえて戻った。年齢不相応に派手なネグリジェにガウンを羽織って出迎えた妻にどなって、書斎の中から金融雑誌の一山を持ってこさせた。酔いざましの水をのみながら、頁《ページ》を繰る。酔った眼に、活字の列は二重三重にだぶって見えたが、その中からようやく導入預金に関する記事を探し出した。レンズの焦点を合わせるように、その記事は黒いかっちりした柱になって、直井の眼の前におどり出た。

法律的には、やはりはっきりした違法行為であった。

「預金等に係る不当契約の取締に関する法律」にひっかかり、三年以下の懲役、三十万以下の罰金も定っている。それにしても、雑誌をひもといてたしかめねばならぬほど、その適用の実例を聞かないのはどうしたことであろうか。もともと秘密保持が取引当事者のすべてにとって利益となり、事故さえ生じなければ誰にも実害を及ぼさぬ取引だからである。法律があるのも、そうした商慣行が野放しにされると、金融秩序がみだされる心配があるという理由だけからであろう。配給制度のみだれるのを恐れて、闇米《やみごめ》の販売を表向き違法行為としているのと同程度の薄弱な根拠に過ぎない――そうは思っても、違法という事実の持つ重苦しさを、頭から拭《ぬぐ》い去ることはできなかった。

タクシーの中で佳恵子とは膝を寄せ、手をにぎり合っていた。滑らかな、匂《にお》い立つような手。その手を別れぎわ思わず口に当てた。佳恵子の申出をおおむね承諾したような別れ方であった。

久米は息を詰めるようにして、直井の表情の変化を見守っていたが、肘を引くと、

「会社のやっていることは、一応、全部数字になって、きみの眼の前を通る、きみがその気にさえなれば、どんな尻尾《しっぽ》だってつかまえることができる。え、きみは何をにぎったんだ。何を漏らしたんだ」

久米の話は意外な方向に外《そ》れて行った。失脚するのか失脚させるのか、その辺も混乱している。直井はとまどって、返事の代りに、もう一本、煙草に火をつけた。

「あの女記者に、どんな内情を漏らしたんだ」

自分の問いに激したように、久米は声をたかぶらせた。眼のふちの筋肉がけいれんしている。直井は顔をそむけ、

「別に……」

「天野製作のボルトのことか」

おどろいて眼を上げると、

「南海ベアリングの件か」

久米はたたみかけてきた。一気に追いつめて、泥《どろ》を吐かせようという気色である。だが、直井の方こそ思わぬ泥を知らされる形になった。小浜派のリベートの相手に、その二社がふくまれていることは確実である。二社関係の帳簿を細かく洗えば、久米の云う「尻尾」をつかまえることはやさしい。直井の心には、新たな昂《たか》ぶりが湧《わ》いた。

「南海でもないのか」

久米は乱杭歯《らんぐいば》を見せて問いつづける。あまり黙っていたのでは、また別の疑いを招くことになる。直井は頭をかいた。

「まああそんなところです。でも、ぼくがしゃべったんじゃありませんよ。向うがどこかでネタをつかんでしつっこく訊いてくるので、それをごまかすためにかえって手間どったんです。ああいう雑誌記者をまくことに、ぼくは馴れていませんからね」

久米はいそがしくまたたきながら、直井の顔をのぞきこんだ。

「きみは何事も無いと云ったんだね」

「もちろん、たしかに何事も起ってはいないんですからね」

直井は、社員たちの執務ぶりを見廻しながら答えた。

「そうか、ほんとにそうなんだろうね。……しかし、ぼくはいいとして、秘書課長はそんな話を信用しないだろう。小浜社長だって同じだ。……向うも弱みがあるから、別にこれでどうしようっていうこともないだろうが、しかし、弱みがあるから、いっそうきみがにらまれることは事実だ。……雑誌記者は、秘書課長が応対するものときまっている。幼馴染との交際は自由だけど、きみのポストがポストだ。いっしょのところを見られたのは、まずい。きみもまた弱みをにぎられてはならないんだ。傷のつかぬ身でないと、前社長の後は継げない」

久米の声は、低いながらも、また熱を帯びた。

「わかってるね。ぼくも内藤君もあんたを社長にするためには表面《おもて》立《だ》って動けない。ただ潮どきを待ってじっとしているんだ。社長になるためには、現社長派に大きなエラーをさせる他はない。それまでは相手が警戒心を起さぬよう、ばかになって小さくなっているんだ。いいね」

声に情がこもり、眼にはうるんだ光があった。直井は、小学生の頃から父の側《そば》に見つづけてきたその顔を、なつかしい思いで見直した。いま聞いた言葉が全部真実ではないにしても、後継者としての直井の像が久米の心から消え去っている訳ではないのだ。久米の言葉が仮にうそとしても、そうしたうそを熱っぽく漏らさねばならぬほど、久米の心には直井へのこだわりが残っている――。

「わかりました。気をつけましょう」

直井は一語一語嚙《か》むようにして云った。

コンプレッサーの台数が殖えたのか、社長室からの音はいっそうひどくなった。だがその音は、ただ焦立《いらだ》たしくひびいてくるばかりではなかった。直井をふるい立たせるようなリズムがこもりはじめている。あの部屋に、遠からず自分は納まって見せる。そして、久米のこだわりが正しかったことを知らせてやるのだ。

久米は相手をあざむくためにばかになれと云った。久米の云う意味とはちがうが、自分もまた表面ばかになって、作戦を進めて行くことだ。さし当って、天野製作と南海ベアリングの帳簿を徹底的に調べよう。そして、導入預金も思い切って決断することだ。断ったりためらったりすれば、佳恵子のことである、また、しげしげと訪ねてくるであろう。かえって敵に余分な思惑を与えることになる。それより、思い切って導入預金に踏み切ってしまおう。向うの弱みを衝《つ》いた上で、追い撃ちできる体勢をつくることだ。一八〇万なり三六〇万の金で、買えるだけ株を買い足そう。そして小浜派失脚の日に備えるのだ。

久米は机の上に唾《つば》しぶきのあとを残して、腰を上げた。

「慎重にたのむ。軽挙妄動しないようにね」

久米が出て行くのとほとんど入れちがいに、小浜社長が入ってきた。二十貫を越すかと思われる巨軀《きょく》に、太い首がめりこんだように短い。社長は一、二度咳払いすると、赤らんだ光沢のある顔を愛想よくほころばせて、直井に向って会釈《えしゃく》を送った。直井は腰を浮かせて、軽く頭を下げた。

社長の出社を聞き伝えたかのように、コンプレッサーの音はなお高まった。小浜の姿がスクリーン・ドアの蔭《かげ》に消えたのを見届けてから、直井は机上の外線電話のダイヤルに指をかけた。静脈の浮き出た神経質な指。重い負担には耐えられぬといった風《ふ》情《ぜい》である。直井はその指で佳恵子の居る「会社批評」社の番号を廻しつづけた。

直井は佳恵子に返事をした後も、なお一週間ほど実行をためらった。その間、興信所にたのんでA銀行とM商事の営業成績や信用状態を調べさせ、また、それらと取引関係のありそうな知人や友人たちを訪ねて、自身でも危険のないことをたしかめた。M商事は、一時は中央貿易にも手を出し、日南財閥のダミイ・カンパニイ（覆面の子会社）ではないかと云われたほど、活気のある会社でもあった。

形式的には正規の預金者となるのであるから、事故の発生する心配はまず考えられなかった。もしあるとすれば、現金と裏日歩受け渡しのときである。だが、それも無事に終った。A銀行東京支店の応接室で第一回目の一千万円の受渡しは済み、一千万円一カ年の定期預金証書と一八〇万円の札束がまちがいなく直井の手に渡った。一週間おいて、さらに一千万預け、二度目の一八〇万を受けとった。T銀行の直井精機の口座から都合二千万が引き出され、A銀行に移った訳である。

二回目の導入が終った夜、直井は佳恵子を麻布《あざぶ》の料亭に呼んだ。そこは、竹林と泉水のある庭の中に離れ家式に部屋が散っており、人の目を避けて会うには好都合であった。木がらしが潮騒《しおさい》に似た音を立てて竹林を薙《な》いで過ぎる上に、タワーの赤い灯が凍《い》てついたような光を放っている。

だが、明るい室内には大きなガスストーブが点《つ》けられていて、上着を脱ぎたくなりそうなあたたかさであった。水たきの料理の支度がすむと、直井は女中を退《さが》らせた。

「まず乾杯」

と、盃《さかずき》を打ち合わせる。勢いが余って酒がこぼれた。よろこびのためというより、自ら調子づけたい気分であった。

「おめでとうございます」

佳恵子はあらたまった表情で頭を下げた。

直井は手をのばして違い棚《だな》の上から黒い小型の革鞄《かわかばん》をとった。一〇〇万と八〇万の

札束をのぞかせて見せて、

「きみのおかげだ。これで三六〇万、まちがいなく頂いた」

「よかったわ、お役に立って……。少しばかりいい気持でしょう」

「いや」

直井は、にがい薬でものんだように顔をしかめた。

「逆だね。ぼくしか知らぬ金だと思うと、気が重くてたまらぬ。どうにも心の落着きが保てないんだ」

「それぐらいの金で情ないことを……」

直井は、革鞄をもとの棚に戻しながら、

「気がとがめる。不潔な病菌を詰めこんだ革袋でも持ち歩いているような感じだ。厄《やく》払《はら》いにぱっと一夜で使ってしまいたいような気さえする」

「おやおや」

銚子《ちょうし》をすすめながら、佳恵子はいたずらっぽく眼をみはった。

「危いわね。早く株に代えてしまいなさいよ。いま手数料を入れてちょうど百円ぐらいの相場だから、三万六千株はまちがいなく買えてよ」

「合計十八万六千株か」

「小浜社長と大差ないわ。ともかく、いそいで買いなさいよ。買占め屋が動くという情報もあるのよ」

「買占め屋？」

「買占め王と云われている磯村乙吉よ。資本金一億前後の過小資本で高収益をあげている会社――磯村の目標に、直井精機はぴったりですもの」

「おどかすなよ。うちの株の動きには少しもそんな気配は無い」

「だから、いまのうちに買いなさいというの。要するに、早く買うようにというすめよ。株をまず掌握しておいて、重役たちの工作はその後でいいわ」

「重役といえば久米常務が……」

直井は盃をあけると、机の上に伏せた。「あら」と顔を見直す佳恵子に白い歯を見せ、小さな茶碗《ちゃわん》に酒を注いだ。

「何だか早く酔いたくて」

「いけない人」

佳恵子は真珠のネックレスを下げた胸もとに手をやりながら、直井をにらんだ。

土鍋《どなべ》の中で、輪切りになった大根がいいにおいを立てはじめる。

「久米がどうかしたの」

佳恵子が話の先を催促した。直井は茶碗の酒をのみ干し、

「ぼくに忠告してくれた。きみとつきあわないようにと」

「どうしてかしら」

「『会社批評』誌の記者と親しくしていては、小浜派によけいな警戒心を起させることになるというのだ」

「それも一理あるわね」

あっさり云いのけられて、直井は少しばかり心外だった。

「久米は、ぼくが小浜派のリベートの秘密をかぎつけ、それをきみに話したと勘ちがいしたんだ。だが、その勘ちがいのおかげで、久米はリベートの相手を漏らした。天野製作と南海ベアリングだ」

「たしかなの」

銚子の尻を持ち上げながら、佳恵子が訊く。

「帳簿を当ってみた。天野製作のボルトは相場より二割は高く買っている。ベアリングでも一割五分は高い」

「それだけ全部は戻らないとしても、小浜派のリベートはかなりの額になる訳ね」

「他の社の調べはついていないけど、この二社から不当に高く買っている分だけで

……」

佳恵子は小首をかしげて、直井の言葉を待っている。酒のせいか、口が滑りすぎると反省が湧いた。金額をのみこんで、

「きみ、いま云ったことはオフ・レコードだよ」

「もちろん」

佳恵子は大きくうなずき、そのまま首をさしのべるようにして、直井をすくい見た。生えぎわの美しい白い衿《えり》すじ。

直井は手をのばして、佳恵子の体を抱き寄せた。もがきながらも唇《くちびる》が重なる。歯が小さく鳴り、唇はなお強く結び合った。逆らう力は弱まり、佳恵子は眼を閉じた。直井は腰を浮かせて、佳恵子の上に体重を預けて行った。

直井の手がやわらかな体の線をさぐって、腰にかかると、佳恵子は眼を大きく見開いた。

「だめ、かんにんして」

直井はその口を唇でふさごうとした。佳恵子ははげしくもがいた。

「おねがい。かんにんして」

眼がこぼれ落ちそうであった。

「ぼくはきみを……。きみはそうじゃないのか」

「いえ。……でも、だめなの」

ゆるんだ腕の中から、横にすり抜けようとする。濃いもみ上げに、うっすら汗がにじみ出ていた。

直井は体を離した。上半身を起すと、佳恵子は顔を伏せたまま服装のみだれを直す。荒い息づかいに胸が大きく波打つ。真珠のネックレスがいつの間にか外れていた。

直井は残っていた酒をのみ干すと、電話で帳場に追加をたのんだ。その間に、佳恵子はもとの机の前に戻った。耳もとまで、まだ染まっている。

「ごめんなさい。わたし、あなたが好きでいながら深入りすることがこわくて」

「……………」

「もうとめどがつかなくなるのではないかと……」

「そうなったって構わないじゃないか」

直井は乱暴な口調で云った。

「ほんとにそうお思いになって」

「……………」

「じゃ、その先、わたしたち、どうしたらいいのかしら」

佳恵子の上気した眼《め》がすがりつくように光る。直井は答えられなかった。そこまで定《きま》った肚《はら》もなければ、うまく云い抜ける才覚もない。

佳恵子の眼には、しだいに裁くような光が射《さ》した。

「わたしたち、無責任には動けないわ。あなたには奥さんも子供さんもいらっしゃる。わたしも」

「きみに？」

「ええ、実は主人があるの。先のが亡くなってから、しばらくはひとりで居ましたけど」

初耳であった。寡婦生活をつづけていると思いこんでいた。

「主人は文部省の教育関係の研究所につとめています」

「それじゃ、きみは……」

「わたし、やはり何か仕事をしたいの。いまの仕事は不満だけど、行く行くは自分で小さな出版屋でもはじめたいと思って……」

外で声をかけてから、女中が入ってきた。わずかな戸の開閉の合間にも、寒い風が舞いこんでくる。

女中は土鍋の加減を見てから、膝《ひざ》を抱くようにして坐っている佳恵子の姿に眼をとめた。

「御飯を持って上りましょうか」

佳恵子は声を立てずにうなずいた。女中が出て行くと、

「ごめんなさい」

佳恵子はもう一度頭を下げて銚子をとり上げた。

「何もあやまることはない」

「いえ、あやまらなくてはすまないわ」

佳恵子はかたい調子で云った。酒を注《つ》ぐ手もとがふるえている。

「わたし……」

その先を云いよどむ顔を見すえながら、直井は咽喉《のど》を鳴らして酒をのんだ。

水たきはすっかり煮立って、土鍋がゆれはじめている。

「きみ、どんどん食べないと……」

事務的な口調で云った。佳恵子はうなずいただけで箸《はし》も取ろうとしない。直井は酒をあおった。

どこかで犬が吠《ほ》えている。通りすがりの人でも追っているのか、吠《ほ》え声は移動し小さくなって行く。

「輝雄さん」

佳恵子が背筋をのばして呼びかけた。眼にはそれまでと別の思いつめた光が宿っている。

「いまさらこんなことを云うのは何だけど、ぜひ初志を貫徹してね」

「初志だって」

直井はねじれた声で訊き返した。

「社長室に納まることよ。どんなことがあっても小浜派を追い落し、自分が社長になる。その執念を持ちつづけるのよ。……株は殖えるわ。でもそれは一段階よ。次には向うを失脚させるの。自分で点数をかせぐだけでなく、卑劣だけれど、相手の点数を減らすように努めるのよ」

「久米常務と同じようなことをいうね」

直井は鼻を鳴らすように云った。佳恵子は傷つけられた顔になったが、すぐまた口を開いた。

「油断してはだめよ。あなたにはよくわからないらしいけれど、社長への執念というのは尋常なものじゃないのよ。もちろん、小浜派だけに限らない。直井精機のどんな社員だって、社長室に納まることを望まない人は居ないわ。ただ望んでも不可能と知って、あきらめてるだけよ。もし少しでも可能性がある人なら、きっと必死になると思うわ。あらゆる手段を使って」

「きみはいったい何を云いたいんだ。ぼくの求めを斥《しりぞ》けて恥をかかせておいた上で、お説教までしたいというのか」

「そうじゃないの。ただあなたのためを思って……」

泣きそうな声を、冷ややかに突き放した。

「ありがとう。……ぼくはきみの忠告通りにしてきた。しかし、これからは思い通りにやる。ただでさえ特殊な関係にあると思われてるきみに、これ以上の心配はかけたくないからね」

一息に云ってから、酔った眼を据《す》え、

「食事する気がなければ、きみのための車を呼ぼう」

佳恵子はうるんだ眼を見開き、唇をふるわせていた。

翌朝、直井は九時のサイレンが鳴りひびいているとき、会社のドアを押した。一歩踏みこんだ瞬間、社内の空気のはりつめているのがわかった。社員たちはほとんど机に向い、社長室の工事の音も控え目であった。

二階に上って、直井にはその理由がわかった。珍しく社長がすでに出社していたのである。スクリーン・ドアの向うには、社長の他《ほか》に二、三の人影も見えた。

直井が自席に行き、立ったままデスクの上の書類をのぞきこんでいると、

「先ほど社長がお呼びでした」

社員の一人が声をかけた。

直井が社長席の方に向うと、スクリーン・ドアが細目に開いて、秘書課長の長谷川が顔をのぞかせた。無言のまま、眼と顎《あご》で直井を招き寄せる。横柄《おうへい》な感じであった。

直井は社員たちと挨拶《あいさつ》を交しながら、わざとゆっくりした歩調で近づいて行った。

「おはよう」

直井は、突っ立っている長谷川にも声をかけた。

「あ」と云っただけで、長谷川は口をとがらせる。直井は大股《おおまた》でスクリーン・ドアのかげに入った。

「経理部長が……」

長谷川が、直井の肩越しに云った。久米常務、三浦営業部長、内藤技術部長と三人の重役がすでにそこに来ていた。三人は、まるで直井の来るのを待ち構えていたように体をよせて、直井のためのスペースを明けた。

「おはようございます」

歩きながら、直井は頭を下げた。小浜社長がたるんだ赤銅色の顔をふり上げる。その眼に、斬《き》りこむような光があった。

「直井君、きみはうちの預金をどうしたんだ」

いきなり額を突かれたような感じであった。直井は唾《つば》をのみこんだ。動揺を見せてはならないと自らに云い聞かせ、

「預金と仰言《おつしや》ると？」

「訊くまでもない。T銀行からきみは二千万円引出している。その二千万円をどこへやったというんだ」

誰が持ってきたのか、脇机《わきづくえ》の上に銀行との取引帳簿がひろげられていた。小浜はチョコレート色のしみのある掌《て》を立てて、その帳簿をたたいた。

「この通り、この一週間ばかりで一千万円が二回も引き出されている。会社としては、そういう資金計画はなかった筈だが」

底意地の悪い視線を、じっと直井の眼に射《い》こんでくる。重役たちは、息を吐くのもためらわれるとでもいったように、黙りこんでいる。

「二千万円をきみはどこへ使ったんだ。何を買うのに使ったのだ」

社長室の壁に孔でも穿《うが》つらしく、ボーリングの音がひびきはじめる。

「直井君、返事をしたまえ。きみが使いこんだとでもいうのか」

口の端に泡《あわ》を浮かべて小浜が迫る。直井は言葉を選ぶようにして云った。

「別に使いはいたしません。他の銀行の預金にふり替えたまでです」

「どの銀行だ」

一呼吸してから、直井がその銀行の名を云うと、小浜はいきり立って、また机をたいた。

「そんな名もない銀行へ預金を移して、どうする気だ。いや、何のためにそんなばかなことをしたんだ」

濁った声を張り上げて云う。直井はうなだれた。云わせるだけ云わせて、相手がどこまで探知したかを知ろうと思う。

「T銀行は市中銀行中でも一流だ。昔からうちの取引銀行だし、いろいろと資金の面倒もみてきてもらっている。それを、小さな、縁もゆかりもない地方銀行へ預金を移すなんて、気ちがい沙汰《ざた》じゃないか。経理部長としてどんな採算があったんだ」

答えられぬ直井に、小浜は蔽《おお》いかぶさるように、

「何もないだろう。あるのは、きみ個人の採算だけだ。会社の預金を使って、きみは

……」

しゃべり過ぎたのか、小浜は咳《せ》きこんだ。顔がまっ赤になる。

「さっきの話の通りです。導入預金で裏金利をもらったにちがいない」

もともと小浜派である三浦営業部長が口をはさんだ。小浜はなお咳いている。長谷川秘書課長の細い顔がのぞいた。

「直井さん、三浦部長の仰言る通りなんですか」

「あなたたちは、いったい何の証拠があって、それを……」

「あなたは預金を移した理由を仰言らない。いや、仰言れないんでしょう。疑われるのは当然じゃないでしょうか」

長谷川はわざとらしくていねいな言葉で云う。

「しかし、疑われる手がかりは？」

妙なことを訊くと云った顔で、長谷川はまた口をとがらせた。

小浜がつりこまれて答えた。おそらくはごまかすつもりだったのだろう。

「T銀行から問合せがあった。どうして、そんなに引き出すのかと」

「T銀行の誰《だれ》からです」

直井は追いすがった。漏らしてきた人間をぜひつかまえねばならない。それは、もちろんT銀行員などではあるまい。直井をおとし入れるために罠《わな》をはっていたのだ。

「誰だっていい」

小浜は二重になった顎をしゃくった。

「じゃ、こちらの誰に云ってきたんです」

「誰だっていいんだ」

はげしい声にもひるまず、直井はつづけた。

「そうした問合せをするなら、まず直接の責任者である経理部長宛《あて》にすべきでしょう。そのわたしには何の照会もない。これはいったいどうしたことです」

「直井さん、責任を追及されているのはあなたなんですよ。問題をすりかえないで下さい」

長谷川がたしなめるように云う。その声の下から小浜が、

「きみが引出しの張本人じゃないか。T銀行としては、その男に訊いてみても仕方がなかろう。泥棒《どろぼう》に『あなた盗みましたか』と訊くようなものだ」

「泥棒ですって」

「導入なら二割の裏日歩として二千万で四百万円入る。悪くはないよ、直井君」

三浦部長がそう云って、無意味な笑い声を立てた。

「どうやってこの責任をとる心算《つもり》なんだね」

小浜の声がようやく落着いた。

「四百万は退職金としても手ごろですな」

内藤が調子に乗って云う。直井はかわいた唇をなめ、

「責任と仰言っても、わたしは会社に何の損害も与えてはいません」

「冗談じゃない。T銀行の心証をそこなった。大きな信用失墜だ。T銀行はうちへの融資の枠《わく》を減らそうなどと言ってるそうだ」

「それは臆測《おくそく》でしょう。臆測と実害はちがいます。わたしは会社に何ひとつ実害を与えてはおりません」

「誰かが実害を与えているとでも云うのかね」

小浜は声をたかぶらせて切り返した。直井は顔を伏せ、しばらく気まずい沈黙がつづいた。社長室の方から工事職人の話声がきこえてくる。

「導入預金が責任を問われなくていいものかどうかは、法廷が明らかにしてくれるでしょう」

直井の背筋を伝うように、長谷川の声がひびいた。直井は憤然とした顔で長谷川の方を見た。

「きみ、どこに導入預金の証拠がある。ただ預金を移し替えただけじゃないか」

開き直った言い方であった。A銀行へ移したことで九九パーセントに近い強い疑惑を持たれたことは事実だ。だが、形式はただの定期預金である。一年経《た》てば公定金利がついて預金は戻ってくる。導入預金という証拠は何ひとつ残っていない。裏日歩は現金で受けとった。そのことを漏らすのは、A銀行にもM商事にも不利になる。当事者以外にからくりを知っているのは佳恵子だけだが、佳恵子もまたひろい意味での当事者の中に入る。すると誰が……。決め手となる一パーセントの尻尾《しっぽ》がつかまれていなければ、疑惑にとどまるのではないか。思い切って突っぱってしまうのだと、心に云いきかせる。

だが、その決意は二分と保《も》たなかった。長谷川の眼が挑《いど》むように光った。

「導入をたのんできたのは商事会社でしょう。原毛であてようという……。何なら名前も申しましょうか」

内応者がいる。直井は完全に追いつめられたのを知った。それにしても誰が……。心の中の昂ぶりはいっそう強まってくる。

小浜のねばっこい眼が、直井の顔を見上げていた。

「進退を考えてもらおう。そうしたきみが経理部長にとどまってくれては困る」

「やめろと仰言るのですか」

「そういう意見もある」

「しかし、社長」

久米常務がはじめて口をはさんだ。蒼《あお》ざめた顔で眼をいそがしくまたたかせる。

小浜は、久米の顔をちらと見てから、

「皆さんとも一応相談してみた。やめてもらったんでは、かえって恥を明るみに出すことにもなる。さし当って次の異動では総務に移ってもらおう」

「部長に変りはないよ」

と、三浦が高い声をかける。しかし、総務部長は、ふつうは取締役兼務ではない。重役の座から外されることを意味するのだ。社長室への道は封じられる。

直井がむっつりと黙りこんだのを見て、小浜はきめつけるように云った。

「不本意のようだが、よく考えて頂こう。前社長の功績は十分考えた上での措置だからね」

自席に戻ってからも、直井の心は落着かなかった。小浜派を失脚させるどころか、まず自身が失脚させられた。その策略をめぐらしたのが小浜派であることは想像できる。小浜社長はじめ重役たちにはおどろきの色はうすく、むしろ直井を責めるのに急であった。巻きこまれてしまった上は、自分がうかつであったという他《ほか》はない。しかし、自分への諦《あきら》めと憤りとは別に、直接の下手人だけでもあばき出したかった。

直井は時間を見はからって、「会社批評」社へ電話をかけた。佳恵子は出社していないという。午後になってもそうであった。病気かと訊《き》いても返事はあいまいで、居留守を使っているようにもとれた。

四度かけてみた後、直井は席を立った。佳恵子が自分を避ける以上、「会社批評」の編集部へのりこんででも彼女をとらえる他はない。

雑誌に出ている田村町のアドレスをたよりに訪ねて行った。交通巡査に訊き、さらに果物屋で訊《たず》ねた上、ようやくたどりついたその会社は、メダル類を扱っている店の二階を間借りしていた。

細い急な階段を上ると、すぐ編集部の部屋であった。声をかけるより早く、佳恵子が直井の顔を見た。血の気が退《ひ》き、ついで、首から頰《ほお》にかけて桜色に染まって行った。

佳恵子はその紅潮した顔のまま横に走って、

「わたし、出ます。出てお話ししましょう」

「ここだって、いいじゃないか」

「いいえ、外の方がゆっくり……」

佳恵子の肉づきのいい体に押されて、直井は階段を踏み外しそうになった。

「下で待っていて下さい。わたし、すぐ支度して」

「支度も何も。そんなことを言って、きみ……」

「逃げやしません。階段はここだけですわ。おねがい。下でお待ちになって」

直井は手すりにつかまって、急な階段を下りた。

冷たい風にさらされながら、煙草を二本吸った。メダル店のおかみが、けげんな顔でのぞく。やはり逃げられたのかと、もう一度階段に足をかけたとき、佳恵子の足が現れた。コートをつけ、手にハンドバッグを下げている。仕事を片づけ、帰り支度をしていたのだ。

佳恵子はうなだれて、直井の横に立つと、

「何も彼《か》も申し上げますわ」

低いが腰の強い声で云った。

車をひろい、直井が料亭のある麻布の地名を云いかけると、佳恵子が遮った。

「丸の内へ行って。T銀行丸の内支店」

そう云ってから直井の顔に向い、

「いいでしょ。わたし、あなたにお見せしたいものがあるの」

運転手は当惑した顔を直井に向けた。

「よし、そっちへやってくれ」

直井は一瞬ためらった後で云った。

三時を少し過ぎ、T銀行は正面の巨大なシャッターを下していた。佳恵子は勝手知ったように横に廻《まわ》り、通用口から入って行った。

まばらな客が、窓口に残っている。佳恵子はハイヒールの踵《かかと》の音を立てて奥へ進み、誰も居ないソファーに直井を坐らせた。

「ここでちょっとお待ちになって」

カウンターのドアを押し、営業部の中へ入って行ったが、すぐ引き返してきた。

ドアを手で開いたまま、「どうぞ」と招く。直井は大股《おおまた》に一段高いフロアに上った。

経理部長として何十回となく来た店なのだが、佳恵子に先に立たれると、何となく後ろめたかった。だが、それはもちろん直井個人の問題であって、行員たちは誰一人ふり向かなかった。

支店長席まで来たとき、直井に背を向けて話しこんでいた小柄な客がふり返った。

そして、おどろきの声を立てた。久米常務であった。直井もまた立ちすくんだ。

「お、おまえは、ど、どうしてここへ直井君を……」

佳恵子に浴びせる久米の声は、怒りにふるえていた。おまえ、という呼び方が直井の心にひっかかった。

直井は佳恵子の顔を見た。久米の異常な動揺ぶりと、それを見させようとした佳恵子のたくらみの意図がすぐにはのみこめなかった。佳恵子は蒼ざめた顔で、眼は床に落している。

直井は久米に向き直った。久米は立ち上って、一、二歩直井の方へ踏み出していた。

「あなたはどうしてここに」

「云うまでもないじゃないか。きみの不始末の詫《わ》びに来たんだ」

「しかし詫びるなら、まずわたしが詫びるべきです。現にわたしは経理部長ですし……」

「きみは今度の責任者じゃないか」

そう云ってから、久米はあわてて言葉をつぎ、

「いや、きみは当の罪人だ」

「罪人ですって」

直井は思わず拳《こぶし》をにぎった。久米はとり合わず、

「罪人のきみがあやまってすむ問題じゃないんだ。会社の代表者があやまらなくちゃならん」

「あやまればいいという問題じゃないでしょう」

「もちろん、釈明できるだけはして、誠意を見せておかないと」

支店長に聞かれまいとでもするように、終りの文句は口を寄せるようにして云った。

ゴルフ灼《や》けで浅黒く、外人のように彫りの深い顔をしたT銀支店長は、大きな回転椅子の背にもたれたまま、あっけにとられたように二人のやりとりを見上げていたが、声の低くなったのを見て、

「まあまあお掛けになって」

二人に椅子をすすめた。窓口に客の残っていることでもあり、立ったまま口論されては銀行としてもまずいのであろう。

久米は当然のことという風に椅子に戻り、直井も落着けそうにない腰をむりに椅子に下した。女給仕が、佳恵子のためにもう一脚、椅子を運んでくる。

久米は佳恵子の坐るのを待ちかねて、押し殺した声で云った。

「いったい、これはどうしたんだ」

「あなたが約束を守らないから、わたしの方もそうしたまでです」

「約束だって」

「あなたは直井さんのためを思ってと仰言ってた。それがまるっきり……」

佳恵子はむせぶように云った。

「何を云っているのか、さっぱりわからん」

支店長の前をとりつくろうように、久米が首を振る。

「昨日の今日ではあまりにも裏切り方が現金過ぎるわ」

「裏切るというと、この久米常務が何か……」

直井が口をはさんだ。二人とも答えない。支店長は腰を浮かせて、

「わたし、ちょっと……。すぐ戻りますから」

内輪話を聞かないのをエチケットと心得ているのか、低い物腰でその場を外した。

「久米さんが何か？」

直井はもう一度訊いた。

「導入預金の話は、この人がたくらんだのよ」

佳恵子は顎で久米を指した。

「冗談云うな。それは直井君ひとりの責任でやったことじゃないか。ぼくは何も……」

久米は狼狽《ろうばい》したような声を立てた。

「そうですわね。何も彼も直井さんの責任にしておかないと、こちらの支店長さんの前では顔が立ちませんからね。あなたが最初のお膳立てをしたとわかれば、ただの不始末のお詫びではすまないでしょう」

「おまえはおれをどうしようっていうんだ。場所を考えろ。考えて物を云え」

久米はすっかり逆上していた。

佳恵子は体を大きくひねって、直井の方に向いた。

「導入預金の話は、この人がもちかけてきたの。久米の名前を出さず、わたしを通してあなたにすすめた。久米の口ききでは、あなたが引受けないと考えたの。あなたは、久米を小浜派と見ている。その久米の口車に乗る筈はないと思ったのね。久米の観測も、そして、あなたの観測も正しかったわ。久米はみごとにあなたを失脚させ、小浜派の一員であることを明らかにしてくれたものね」

「きみはなぜそんな役割を……」

「わたしは口惜しいけど、まだまだ久米を信用していた。久米が小浜派を装いながら、実はあなたを推すことを考えていると思ったの。あなたが株を手に入れたところで、久米や内藤が一挙に立ち上って小浜派の不正をあばき、追い落しにかかる――そういう話を信用していたのね」

佳恵子は直井に視線を据《す》えたまま話しつづけた。

「わたしが久米を信用した証拠をお知りになりたいのね」

直井はうなずいた。久米がやめさせようとでもするように咳払いを重ねる。

「それは簡単よ」

佳恵子は淋《さび》しそうに笑い、

「久米とは特別な関係があったの。もっとも一昔前のことだけど」

「…………」

「いまの夫と結婚する前に……。わたし、どうにも淋しくて、そして、経済的にも苦しいときが……。あなたのお父さまはわたしを避けられたわ。いまとなって、あなたとの間のよりが戻っては困るとでも思われたのね。わたしは、一度結婚した女。それに財界無銭飲食業者の娘ですものね。……久米が、あなたのお父さまに代って、わたしのためにいろいろ骨折ってくれたの。いまの会社へ入れたのも久米の口ききよ。もちろん、お父さまの指図があってのことでしょうけど。……しばらくは、久米の向うにあなたのお父さま、その向うにあなたの姿がだぶって見えたわ。それを通り越すと……。でも、そんな関係でわたし最後の最後まで久米を疑う気になれなかったの。久米が小浜派であろうとは……」

支店長が戻ってきた。

「どうです。お話はおすみになりましたか」

訊ねてはいるが、終らぬとは云わせぬ口ぶりである。直井は席を立った。その勢いにはじかれたように佳恵子も立つ。

「お邪魔いたしました。この件については、いずれ日をあらためて参上してお詫びしたいと存じます」

支店長は手を泳がせ、

「詫びるとか何とか、そんなにかたくお考えにならないで……。利の高い方へおつきになるのは、お客さまの御自由でして。わたしどもとしてはただ残念に思う他は……」

陽灼けした口もとを歪《ゆが》めて笑った。

「おさわがせいたしました」

佳恵子もていねいに頭を下げた。久米は立つきっかけを失ったのか、それともまだ何か話があるのか、眼をしょぼつかせて支店長の背をみつめている。

カウンターを出て歩きながら、佳恵子はささやいた。

「わたし、小浜派をたたくわ。久米をふくめて小浜派のやり口を徹底的にあばいてやるの」

「しかし……」

「もちろん、あなたの名は出さないし、あなたを傷つけない書き方をするわ」

「久米が書かせないだろう」

「いいえ、久米との間はすっかり切れてるの。もう、わたし久米に負けないわ」

銀行の外に出る。プラタナスの落葉が、かわいた音を立てて舗道を走って行く。二重三重になって走る車の流れの中に、空車標識はなかなか見当らない。それに直井自身、この先どうしてよいか見当がつかなかった。

「輝雄さん」

耳もと近く佳恵子がささやいた。心の整理がついたのか、ゆったりと優しい笑顔をとり戻している。その笑顔のまま、佳恵子は背のびして訊いた。

「三六〇万はどうするの」

「きまっている」

強い声で答えた。佳恵子の眼が迫る。

「株を買い集めるの？」

直井は乱暴にうなずいて見せた。封じられたと知って、ふしぎなほど社長の座への執着が燃え立ってくる。闘志が湧《わ》いてきた。

「どんなに失脚させられようと、ぼくは社長室にしがみつく。社長室へ通ずるものは、どんなものでもつかんでおく」

「そう。それでなくちゃいけないわ。久米だって小浜の後釜《あとがま》をねらっているわ。小浜に気に入られ、しばらくでも社長の椅子に坐る肚《はら》なの。今度のことではっきりわかったわ」

「…………」

「わたしは書くわ。つまらぬスキャンダル雑誌でも、問題によれば波紋が輪のようにひろがるの。それに、金融筋は案外スキャンダルに敏感よ。とくに背任行為まがいのリベートには……。会社を食いつぶしているわけですものね。金融筋ににらまれたら、社長の座は安泰ではないわ。わたし、どうしても書く。架空の中傷記事などとはちがうものですもの」

直井の心をふっと暗くかげらせるものがある。佳恵子が久米を信じられなくなったのと同様、直井は佳恵子が信じられなくなっていた。

佳恵子はそうした直井の心に気づかず、葉の落ちて明るくなったプラタナスの梢《こずえ》に向って話す。

「二人で組んで闘いましょう。わたしたち、はじめて同じ目的で……」

「きみも社長室をめざしているのかい」

直井は毒をふくんだ云い方をした。

「あら、そんなこと」

佳恵子はまるまる冗談ととって、高い笑い声を立てる。

空車が寄ってきたが、直井は手を上げなかった。落葉の走る石だたみの道をひとり歩いて、自分なりの決意をたしかめてみたかった。


半月後、送られてきた「会社批評」誌を直井は複雑な気持で読んだ。トップの特集として、リベート問題が大々的に扱われていた。無署名だが、佳恵子の筆であることは明らかであった。直井の漏らしたリベートの問題が、大々的に扱われていた。

直井の漏らした天野製作や南海ベアリングのことも入っており、リベートの内容についても思い切って突っこんだ取りあつかい方をしていた。小浜社長・三浦営業部長・長谷川秘書課長の顔写真も指名犯人のそれのように一列に並べて掲げてある。その限りでは、佳恵子は直井の云った通りのことを実行してみせたのだが、奇妙なのは久米の扱い方であった。

久米はリベート関係者の中に入っていなかった。反小浜派の孤立した正義派重役として扱われていたのだ。しめくくりの一節は、「次期社長は久米か」という見出しではじまり、久米ひとりが腐敗し切った経営陣の中で前社長ゆずりの潔癖な経営者道を実行しており、その有能で清潔な人柄に社の内外から寄せる期待が大きいとしてあった。久米常務の談話も出ていた。

〈こうした不祥事が起ったことについては、同じ経営陣の一員として誠に遺憾であり、かつ株主の方たちに対しても申訳なく感じている。わたしとしてはできるだけ速やかに関係者の方たちの善処を得て禍根《かこん》を一掃し、前社長の遺志を継いだ明るいガラスばりの経営にいたしたいと思っている〉

それは全く新任社長の抱負談と云ってもよかった。よく気をつけて見ると、最後の節は文体まで久米に向って旗を振るような浮き立った書き方であったが、リベート問題が正確に描かれた後だけに、第三者にはかなり客観的な観測と映ることが予想された。約束通りリベート問題を衝《つ》きながらも、それは明らかに久米社長実現への提灯《ちようちん》記事である。

「久米のやつ！」

と思わず口をついて出る。〈社長をねらっているのは小浜派だけではないわ〉といつか佳恵子が思わせぶりに云っていたことが思い出される。佳恵子ははじめから久米の野望を知っていたのだ。直井をひきずり下し、小浜派を追い落して、自ら社長室に納まろうという欲望。番頭役にがまんできなくなって、自らも主になろうとしたのだ。佳恵子は久米としめし合せ、たくみに直井の眼をあざむいた。直井の前では久米を責め、一方、久米も直井に向って佳恵子を危険人物視させた。すべてが計算ずくであった。すし屋での長谷川秘書課長との出会いも計画されていたことにちがいない。直井も長谷川もその罠に落ちた。傷つかないのは久米ひとりである。

久米は、二日前から一週間の予定で九州の製鉄所へ出張旅行に出ていた。いまとなっては、その記事の出るのを見越し、タイミングを合わせた上での出張と思えてくる。

直井は、久米に抱きとられる佳恵子の姿をはっきり思い浮かべることができた。

小浜社長から呼び出しが来た。赤く濁った眼をした小浜は、机のはしの「会社批評」をけがらわしそうに見て云った。

「きみが材料を提供したとか何とか、そういうことは一切云わん」

「…………」

「ただ、よりいっそうきみの肚をかためて欲しいというだけだ。総務部長になれば、今度のような記事は、腹を切ってもらわねばならぬ責任問題だ。ゴロ雑誌を押さえておくことは総務部長の大事な仕事なんだからな。再度このようなことが起れば、きみはやめてもらう」

総務部長のポストにはそういう落し穴も待っているのかと思う。無数の雑誌が勝手に書き立てることにまで責任をとらされていたのでは、何度会社を変っても間に合うまい。

「わしは何とも思っておらん。こんなものが出たって、何だというのだ」

小浜は手をのばして雑誌をつかみ、はげしく机をたたいた。表紙が音を立てて裂ける。

「もういい。帰りたまえ」

小浜は叱《しか》りつけるように云った。電話が鳴った。長谷川秘書課長が猫背《ねこぜ》をさらにかがめて入ってくる。総務部長は空席なので、長谷川が当面の責任者になる。受話器を見る眼には、またかというような脅えが走っていた。証券会社や大株主からの照会の電話。見舞いにかこつけて実状をさぐろうという電話もある。記事が記事を呼ぶ心配もないではない。

直井は自席に戻った。にが笑いがこみ上げてくる。騒ぎが大きくなれば株価にひびくかも知れぬ。少しは値が下るだろう。導入預金が露見した翌日、直井は憑《つ》かれたように三六〇万の裏日歩の金全部を投じて、直井精機株を買い足した。

たとえ失脚させられようとも、いつか大株主として社長の椅子《いす》に迫ってみせるという心算《つもり》であった。三万六千株弱が手に入った。今日まで待っておれば、値の崩れたところで、より多数の株を手に入れた筈だ。八〇円にでも下れば、四万五千株が入る筈だ——。

しかし、あのとき自分は佳恵子を信用しなかった。彼女が本当に書くとは思わなかったのだ。久米をほめたたえるようなこうした書き方があろうとは思いつかなかった。

社長の机の電話は鳴りつづけ、長谷川が腰を落着ける間もなく動き廻《まわ》っている。直井は煙草《たばこ》をくわえてそれを見守った。工事中の社長室からは、物音ひとつ聞えなかった。

正午ごろ、佳恵子から電話がかかってきたが、直井は居留守を使った。もっともらしい釈明や云いのがれは聞きたくなかった。

しかし、三度目にかかってきて、ようやく受話器を取った。佳恵子に会社まで来られては、かえって面倒と思いついたためである。

電話の先の佳恵子の声は、別人のように硬かった。

「ごめんなさい、失望なさったでしょ」

予期していた言葉に、直井は鼻を鳴らしただけで答えなかった。

「もしもし」

佳恵子の声がすがりつく。

「弁解がましいけど、あの記事の終りの部分は、わたしが書いたんじゃないの。だしぬけにうちのボスが書き加えたの」

「ボス？」

「編集長よ。久米とは昔からの馴染《なじみ》なの。それなのによく書かせてくれたと思ったら、久米について疑わしく書いた部分は全部削りとって、その代りに、最後に久米の宣伝をつけ加えたの」

文体のちがいはそこから出ていたのかと思いながらも、なお釈然としない。答えぬ直井に、佳恵子はうわずった声で、

「わたし、あなたにお約束した通りにした心算だったのです。でも計算がちがってしまって……。信じていただけないかもしれないけど、わたしはあなたのことを、あなたのことだけを思って書いたのです。それが……。でも、いつかきっとわたしの気持がわかって頂けると思います。これからだって、わたし……」

云いつづける先を、

「わかりました」

直井は冷ややかな声で遮った。

「もしもし」と佳恵子は追いすがり、「できればお目にかかってお詫びさせて頂きたいの。できないことかしら」

「わかったから、もういいですよ」

直井は受話器を下そうとした。その気配に佳恵子はあわてて、

「株の方はどうなさったの」

「買ったよ。きみの処方通り」

「それを持っているのね」

「もちろん」

直井は声を出すのもわずらわしい思いがした。

「ぜひ持っていてね。絶対売らないで」

「………」

「値は崩れるかも知れないわ。でも、崩れるところをねらって、ある筋が買占めに出るという噂《うわさ》もあるの。いま偶然耳にはさんだ噂だけど」

「ある筋?」

焦々《いらいら》として訊《き》き返す。

「それがはっきりとはわからないの。いえ、隠すわけじゃなくってよ」

「いつか云っていた磯村乙吉か」

「その辺でしょうけど、はっきりとは……。あなたの株をねらって買取りに行く人が出るかも知れないけど、とにかく売らないようにね」

「売るものか」そう云ってから、直井は受話器に口を近づけ、「初志を貫徹するまでは、絶対に手放さないよ」

「ブラボー」

冗談めかして云うのが、泣き笑いの声のようにひびいた。

それから一週間後、「会社批評」とは全然無関係の別の雑誌「経済針路」が、やはりトップ記事に直井精機をとり上げた。リベート事件も書かれていたが、中心になるのは導入預金の話であった。

直井は頰《ほお》の熱くなるのを感じながら読んだ。導入額や裏日歩、銀行名などは正確に出ていたが、ふしぎに相手のM商事には仮名を使い、直井の名も伏せてあって、ただ「反社長派の大物重役」とだけある。直井はおどろいて読み返した。そうした表現だと、久米が導入預金の当事者ということになる。

データーの詳しいところから、直井は最初、小浜派が金を使って書かせたのかと思った。だが、「経済針路」は、業界でも格式の高い雑誌であり、簡単に提灯記事を書くとは思われない。それにリベート問題では、小浜派自体もたたかれている。

狐《きつね》につままれたような思いでいると、日刊の経済紙がまた同じ話題をとり上げ、つづいて週刊誌が「お家騒動劇」としてセンセーショナルに扱った。

株価は九〇円から八〇円を割り、さらに急落して六〇円台に迫った。N証券の営業部長が訪ねてきて、直井の持つ十八万六千株をまとめて買おうと申出たのは、株価が六二円の日であった。小浜社長自身もすでに一部売り逃げているという。株価は下りつづけて、額面まで行く見込みだが、六五円と色をつけて全株まとめて買おうとのことであった。その男は最後まで依頼主の名を明かさなかったが、売る素振りを見せて話しこんでいる中《うち》、買占め王磯村らしい感じがしてきた。相手が誰《だれ》であろうと、直井は直井精機への執着を棄てる気はなかった。何十年後であろうとも、社長室に納まってみたい。

直井が断わった日を境いとするように、株価は堅調に戻《もど》り、ふたたび七〇円台、さらに八〇円台に達した。買い支えどころではなく、買占めが行われているのが明らかであった。買占め王磯村乙吉の手に渡り、法外な高値で肩代りを要求されれば、大きな打撃を受けることが予想された。顔を合わせることも互いに避けるようにしていた重役たちの胸には、その恐怖だけが共通した。

だが、株主名簿書き替えに現れたのは、恐れていた磯村ではなく、日南財閥の関係者たちであった。貿易と軽工業中心であった日南財閥は、かねてから成長産業の花形である機械工業に眼《め》をつけ、業績も技術もすぐれている過小資本の直井精機に触手をのばしていた。日南貿易のダミイ・カンパニイの噂のあるM商事が導入預金の小細工を持ちかけたのは偶然ではない。業界誌を動員して直井精機の重役たちを嚙《か》み合わせ、一方、買占め王磯村出動の噂を流して牽制《けんせい》しておいて、株価の下落に乗じて着々と買い進んでいたのだ。すでに三十二万株がその手に移っており、金融筋の持つ五十万株はその背後に廻って、両者合わせて楽に過半数を越していた。

松飾りの取れた一日、突然、佳恵子が会社に訪ねてきた。

「経済針路」に材料を漏らした責任を問われ、「会社批評」社を退職させられた。さし当っては家庭に戻って、ラジオのモニターでもしておとなしく暮すという。

久米常務は正月に風邪をこじらせて寝ついており、小浜社長はめったに顔を見せなくなっていた。

直井は、佳恵子を社長室に案内した。スイッチを入れると、大理石の壁面が蛍光灯《けいこうとう》に美しく輝く。クリスタル・ガラスの大きな窓、みがき立てられた床、レースと二重になった豪華なカーテン。工事は完了していたが、家具は何ひとつ置かれていない。小浜でも久米でも直井でもない人が、そこに納まる。その人のための家具を買う気には誰もなれないのだ。

「わたし、小耳にはさんだのだけど……」

佳恵子がおずおずと上眼づかいに直井を見た。

「日南財閥の方では、一期だけ、あなたに社長をやらそうかという話も出てるそうよ」

直井が黙っているのに勢いを得て、

「全面的にスタッフの首のすげ代えをやっては、乗取ったみたいであまりに大人気ないし、従業員の心理的な抵抗もある。あなたなら功労者の息子だし、それに株数の面だって……」

「株？」

「ええ、日南財閥の株はいろんな人の名義に分散しているでしょ、ですから、個人株主ではあなたが筆頭の大株主らしいの。小浜社長は眼先の利にさといだけに、大分売り逃げたようですものね」

直井は答えず、佳恵子の顔を見守った。仮に善意からとしても、幾度となくにがい目に遭わされた相手である。

佳恵子は小首をかしげ、誘うように白い歯を見せて笑った。

「皮肉だけど、とにかく社長よ。ただし、社長はやらせるけど、代表権を持つ専務を別に置いて、あなたは実権を持たないわけ」

「しかも、一期限りでね」

「どう、それでもなりたい」

「…………」

「やっぱりなりたいんでしょうね。男の人は……」

直井は答える代りに、佳恵子の肩に手をかけた。一種焦《あせ》りに似た憤りが体を染めてくる。おれはこの女に引き廻され、その上、社長室への執着まで告白させられる。この女の眼。おれへの愛情を抱いているかも知れぬ。しかし、男はそうした眼で見られることには耐えられない。

肩をつかまれたのを愛のしぐさと受けとって、佳恵子はゆたかな軀《からだ》にしなをつくって寄ってくる。直井は無言でその軀を押し返して行った。はじかれたように大きく見開く佳恵子の眼に構わず、一気にドアのところまで押した。

「どうなさったの。何かお気に触って」

直井は呼吸《いき》をはずませ、

「もういい。きみは黙れ。黙って家の中へ引っこむんだ。もう二度と男の世界へ出てくるな」

突き飛ばし、ドアを閉めた。後ろ手に錠を下して大股《おおまた》に部屋の中央に戻る。

佳恵子が控え目に直井の名を呼びつづけている。その声を振り払うように、直井は両手をひろげて部屋の中を見廻した。大理石の壁、クリスタル・ガラス……

ここは社長室。おれは社長になる。ただの一期なりと、ロボットなりと、社長にはちがいない。おれは社長になるんだ――。

はずみ出しそうにもない心の奥に向って、うつろに呼びつづけるのであった。

（「別冊文藝春秋」昭和三十六年一月）

事故専務

「父ちゃん、今日、練馬《ねりま》の方へ自動車《くるま》で行ったの」

順二の問いに、岡山順蔵はぎくりとした。こうした問いに驚かされるのも初めてではない。動揺をさとられぬように、ゆっくりした口調をつくって、

「いや。どうしてだい」

「ぼくの友だちが見かけたんだって、父ちゃんはモーニング着て、まるで重役さんのようにそっくり返っていたそうじゃないか」

——重役さんのようにか。いや、あのときは、ほんとの重役さんだったよ——と、苦笑まじりに白状してしまいそうな自分を制するのに、順蔵は苦労した。じっとみつめて来る息子の透きとおった瞳《ひとみ》が、まばゆくてならない。

眼《め》をそらし、

「きっと、人ちがいだよ」

「だって、父ちゃんのまっ白な髪の毛、ぜったいにまちがいないと云《い》ってたよ」

順蔵は手を頭にやった。ふっくらした銀髪の手ざわり、順蔵のじまんの種であり、事実、会う人ごとにそれをほめてくれる。ロマンス・グレイという言葉が流行したと

きには、すれ違う見知らぬ娘などまでがささやいて、都電などに乗っても気はずかしいほどであった。

指についてきた銀髪を一本、電灯にすかしながら、

「こんな髪の人は、案外、居るものだよ」

と云いながら、心はおだやかでなかった。二月《ふたつき》ほど前にも、その美しい銀髪のために池袋東口で車に乗っているところを目撃された。弔問に行く途中であった。

「人ちがいだとしても、ふしぎだなあ。お父さんと間違えられる人は、いつもモーニング着てるんだ」

順蔵は頰《ほお》がこわばっているのを感じた。何を云っても、嘘《うそ》と見破られそうで次の言葉が出ない。中学一年の息子の瞳に、完全に射すくめられていた。

そうした危機を、妻の声が流した。

「さあさあ早くかたづけて。お風呂《ふろ》のしたくをするんですよ」

だが、もっと恐ろしい事態がそれから三十分ほど後に起った。

順二と下の子二人を連れ銭湯へ行こうと、木戸に手をかけたとき、つまったクラクション、急停車のブレーキ、にぶいショックの音がきこえた。T病院前のバス道路らしい。順二が闇《やみ》の中へ駆け出した。

生きていれば働き盛りの長男を戦争で亡くした順蔵は、年齢の割に子供が幼い。まだ押し強く働かねば——と、闇に顔を上げたところへ、息をきらせて順二が戻《もど》ってきた。

「たいへんだ。父ちゃんの会社の自動車《くるま》だ。Aタクシーが轢《ひ》いたんだよ」

順蔵は足がすくんだ。息子が事故現場へ連れて行こうとする手を、何と云って振り放したのか覚えがない。ただ、銭湯めがけ、手負いの犀《さい》のような勢いで突き進んで行った。

その夜、順蔵はほとんど眠れなかった。轢かれたのは七十近い老婆《ろうば》で、中風気味だったとか、即死であった。だが問題は、犠牲者の家が、順蔵のところから二丁ほど先という点である。夜が明ければ、そこへAタクシーを代表して弔問に出かけねばならない。かくしていた正体が遂々《とうとう》ばれてしまうのだ。

順蔵はAタクシー会社のニセ重役であった。Aタクシーの車が事故を起すたびに、被害者の宅を見舞ったり、弔問したりするのが、その仕事である。ふさふさした銀髪、柔和な眼、上背があって小肥《こぶと》りな体、そうした順蔵が会社支給のモーニングやダブルを着て、「Aタクシー株式会社代表　岡山順蔵」という名刺を出すと、その風采《ふうさい》からして、そのまま重役と受けとられてしまう。まだ運転手時代に、ある重役の名刺を持って代りに出かけたのが始まりで、今では完全な事故専門のニセ重役として働いていた。運転手時代より歩が悪いが、ともかく五人家族食えるだけの固定給である。この新しい職種のおかげで、順蔵は五十過ぎても、Aタクシーにつとめて居られる。

二〇〇台以上も車があり、若い運転手が多くて、神風タクシーのトップ・クラスと目されているAタクシーともなると、事故直後の見舞・弔問の他《ほか》に、係争中の訴訟への立会い、保険会社との折衝など、事故専門のニセ重役として結構、仕事があった。

だが、何といっても、ほんものの重役が最も嫌《きら》い、順蔵の本務となっているのが、見舞・弔問である。いやな思いを重ねながらも数をこなしてくると、順蔵もそれを仕事と思い切れるようになった。ただ、自分の家のある中板橋付近だけは鬼門であった。「板橋区」と聞くたびにびくびくしていたのだが、それがついに二丁先へ来なければならなくなったのである――。

正体は、かくさなければならぬ。露見すれば、自分が、気はずかしいばかりでなく、会社にとっても失態であり、その失態はひいては自分のクビにかかわってくる。

二

古い木造の事務所は、若い運転手たちの屈託のない笑い声に満ちていた。どっと笑いの湧《わ》くたびに、煙草《たばこ》の煙が舞い、うすい砂ぼこりが立ち上がる。いつもと同じ、朝の交代時間のにぎわいである。

「フランス語を習いに行く途中だったってよ、きれいな娘でね」

「轢きがいがあったな」

「抱えると、その、やわらけえこと、あったけえこと」

「殺しじゃなくてよかったな。せいぜい見舞に行けよ」

順蔵は思わず、どなりつけた。

「いい加減にしろ！」

まともな怒り顔に、轢いた当人らしいのが云い繕うように、

「大宮前の木下ってんだ。専務さん、頼むぜ」

「うん。地図か番地を書いときな」

押し潰《つぶ》すような声で云うと、

「えれえ不機嫌《ふきげん》だな、今朝の事故専は」

たちまちとがった声が返ってきた。一昼夜駆け廻《まわ》った運転手たちの赤く濁った眼は、笑いから怒りへと、すぐにも爆発しそうである。

順蔵は黙った。事故の尻《しり》ぬぐいをしてやるというものの、順蔵の方は彼等《かれら》が事故を

起すおかげで生きて行けるようなものである。「事故専」だの「事故専務」などという呼び名にも、運転手たちの軽蔑《けいべつ》がこもっている。もちろん、それ以外に適当な呼称もない順蔵の職務ではあるが――。

間もなく出社してきた、ほんもののM常務の前に、順蔵は首をうなだれて立った。

中板橋の老婆の件だけ、ほんものの常務に弔問してもらうようにとの頼みである。一夜考えた末の唯一《ゆいいつ》の打開策であった。

冴《さ》えぬ顔に熱意をこめて頼む順蔵を、常務は眼の隅《すみ》から見下すようにして、

「今度だけはと云うが、例外をみとめるようなら、お前なんか必要ないんだぜ」

「……でも、もしばれると、会社のためにも」

「ちょっとの間のことだ。それぐらいの才覚ができんのか」

「…………」

「相手は死んだんだ。一回さっと行きゃ、すんじまう」

「そうなんです。一回で済むんですから」

と順蔵はすがった。

「だから、俺《おれ》に行けと云うんか！」

M常務はどなった。額に血管が走る。順蔵は前よりも一層うなだれて引きさがった。

脱衣室でモーニングに着替える。もともと質流れ品だったのだが、ほとんど毎日のように着ているため脂《あぶら》じみた袖口《そでぐち》が、目立たぬ程度にほころびはじめている。繕わせねばと思うのだが、子供の眼がこわくて、家へ持って帰れないでいる。

靴《くつ》もはきかえ、重役らしいみなりになった順蔵は、舗道の石を数えるようにして、一丁ほど先の果物屋へ歩いて行った。

「今日はくの字ですか」

両脇《りようわき》を残して頭の禿《は》げあがった果物屋の主人が、笑顔で小腰をかがめる。ニセ重役でも、上得意なので、いつも愛想がよい。見舞と弔問を、みの字、くの字と云い分けるだけで、後はきまった大きさの果物籠《くだものかご》が差し出されてくる。

ずんぐり肥《ふと》った果物屋が、身体《からだ》つきとは不似合なリズミカルな指先で包装しているのを眺《なが》めていた順蔵は、ふと思いついて、

「おやじさん、頼みがあるんだがなあ……」

果物屋は指先は休めず、笑顔だけを向けて、

「へい。何でございます」

「ちょっと時間を割いてもらえないだろうか」

「え?」

と、こぼれるような眼になった。

風采《ふうさい》は上がらぬが、年配の果物屋に身代りを頼めないか——とは、前夜から思わぬでもなかった。上得意のことではあるし、頼んでみれば、と気力をしぼって事情を話す。だが話しているうちに順蔵は、果物屋の眼の中で自分の姿が上得意の重役から、一介の無能な老使用人へと転落して行くのを感じた。

「会社にいくらでも代りの人がいるでしょうになあ」

「いや、居ないんだよ。運転手は皆若いし、事務はほとんど女の子ばかりでねえ」

順蔵は熱をこめて打ち消す。

「こんな時には、年寄りの運転手を置いておくことですな」

と、果物屋は煙草に火をつけ、

「けちな店だが、主人ともなると、なかなか店もあけられん」

上得意の衣をもぎとられた後では、頼んでも無駄《むだ》であった。頼めば頼むほど、空《むな》しさを意識させられるばかりである。

順蔵は額の両脇をしめつけられるような熱《ほて》りを感じながら、事務所に戻《もど》った。

会計係で香奠《こうでん》を受けとる。型通りの一万円。補償は保険の方から自動的に行われる。一人最高三十万円。生命保険をかける場合、普通の人では月に千円の保険料でやっととのこと。

月掛千円だと、死亡の場合は三十万円になる。自動車事故の死亡者についても三十万円ときまったのは、そうした計算手続きによるという。人間一人三十万円という相場。それまで何とも思わなかったその通り相場にも、急に焦々《いらいら》したものが感じられてくる。轢いた者も、轢いた会社も、今日も朝日の中で何事もない。ただ、轢かれた老婆とその事故専務の自分だけが――。

三

Aタクシーの五八年型中型車は、順蔵を乗せ、板橋へ向けて走り出した。相変らずの乱暴な運転である。固定給三千円。あとは水揚げに比例してであるが、その水揚げの割当《ノルマ》も、ほとんど毎月のように引きあげられて、運転手を追い立てる。上成績の者だと、一日二万円を超す水揚げがあるが、ところが運転手の月収もその程度である。あと二十九日分の水揚げがどこに行くのか――順蔵は自分をも含めて運転手仲間がみじめでならない。ところで順蔵を乗せた運転手は、まるで若さと技倆《うで》を順蔵に見せつけようとするような荒い運転ぶりである。

昭和通り。緩行車道へ横滑りしたと思うと、抜いた車の鼻先へ躍り出る。「走行区分厳守」との標識の下を、ジグザグに車を追い抜いて走る。

京橋交叉点《こうさてん》。一丁ほど車が続き、手間どるな、と思った瞬間、方向指示器も出さず、いきなり右折して、せまい小路に直入し、警笛で人の影を吹き飛ばし、左、右と曲って、いつか日本橋筋を走っている。

注意信号めがけて突っ込み、歩行者の列を幾度となく警笛で散らし、広い通りも狭い路も、ギアをトップにあげたまま、アクセルいっぱいに踏みこんで走る。

交叉点では空いた右折進路へ入りこんで、信号の変らぬ前に直進する。車は透明な固体で一重《ひとえ》包まれてでもいるように、すれすれのところで他の車を弾《はじ》いたり、弾かれたりしながら吹き抜けて行く。

順蔵はそれを見ているのだが、映画の一齣《ひとこま》としか映らない。

――どうしたらよいか、どうしたら露見せずにすむか。

家の者の顔、近所の人々の顔が入れ替り浮かんでくる。脇《わき》の下に冷たく汗が落ちた。その間にも車は中仙道《なかせんどう》へかかっていた。巣鴨《すがも》駅前を抜けると、車の数がふいに少なくなった。車は躍り上がるように、ピッチを増す。

「い、板橋駅前につけてくれ」

順蔵はうめくようにいった。

「T病院の前じゃねえのか」

バック・ミラーの中で、運転手は唇《くちびる》をゆがめて、にらむ。「いいんだ。板橋駅へつけてくれ」

車を降りると、けげんな顔の運転手を追い立てるようにして帰した。

くすんだ低い駅舎の前に立つ。まばらな乗降客が、順蔵の顔と身なりを見くらべて行く。黒リボンをかけた果物籠を抱えて立っているモーニング姿。美しい銀髪。

「すてきね」お下げ髪の少女が二人、顔を斜めに見上げるようにして行く。

だが順蔵はみじめであった。年配者と見ると、見境いもなく駆けよって、身代りを頼みたい。地に膝《ひざ》をついても、懇願したい気持だった。

「だんな。車はいかがです」

背後にタクシーが流れよってきた。一台また一台。運転手の顔を放心したように見ながら、手を振っていた順蔵は、一台、年配の運転手を見かけると、一歩踏み出して手をあげた。

「どちら?」

順蔵をおびやかすように勢いよい音を立ててドアをしめると、運転手は云《い》った。下《した》顎《あご》のところに一筋、二寸ほどの傷痕《きずあと》がある。髪は黒いが、年齢は五十に近い。

「実はね……」

順蔵の声はふるえた。車は動き出す。

だが言い終らぬうちに、急停車した。

「いい加減にしろよ」

凄味《すごみ》のある声になった。同情の影もない。「降りな」とドアをあけ、

「だが料金はもらうぜ。メーターは倒したんだから」

顎の傷痕がなめらかな桃色に光った。順蔵は、予備にと妻から渡されている五百円札を内懐《うちぶところ》からとり出した。

運転手はつり銭を渡しながら、

「ふざけた客だぜ、おめえさんは」

順蔵は再び駅の前に戻った。

四

露見を承知でそのまま乗りつけてしまえ、と荒れ立つ声。何としてでも身代りを頼むのだと、低く呼びかけてくる声。二つの声にゆり返されながら、順蔵の眼《め》は出入りするタクシーから離れなかった。気をつけてみると、年配の運転手は少なかった。た

とえ「事故専務」だとしても、タクシー会社をくびにならぬだけでもいい——と、ささやく声も起った。

停《と》めた三台目の車。後部ドアの塗装が剥《は》がれかかっている。順蔵は最初の失敗にこり、外から立ったまま話しかけていたが、運転手は眉《まゆ》をしかめて、ちょっとの間、眼をつむってから、

「よし、やりましょう。他人事《ひとごと》じゃねえ」丸顔を皺《しわ》だらけにして苦笑した。

順蔵は車の中へ飛びこんだ。服をとりかえなくてはならない。もちろん旅館などへ行く金はない。駅や公園の便所でも、脱いで、替え合うことはむつかしい。結局、駐車場のはしに車をとめて、人眼を気にしながら、とりかえることにした。まず、ワイシャツ、上着を替え合う。それから腰を沈めてズボンを脱ぎ、替え合った。いぶかしそうに立ち止る通行人もあったが、傍《そば》まで寄ってはこない。

帽子をとると、運転手はごま塩頭の頂近くに丸い禿《は》げがあった。眼の横や頬《ほお》には鼠《ねずみ》色《いろ》のしみがあり、下顎には短く無精ひげがのぞいている。服装がかわると、そうしたあらが競い合うように浮き出てくる。どう見ても、重役の器ではない。順蔵はニセでも、重役としての振舞を重ねている間に、いかにも重役くさい風格ができ上がっているのに自身、驚かされた。運転手席からモーニング姿の男が降り、ジャンパーの順蔵

と代って客席に着いた。順蔵が車を走らせる。救われた思いに身体は目方がなくなったように軽い。先の見えていた病人が、思いがけぬ手術で根こそぎ患部を拭《ぬぐ》い取られた感じである。両掌《りようて》でハンドルを撫《な》でながら、順蔵は弔問の要領を教えた。

名も知らぬ小さなタクシー会社につとめているその男は、廃棄直前のボロ車をあてがわれ、水揚げもあがらぬままに、いつくびになるか分らぬという。

「こんな年齢《とし》して、お互いに因果《いんが》なこった」

順蔵も日頃《ひごろ》思っていたことを口走る。

「個人営業で車を持たしてくれたらなあ」

「ほんとうだ。自分の車なら大事にするし、無理もせん。事故だって起るものか」

「事故が起きたって、保険で補償してくれるから、個人でいかぬ理由はないのに」

「タクシー会社が代議士にみついで邪魔しとるというんだ。何しろ、もうかるからな」

「もうかる。ほんとに、もうかる」男はつばをのんで「パンパン屋がタクシー会社にかわりたがるのも、あたりまえだ」

気が合う。順蔵も男も雄弁になった。

る。眼をすえて走らせる。途中で帰りの待ち合せ場所を教え、ふたたびスピードをあげると、花輪が二本立っている家が映った。数人の人影。思わずためらった間に、車はそこを行き過ぎた。

T病院の煙突が墨色の煙を流して、浮き上がってきた。順蔵の胸は動悸《どうき》を打ってく

一丁先の角で車を廻《まわ》し、眼をつむるようにして、花輪の家をめざす。家を二、三軒やり過し急停車して男を下す。まわりが眼の壁にでもなったようで、顔が上げられない。

「頼むよ。待ち時間もとっておくからな」

それだけ叫ぶと、車を出した。

二百メートルほど先、T病院のコンクリート塀《べい》に沿って折れたところに車をとめた。帰りをそこで待つのだ。左手をのばし、メーターを「待ち時間」に入れると、ハンドルに顔を伏せた。人通りの少ない所なのだが、顔見知りの誰かに会わぬとも限らない。ニセ重役の、そのまたニセ重役は、今どうしているかと思うと、安堵《あんど》も消え、首から頬、こめかみにかけて血がのぼり、掌は汗でびっしょり濡《ぬ》れてくる。

「待ち時間」を区切るメーターが、音を立てるたびに、少しずつ危機がうすらいで行くようでもある。

何度、その音を聞いたろう。眼をあげると、メーターは二百十円を示していた。思わず内懐に手をやると、勝手がちがっていた。ジャンパーの厚い裏地。指の先に、かたい木札のようなものが触れた。そっと、つまみ上げてみると、成田山のお守札であった。

（「週刊新潮」昭和三十三年三月三十一日号）

プロペラ機・着陸待て《プレイン・スタン・バイ》

飛行計画

一

小さな新聞社である。風の少し強い日には、階下の入口近くにある事業部などでは、ほとんどの机が砂ぼこりの白い皮膜に包まれてしまう。表の道路は都市計画路線の中に繰り入れられているのだが、その道路に当る部分はいつになっても舗装される気配がない。

吹き込む砂ぼこりをまともに浴びる位置に、受付の女が一人坐《すわ》っている。「女の子」と呼ぶには歳《とし》が行き過ぎているが、小柄《こがら》で客を迎える笑顔にもかげりがなく、可愛い感じを与える。それに、二、三度目には客の名前や用筋を覚えてしまい、要領良く連絡をとってくれるので、出入りの商人まで含めて来訪者の受けがいい。数少いその新聞の常連寄稿家たちの間で「西海新聞には、もったいない」などと話の種に上ったりする。

彼女の席からは、階下にある事業部、販売部をすべて見渡すことができる。建ってから三十年近い社屋からは、絶えず暗さが浸《し》み出ているようで、晴れた日でも夕立前のような感じの明るさしかない。その上、日中は内勤者が少いため、一層閑散としていて、楽に奥まで見透《みとお》すことができる。

奥の一劃《いっかく》は、化粧ガラスで仕切った役員室である。そのドアをはねるようにして、中背の痩《や》せた男が出てきた。窓外からの僅《わず》かな陽《ひ》を眼鏡に反射させながら、男は大股《おおまた》に歩いてくる。航空部長になって間もない伊与田である。

彼女はあわてて、だが、動きだけはゆっくりと顔をそむけた。彼女の自然の愛嬌《あいきょう》も伊与田には通じない。通じないばかりでなく、伊与田は目を合わせるのも、うっとうしいという態度で、いつも足もとから一間ほど先を見ながら、行き過ぎる。彼女は黙ってそれを見送ることにしていた。

しかし、その日の伊与田は違っていた。眼鏡ごと眼《め》に弾みをつけるようにして笑顔をうなずかせ、「やあ」と右手を胸のあたりまで挙げたのである。彼女は驚いて笑顔をつくった。

伊与田部長一人を乗せた旧式の大型セダンが走り出すまで、開いたままのガラス戸越しに彼女は眼をみはっていた。伊与田を送り出し、仕事が一段落した模様の役員室からは、響きのいい蓮池《はすいけ》編集局長の声をかこんだ笑いが漏れてきた。

神戸市西部の西海新聞本社を出て一時間、西に走り続ける車の中で伊与田部長は明るい気分をひとり反芻《はんすう》していた。役員会が遂《つい》に彼の提案——バイソン機購入を承認したのだ。

バイソン機——珍しい機種である。水陸両用のずんぐりした船型胴単翼高葉で、プロペラがその翼の後縁に後ろを向いてついている。推進式のプロペラ機で、角《つの》をふりあげた野牛のようにグロテスクな感じがする。東京のY新聞社が持っていたもので、関西地方では全くの新種であり、その異様な機型から西海新聞社機としての宣伝効果は十分である。その上、伊与田の友人が介在しただけでブローカーの手を通さなかったためか、思いの外、安い価格で譲受けできるのだ。彼は二回にわたって役員会に出頭し、雄弁にその購入を主張した。

「こんな新聞社で飛行機を持っていること自体がすでに奇蹟《きせき》だ」と云《い》ったのが常務兼編集局長の蓮池である。それは、航空部長伊与田の存在をも無視し去ろうとする様な、とげのある発言に聞えた。伊与田は蓮池と同期の入社であるが、地位の開きから、そうした蓮池に抗弁できず、哀訴するような形になった。

その蓮池が、それにつれて役員会が、伊与田の提案を承認するようになったのは、奄美大島《あまみおおしま》への飛行計画を持ち出した時である。本土に復帰した大島へ、日の丸を輝かせた西海新聞社機が、長駆して舞い降りる。それは島民だけでなく、新聞界の意表を衝《つ》く出来事である。当時——昭和二十八年——日本の飛行機の飛行半径は、西は宮崎までで、それから先は飛行許可は与えられず、着陸・給油・誘導など一切の飛行の便宜はない。日本の空は、そこで果てている。だが、水陸両用のバイソン機なら、危険な越境飛行も出来る……。

伊与田を乗せた車は国道から右折して、熟《う》れた稲田の中の道を飛行場への進入路に向った。加古川《かこがわ》の東郊にある西海新聞社専用の飛行場。飛行場とは云っても、戦争末期M航空機会社が試験飛行用に学徒を動員して開設したもので、滑走路をのぞいては草原に近く、一棟《ひとむね》の木造事務所と格納庫が、黒ずんだ屋根を浮かせているだけである。部長を乗せた車は、波のように揺れながら飛行場へと入って行った。入口近いすすきの叢《くさむら》の中に、一人の男が立っていた。近づいてくる車から故意に目をそらすようにして男は痩せた横顔を見せ、歩き出した。航空士の光野であった。運転台の背を両腕でつかみ、腰を浮かせて車の振動に耐えながら、伊与田は光野の横顔を眺《なが》めた。彼はこの男が定例の人事異動を前に、社会部への配置換えを願い出て来たとき、思わずどなりつけたことを思い出した。バイソン機購入が役員会で保留になっていた時でもあり、鬱屈した気持が捌け口を求めた形になった訳でもあるが、そればかりでなく、社会部を軽視しているという感じが伊与田の気に触った。二、三度、飛行先から送った記事が好評であったというだけで素人《しろうと》も同然の男が、社会部記者を志すなどというのは、たとえ小さな新聞社であっても、この上なく不遜《ふそん》なことに思えた。伊与田は口に出してそれを云い、罵《ののし》った。社会部次長を最後に南方方面軍司令部付きとして転出するまでの二十年間を記者生活に賭《か》けてきた伊与田には、社会部入りをそのように安易に考えられることは耐え難かった。それと似た安易さを、伊与田は蓮池が編集局長に就任したとき感じた。社会部記者の経歴のない者が編集局長になる——それは、新聞への冒瀆《ぼうとく》とさえ思えた。捌け口のない不満が伊与田の中でくすぶっていた。それが光野への怒りに重なって奔《ほとばし》り出た。

社会部、とくに一人一人の記者の練達と冒険——それだけが新聞の生命であり、そこを離れて新聞社の発展のあり得る筈《はず》がないと云うのが、伊与田の信念であった。練達と冒険。奄美大島への飛行計画は、社会部で生き抜いて来た伊与田のような男が始めて思いつくプランに思えた。

半開きになった格納庫へ、夕方の長い光が射しこんでいる。セスナ機の翼裏に書かれたJPSS1の文字の中、PSSの三字が金色に浮き出ている。

二十坪ほどの木造の事務所の前に車が止った。格納庫や、その裏から、部員たちが駈足《かけあし》で、大股で、寄ってくる。中には雀撃《すずめう》ちして時間を潰《つぶ》していたらしく、空気銃をさげたり、獲物《えもの》を三羽、四羽と逆吊《さかさづ》りに持っている者もあった。

事務室の黒板を背に、伊与田は笑顔で部員たちを迎えた。中村課長、関主任、光野、安井の両航空士など搭乗員《とうじょういん》たちが、机を囲んで、とりどりの椅子《いす》に腰を下した。整備員たちは油に汚れた白い作業服を寄せ合うように、その背後へ立ち並ぶ。

全員の集合をたしかめると、伊与田の口はいきなり、本論であるバイソン機購入を話し出した。子供たちに思いきった土産物を買って帰り、すぐ出さずにおれない父親の心理である。二機になれば飛行時間も殖える。一時間千八百円の飛行手当も自然多く受けられる訳である。その点だけでも、十分喜ばれる筈である。

話す中《うち》、部員たちの表情は変った。

だが、その変り方は、伊与田が予想してきたのとは違っていた。表情が硬《こわ》ばり、血の気が退《ひ》く、という感じである。伊与田のすぐ前では中村課長があわてて煙草《たばこ》をとり出し、マッチを擦ったのだが、軸が折れたり、先端が飛んだりして、三度目にようやく火が点《つ》いた。

その横で、話の始めから、伊与田の顔をまともに見すえていた主任の関が、右掌《みぎて》を僅《わず》かに挙げて発言を求めた。

「その話は決定したのですか」

「もちろん」

伊与田は大きく顎《あご》をうなずかせた。

「変更の余地はありませんか」

「ない。どうしてだ」

「御承知とは思いますが、バイソンは危険な機種なんです」

思いがけない言葉だった。伊与田は首筋のあたりが熱くなった。

「どうして危険なんだ。検査もパスしている」

「パスにも、いろいろあります。バイソン機はぎりぎりの線で合格してるんです」

「どこがいけないんだ」

「浮揚力に安定性がないんです。ということは、欠点としては致命的です」

「そんな馬鹿《ばか》なことが……」

云いながら伊与田は、バイソン機の異様な機型を思い浮かべた。

「事実です。アメリカでは既に製造を中止した筈ですし、Y新聞社が売りに出したのもその為《ため》と思います」

関の口調は、海軍士官当時のままで弛《ゆる》みを感じさせない。一言一言が木釘《きくぎ》でも打ちこむように、伊与田の言葉の先を封じて行く。視線は相変らず伊与田に向けたままなので、伊与田の方から、その視線を外した。それから、ふいに光野に向い、

「きみはたしか航空工学を専攻した筈だ。君の意見はどうかね」

話し合いのきっかけを作るように、やさしい声で云った。

「同意見です。関主任と」

光野はそれだけ云うと、また腰を下した。唇《くちびる》を固く結ぶ。感情を交えず、それだけ云うのが、やっと、と云う様子でいる。

伊与田は、意外な反応をまだ納得しかねると云った表情で、関と光野を等分に見くらべた。ともに日焼けした顔だが、関は顔のつくりも大きく、豊かな肉づきなのに、光野は頬《ほお》が削《そ》げて、肉食鳥のような感じである。関は四十、光野は三十と、十の開きがこのため消えてしまって、同年輩《どうねんぱい》としか見えない。

二人並んだ横から、身体《からだ》つきも一廻《ひとまわ》り貧弱な中村課長が立ち上った。戦前は華北航空切ってのパイロットであったということだが、「パイロット」という職業をどこからも連想させないような気弱さを感じさせる。小さな眼をまたたかせ、何かとりなそうとする中村課長を遮《さえぎ》って、伊与田は、

「しかし、検査に合格している以上、きみたちはともかく、我々第三者は飛行に差支《さしつか》えなしと思う他はない。決定は決定だ」

部員一同を見廻しながら、きびしい口調で云った。

「結構です。きまったものなら従います。ただ、私たちの生命《いのち》にかかわることですから、変更の余地はないかと思っただけです」

関が、あっさり答えた。

隣の椅子で、光野は眼を閉じた。〈また関さんは……〉という思いにつつまれて。徹底的に喰《く》いさがるということをせず、いつも投出してしまう。諦《あきら》めがいいとばかり云い切れぬ中途半端《はんぱ》なもの、思考の中絶に馴《な》らされて来た職業軍人臭が、その瞬間急に関の身体から発散してくるのである。とは云うものの、光野自身、伊与田部長に逆らい続ける気力もなかった。

「生命にかかわると云えば、先日の落下傘《らっかさん》の件だが、希望者はないかね」

G生糸会社から、絹製品のPRをかねた落下傘降下の申し込みがあった。西海新聞社が協賛している貿易博の行事としてである。西海新聞社機から、会場である須磨《すま》公園に落下傘で降下する。ショウとしての価値も十分である。謝礼は五万円、事故があれば百万円まで出すという。

部員たちに反応はなかった。

「わずか二、三十秒のことじゃないか。それだけの冒険で五万円だ」

伊与田は歯がゆかった。自分が社会部記者中、受けようとした危害に比べれば、冒険などという言葉もおかしい位だと思った。駅のホームに立つ度に、突き落されはしまいかと後ろを見廻した時期もあった。政争の華やかな頃《ころ》で、彼の同僚記者の一人は三宮駅で進入して来る電車の直前に顚落《てんらく》、殉職した。犯人は分らず、自殺・他殺さえも曖昧《あいまい》のままに葬られた。落下傘で降りることぐらいは——蔑《さげす》みをこめた眼で伊与田は部員たちを見る。

「光野君。きみあたりはどうかね」

「私あたりとは？」

「小遣いも欲しいだろうし、それに心配する人もないようだから」

部長の言葉には含みがあった。

光野のただ一人の肉親である母は、一月前に亡くなっていた。その母が生前、伊与田部長を訪ねたことは光野も知っている。母は航空部長が代る度に、光野を社内勤務に戻《もど》して欲しいこと、それから、若《も》し現職のままなら、取材飛行の度に「光野航空士」の名を新聞にのせて欲しいと頼んでいた。空中写真などの取材をすると「××操縦士操縦、△△カメラマン撮影」と写真説明がつくのだが、同じ苦労と危険を分担している航空士の名前は出ない。不当な慣習と母が腹立つのも無理はなかったが、それを一々部長まで持ち出されるのは恥ずかしかった。母を前にした伊与田の笑い声が聞えて来るような気さえする。

「やって見給え、光野君」

伊与田はたたみかけた。

その顔を見返し、光野は云った。

「命の賭けをしたくはないんです。やらないで済むような賭けは」

部員たちは呼吸をとめたように静かであった。その空気から、全員の答を読むのはたやすかった。そんなに命が惜しいのか、と大声を張り上げたい気分になる。〈賭けなくて、何が生れるものか〉歯の浮くような光野の言葉に伊与田はそう切り返したかった。〈たとえ無用な賭けでも〉と。

奄美大島への飛行計画を切り出すことも躊《ため》われた。多分反対を予想されるし、反対気分の中では、他社へその企画が漏れる危険もある。伊与田は話を打ち切った。バイソン機到着後、折を見て切り出そう。それも、決定的な部長命令として。

二

到着したバイソン機を迎え、西海新聞社では早速バイソン、セスナ二機編隊による阪神地方訪問飛行を行った。気象状態は良好とは云えなかったが、大々的に社告が出されているので、伊与田は決行を命じた。そして、伊与田自身も多少の躊《ため》らいの後、バイソン機に乗込んだ。航空部長になってから、彼はほとんど毎日飛行場に詰めていた。〈部員たちの中に入って行かねばならぬ〉という思いにせかれて。身体を賭け、生命を賭けなければ何ものも得られないというのが、記者時代に身をもって得た信条であった。バイソン機へ乗込む勇気もそうしてかき立てられた。

飛行時間四十三分。

加古川飛行場に帰投した時、伊与田は顔色を失い、ほとんど口もきけない状態であった。首筋、背筋、腋《わき》の下と練ったような汗が浸み出ている。その汗を拭《ぬぐ》おうとすると、身体がよろけた。

バイソン機に乗ろうとしたとき、関操縦士は、

「編隊飛行の時には、速い方が遅い方に合わせて速度を落さなくてはなりません。速度を落せば当然浮揚力が減ります。ただでさえバイソン機は不安定なところへ……」

と云った。

「少しでも危険性の少いセスナに乗って下さい」

と、中村課長も止めにかかった。

だが、そう云われると、伊与田自身の躊っていた心が前のめりになって危険な方を選んでしまった。決断したというより、無理に仕立てた勇気に背を突かれて、バイソン機の方へよろめいた感じであった。

その結果は——散々な飛行経験となった。離陸して間もなく、小さなエア・ポケットに吸いこまれたのを始めとして、伊与田は幾度、もう駄目《だめ》と観念したか分らなかった。とりわけ摩耶《まや》山系を越えたとき、機体は巨大な金属製の熊手で手荒く地上にひきつけられるように、裂けんばかりの音を立て猛烈に揺れた。「来たな！」と関か光野の叫ぶのが遠くに聞えた。そのうち呼吸《いき》をふき返すように機体は水平になり、以前の規則正しい発動機音が戻ってくる。そうしたことを二度、三度と繰り返した。その度に機内に積んであったビラの煉瓦《れんが》大の塊が天井に吸い寄せられ、エア・ポケットを抜けた瞬間、床を鳴らして落ちてくる。ビラを落そうとしていた光野の身体まで一瞬斜めに浮き上ったことがあった。足をすくわれて倒れた光野の上に、ビラの塊が重なり落ちる。伊与田は思わず、関を呼んだ。だが、ふり向いた関も、足を擦りながら起き上った光野も笑っていた。強い親しみを呼ぶ笑顔であった。

市街地に出ると、別の不安があった。関の云っていたように、セスナと並ぶと、爆音が低まり、プロペラの回転数がゆるむ。滑空しているのかと思われるような頼りなさである。伊与田は落着いて、市街を見下すことはできなかった。そのまま吸いこまれて行きそうな恐怖を感じて。一度は、六甲《ろっこう》山腹の白いケーブル・ステーションに糸でたぐり寄せられて行くような不安もあった。

編隊を解き、速度が上ると、安定感が充溢《じゅういつ》してくるのが伊与田にも分った。帰途、松帆崎《まつほざき》上空でジェット機とすれ違った。それは撃ち出された銀色の弾丸という感じで、「飛ぶ」とか「浮ぶ」とか云う言葉とは無縁の存在に見えた。バイソン機で彼が感じた不安定感など、どこにもなく、眼《め》に見えぬ鋼鉄の軌道の上を吹き抜けて行く感じである。

伊与田の前に背を並べた関も光野も首を廻してジェット機を見送っていた。伊与田はそうした後ろ姿にも、地上に居たときとは違った親しみを感じた。

危険な飛行だったが、やはりバイソンに乗って良かったと、伊与田は思う。部員たちの心が血の中に注ぎ入った感じである。その親しさを深めて行けば、大島への飛行計画も難しいことではないように思えた。

ほとんど同時に機体点検を終えて、小豆色に白い矢を通したセスナ機からは中村――安井のティームが、クリーム色と藍色《あいいろ》を上下に塗り分けたバイソン機からは関――光野のティームが降り立ってきた。

「どうでした」

「大変でしたでしょう」

などと、口々に声をかけながら寄ってくる飛行服の四人に囲まれると、伊与田は自分もまた部員の一人になったような気易《きやす》さを覚えた。社会部では、同僚同士の間でも競争意識のしこりのようなものがあって、こうした気易さにとりかこまれた記憶はなかった。

伊与田は、本社からの迎えの車を待たず、ジープで加古川駅まで送ってもらうことにした。日曜日なので、部員たちも引揚げはじめる。

前に光野、関と並び、後に伊与田と中村を乗せ、ジープは走り出した。途中の稲田からは、雀《すずめ》が幾群も飛び立つ。

十分ほど走り、右手の稲田の中に、岬のように突き出た浅い丘陵が見え始めた。南向きの斜面に同型の住宅が正しい間隔を置いて並んでいる。

ジープは「公営住宅加古川東荘」と書いた標柱の前で止った。この住宅群の一ブロックを西海新聞社航空部が社宅用に借り受けていた。操縦関係では中村課長だけがそこに住んでいる。引揚者で女の子が四人という課長。飛行用の半長靴《はんちょうか》をはいたまま、それでも身軽な動作でジープから降り立った。その気配に、道路に近い一軒の硝子戸《ガラスど》が開き少女の顔がいくつも重なって現われた。

光野はあわててクラッチを踏み込み、ギアを入れた。眼の小さい、白い小肥《こぶと》りの顔をその中に見る気がした。長女に当るその娘を貰《もら》ってはくれまいかとの課長の意向を関から伝えられたとき、光野は即座に断った。一、二度会ったこともあるのだが、何の印象も残してないその娘との結婚は考えるまでもないと思った。また、そのことから気を悪くするような課長でもないことを知っていた。関も、ただ伝えればいい、という態度で、話は簡単に切れた。課長と向い合ったりすると時々負債《おいめ》のようなものを感ずるだけで。

加古川駅に着くと、列車の到着まで、まだ十五分余りあった。ジープを格納して来た光野を待って、伊与田は二人をお茶に誘った。駅前の斜《なな》めの大通りに、手ごろの喫茶店があった。壁にゴブランの模様の布地を貼《は》った落着いた感じの店である。

ジープの中から、伊与田と関はかなり打ちとけて話していた。卓をはさんで、光野と向い合うと、伊与田は、

「きみも淋《さび》しいだろう」

その声に真情を感じて、光野はすなおにうなずいた。

「いいお母さんだったな、きみのことを随分気にかけていた」

「僕《ぼく》には迷惑なくらいでした」

兵学校行きを阻《はば》まれ、文科系に進みたいのを阻まれ、不得手な理科系、そして、大学の航空工学科と、光野のコースは全く母親の一人息子への愛情で歪《ゆが》められてきた。それほど息子の生命をかばおうとした母親の打算は、終戦、そして光野の新聞社就職ということで狂い始めた。印刷局に居たのが、航空部に編入され、結局、毎日生命を賭《か》ける仕事へと追い込まれて行ってしまった。

だが母親の誤算よりも、光野の悔いはまだ深かった。彼はふり返ってみて、どこにも自分の足跡の残っていない人生を見た。このため生涯《しょうがい》のどの時期にも彼はくすぶっていた。

追い込まれた末の航空士の仕事に彼は情熱を持てなかった。いつまで経《た》っても仕事に馴染《なじ》めない。

たまたま北海道の連絡船転覆、秋田市の大火と、二回続いた取材飛行で燃料の関係から記者が乗せられず、光野が書き送った原稿が好評を受けた。そのことに勇気づけられ、社会部へ転出し少しでも自分の人生をとり戻したいという気持が湧《わ》き上ってきた。

伊与田部長が、社会部育ちであることも、光野には何か便宜を与えられる予感がした。彼は生涯でほとんどただ一度、自分の決断で伊与田へ配置換えを願い出たのだ。申し出た途端、部長の烈《はげ》しい言葉を受け、光野は驚いた。〈母親がまた頼みに行ったのだ〉と思った。母と同じ生命惜しさだけからの配置換え希望と、伊与田に思われている。光野が屈曲した心理を説明する隙《すき》もなかった……。

屈辱的な連想に耽《ふけ》っている光野を、当の伊与田の声が引き起した。

「お嫁さんをもらったらどうだね」

「ええそう思います」

はずむように答えてしまって、光野ははっとした。伊与田に拒絶されて、燃え切らぬ一生を覚悟したとき、光野ははじめて結婚を受けいれる気持になったのだ。その心の移りの安易さを、はずんだ語調に読みとられる気がした。

「例の娘かい」

頬杖《ほおづえ》をついた関が、横から云《い》った。光野はうなずいた。

「ピチピチッとしたいい娘だからなあ。……それに出会いも傑作だ」

「傑作って?」

と伊与田が訊《き》き返した。先程から彼は、親しげな会話の中で、大島への飛行計画を切り出す糸口を探していた。その日の飛行で彼は、改まって計画を下命するよりも、当事者の二人に親しく話し込んだ方が効果的な気配を感じていた。

「滑稽《こっけい》なんですよ、実に」

それだけ云うと、関は声を立てて笑った。伊与田は、先を促す。

「きみ、説明し給えよ」

そう光野に云って、関はなお笑い続ける。

光野はにが笑いしながら、汲子《くみこ》と結婚した後でも、関のこの笑いは続くのだろうかと、不愉快になった。夫婦の間に関という油が一滴入って行きそうである。垣《かき》の上から家庭をのぞき見られているような不安な感じもした。

光野が話し出しそうにもないので、笑い止《や》んだ関は、

「つまりですなあ、肢《あし》の方から先にお目にかかったという訳です」

部長には通じない。また笑いが出てきそうなのを抑えて関は説明し始めた。

琵琶湖に宣伝飛行に出たとき、セスナ機は湖面めがけて急降下した。乗っていた光野自身、尾翼が水をかすめたかと思ったほどの超低空に突っこんだ。そのとき、急ピ

ッチで引きのばされていく湖面に最後には一艘《そう》のボートだけが残り、乗っていた二人の女の中《うち》、漕手《こぎて》の方があわてて水に飛びこんだ。みごとなダイヴィングで、スカートは花のように開き、白くパンティが光った。光野は息がつまりそうになった。

加古川の基地に帰投すると、大津支局から電話がかかっていた。急降下の件について苦情が来ているとのこと。関と光野は、すぐ汽車に乗って謝罪に出かけた。会ってみると、美しい、健康そのものの娘だった。帰途、関は、「ピチピチッとした感じだね」と云った。それは彼が女性に使う最上級の形容詞で、関が発言すると、美しさがそのまま豊かな重みとなって手に乗ってくるような新鮮なひびきがした。光野はこうして、その娘、汲子と識《し》り合うようになった。

「たしかに珍しい出会いだねえ」

伊与田が、笑いを口許《くちもと》にとどめながら云った。

「世界にも例がないでしょう。例がない夫婦仲をつくるんだねえ」

まじめとも、冗談ともつかず関が云った。

「その心算《つもり》です……。すぐにでも結婚します」

多少の反撥《はんぱつ》をこめて、光野は応《こた》えた。

「準備ができてるかい」

「この前のパラシュートで稼《かせ》いでおけば良かったのになあ」

「………」

冗談めかして関は高い声で笑った。

「止《よ》して下さい。便利屋はもう結構、それに命がけの便利屋なんて……」

光野は自嘲《じちよう》をこめた口調で云った。彼自身の生涯が母親にとっての便利屋のようなものだったが、新聞社機の航空士の仕事もまた便利屋的であった。航空士本来の仕事の他《ほか》に、通信、機上整備、時には写真撮影、取材、さらにビラまきまでせねばならぬ。たとえ好まぬ道にしても、操縦一本に徹せられる関が羨《うらやま》しかった。

関が遠くの方を見る眼付きで云った。

「新聞社《ぶんや》の飛行機そのものが便利屋さ」

彼は彼で、零《ゼロ》式戦闘機やジェット機のひたむきな飛翔《ひしよう》を思い浮かべているようであった。

関の語尾をすばやく捉《とら》え、伊与田は会話の中に割りこんだ。

「便利屋じゃない、まっとうな企画《プラン》があるんだ……」

三

風力計が高い音を立てて廻《まわ》っていた。

滑走路の端から、砂塵《さじん》が渦《うず》を巻いて吹き抜けて行く。その度に、砂ぼこりが硝子窓の隙《すき》から吹きこむ。

窓際《まどぎわ》で腕を腰にあて、立っている伊与田の前を、セスナ機の小豆色の機体が通り過ぎる。脚に、翼に、胴に、姿勢を低くした十人ほどの部員たちが、けんめいにすがって押して行く。砂塵が来ると、翼の一方が持ちあげられ、幾人かが地にのめりそうになる。

エプロンからは、バイソン機がすでに除《の》けられていた。クリームと藍《あい》の鮮かな色彩が、砂塵に捲《ま》かれて、灰色にくすみ、コントラストを失っていた。扉《とびら》が開かれ、機体横腹の暗い穴から、いくつかの器具が積み下されている。ラジオ・カーが滑走路沿いに風を除《よ》けるような形で駐車しているが、それでも人影はよろめいている。身を屈《かが》めて立ち働く人々の中で、長身の白いダスター・コートの男だけが、落着きなく、バイソン機とセスナ機、さらに事務所の間を歩き廻っていた。西海新聞とは姉妹会社に当る西海放送のアナウンサーである。

この日の飛行予定は、このアナウンサーを乗せ、舞鶴沖《まいづるおき》で興安丸出迎えの実況録音をとることであった。操縦は輪番制により、関―光野のティーム、使用機は彼等《かれら》の受持機であるバイソンを使う予定であった。

だが、前日過ぎた颱風《たいふう》の余波で気象状態は極めて悪く、中村課長の進言で、中村―安井ティームのセスナ機に変更となったのである。

中村課長から使用機変更を申し出られたとき、伊与田は一度は許可をしぶった。伊与田自身が、バイソン機の不安定性を認めることになるからである。しかし、固執はしなかった。バイソン機に万一のことがあれば――大島への飛行計画は挫折《ざせつ》する。〈少しでもバイソン機を危険にさらしてはならぬ。最良のコンディションで大島への飛行に温存しておかなくては〉伊与田は使用機の変更を命じた。

プロペラの回転音が、風の唸《うな》りを縫って聞えてきた。セスナJPSS一号機がエンジンの調整を行っている。風防ガラス越しに、関と光野の横顔が並んで見えた。

加古川で奄美大島への飛行計画を話したとき、関は眼《め》を輝かした。飛行の不安よりも、そうした長距離飛行への渇望が彼をまず捉えたようであった。光野は応えなかった。ためらっているようでもあったが、積極的に反対はしなかった。同じティームの上級者である関が賛成する以上は仕方がない、と諦《あきら》めた表情でもあった……。

風力計は何かの到着でも告げるように、鳴りつづけていた。

波立つ草原の中に、部員たちが整列し始めた。伊与田も中村課長と連立って、風の中へ出て行った。

関と光野が、半長靴の踵《かかと》を合わせると、課長に挙手し、飛行予定の申告を始めた。伊与田は、課長の横で二人を見守っていた。親しみと逞《たく》ましさを感じながら。

「……マイル。風向南南東《エスエスイー》。真コース六十一度。偏流角三度L《エル》。雲高二七〇〇フィート。高度一五〇〇フィート。気速……」

風に吹きちぎられた草の葉が伊与田の頰《ほお》を打った。中村課長も、砂ぼこりが入ったのか眼をまたたかせながら、それでも光をこめて申告する二人を見る。

申告が終り、挙手の礼が交わされた。

廻れ右した光野の背に、中村課長が追いすがった。

「大事な身体《からだ》だよ」

それは光野だけに聞える声であった。彼は瞬間その言葉の意味が分らなかった。奄美大島行きを前にした大事な身体、と云《い》うのかと思った。それにしては、声がしめっていた。

ステップに片足かけた時、その意味に思い当った。十日前、光野は結婚したばかりであった。課長の娘ではなく、琵琶湖で識《し》った汲子と。光野は負債《おいめ》を感じた。セスナ機が飛び立った後でも、飛行場にはなお活気が感じられた。風力計を廻し、硝子窓を鳴らし、ひとり荒れ狂っている風のせいだけではない。航空部員たちに失われていた期待、冒険への期待心が飛行計画でよみがえったためと伊与田は思った。実際、眼の前では、大島飛行のための準備が着々進められていた。

いま一人の航空士である安井は、大きな水路図の修正を進めている。朗らかな性格の彼は、冗談を云って手伝いの他の部員たちを笑わせながらも、眼は机上から離れない。隅《すみ》の机では、ボール紙や新聞紙屑《くず》を散らした中で、三人の部員が地勢模型を練り上げていた。いずれも宮崎から西の飛行に備えてである。大隅半島までは測地航法、それから先の海上は推測航法――地図と羅針儀《らしんぎ》と六分儀を頼りの、いかにも幼稚な航法である。伊与田は航空部長に就任してみて、航空部の装備が余りに貧弱なのに驚いた。自動誘導装置を持たぬため、夜間や悪天候は飛べず、雲上にあるときはその雲の下に何があるか確かめようもなく、ただ勘に頼って下降するという。雲に隠された山岳地帯を飛ぶときには、どこで山頂に激突するか知れず、うっかり下降できない状態である。ジェット機の時代に、その飛行方法は、マッチの軸木をつなぎ合わせ布貼《ぬのばり》したような三、四十年前の飛行機のそれと殆《ほとん》ど変るところがなかった。ただ主要な空路だけは、各地の航空交通管制塔《コントロール・タワー》から出る電波で、空に軌道を敷いたような確実な飛行を保証されているが、不定時に不定の地点へ飛行する新聞社機には大した役には立たなかった。宮崎から先の空は、カヌーで大海に乗り出すときのように、勘と腕で飛ばねばならない。その勘を助ける資料さえも十分には得られない状態であった。

その上、宮崎から先への飛行許可は下りていない。違法を承知でそれから南へさらに六六〇粁《キロ》も飛び奄美大島へ「不時着」という名目で降りる計画であった。着いてさえしまえば——というのである。

地図と、共同通信奄美支局からの情報で、大島の東海岸には僅《わず》かに「不時着」可能な砂浜のあることも確かめられた。しかし水陸両用機のことであるから、海上に降りることもできる。万一、飛行を誤ったとしても海に降りて救援を待つこともできるのである。

燃料は、最大限に積載して五一〇ガロン。大島に到着すると、三〇ガロンしか残量はない。そのままでは、帰路は屋久島を過ぎたところまでで飛行不能となる。宮崎での給油はプラン発覚の恐れがあり、やはり、そのまま大島へ飛ばねばならない。帰路の燃料は大島で調達するのだ。飛行機燃料はもちろんある筈《はず》がない。高オクタン価の自動車用燃料を集め、混合の面で調整するのだ。そのテストも進められていた。

幾つかの危険が明らかに予想された。だが、それは冒険にはつきものであり、却《かえ》って冒険心をそそるような形で部員たちに働きかけていると伊与田は思った。彼の気分は若やぎ、失われていた闘志が次第に体内に充溢《じゅういつ》してきていた。計画が成功した日のことを思うと、鼓動の昂《たか》まりさえ覚えた。それを端緒に、編集局へカム・バックすることも夢見た。「社会部の鬼」の光栄を再現できると思った。

彼が「社会部の鬼」と騒がれたのは、昭和初頭、入社して間もない頃《ころ》、待合の縁の下に潜りこみ、そこで行われた政友会系議員たちの言動をスクープしたときであった。市長を選ぶのに、議員たちは芸者の袂《たもと》から桜紙を出させ、それに記入して投票した。伊与田はそれをスクープした。地方政界で政党政治が華やかだった頃なので、民政党系の西海新聞社では、政友会についてのその記事を大々的に報道した。世論は湧《わ》き立ち、遂《つい》に市長の不信任案――市議会解散となり、次に行われた選挙では政友会系の大量落選と、伊与田のスクープは一年近く市政をゆすぶった。一青年記者がこうして「社会部の鬼」と騒がれるようになった。編集局長の蓮池は、その頃はただ、おっとりしただけが取得だと皮肉られている平凡な経済部記者であった。その蓮池が社内で認められるようになったのは、伊与田が戦争で社会部を出た頃からで、戦中戦後の新聞用紙の入手難の時代に、通産省の役人にとり入り、用紙の大量入手と横流しで営業面での危機を救ったからと云われている。伊与田から見れば、全く新聞記者の生命を冒瀆《ぼうとく》するような能力で、蓮池は今日の地位を確保した訳である。

飛行計画が成功すれば——それは伊与田が新聞人としての、まっとうな能力で再び社の内外の脚光を浴びることを意味する。充溢してくる安定感を感じながら速度をたかめて行くときの、あのバイソン機で体験した快感。飛行準備作業を見守る伊与田の心は、そうした確かな明るさで満たされていた。

電話のベルが鳴った。

本社の蓮池局長だと云う。伊与田は落着いて受話器を受けた。

〈颱風で遭難を伝えられていたノルウェー船が佐田岬《みさき》に漂着、坐礁《ざしょう》しているのを、松山支局がキャッチした。すぐ飛行機を飛ばし、写真を撮るように〉とのことである。

風は一向に衰えず、窓硝子をゆすって吹き抜けている。伊与田は中村課長を呼び、電話の内容を伝えた。

「セスナが帰るまで待って頂けませんか」

中村は真剣な声で云った。

出航するとすれば、中村—安井がバイソン機で行くより他はない。

バイソン機——と、伊与田もためらった。

セスナ機の帰着予定時刻まで約二十分ほどあった。伊与田と中村は黙って、電気時計の大きな針が秒を刻んで廻って行くのを見つめた。二十分。取材の二十分の遅れがどうなるのか。蓮池は号外でも発行するような口調であった。もし、そうだとすると、やはり一分を争って飛び立つべきである。だがバイソンでは……。もしバイソン機に万一のことがあれば——と伊与田はためらう。

部員たちはいつか総立ちになって、彼と中村をとりかこんでいた。〈「社会部の鬼」が何をしている〉と咎《とが》めてくる声。〈バイソン機を出すな。飛行計画を棄てていいのか〉と訴えてくる声。伊与田は決断を一分延ばしにするように、大きな文字盤を見上げていた。

そうした伊与田の心をはじくように、また電話のベルが鳴った。蓮池である。

「出たか！」

乱暴な、突きのめすような声。それは記者として鍛え上げられた者にだけ許される語調である。

「出た！」

伊与田は叫び返すと同時に、受話器を置いた。

中村を叱咤《しった》し、自分から扉をあけて外へ出た。

風は舞い、眼の前の風力計の音が背に廻って聞える。その中で伊与田は、風に耐え、立ちつくしていた。

興安丸取材のため準備してあったので、離陸準備はすぐ完了した。電話から八分。中村―安井のバイソン機は黄色い西空に消えて行った。

機影が西空に一点となって消えた時、伊与田は始めて機と共に発《た》った二つの生命のことを思った。〈機が墜《お》ちれば、あの二人も帰らない〉という至極当然なことが強く胸を打ってきた。彼は朝から機体のことだけを思いつめていたようでもある。クリームと藍の異様な機体、飛行計画を保証する水陸両用の船型胴。その機体の温存だけが念頭にあった……。

興安丸出迎えからセスナ機が戻ったのは、バイソン機が消えてから十分後であった。バイソンの出航を聞いたとき、関も光野も表情を変えた。

「悪いことしたなあ」

関がぽつんと云った。気象状況は予想以上に悪かった。ひどく揺れたため、西海放送のアナウンサーも録音技師も海上へ出るまでに酔ってしまった。実況録音どころではなかった。三角波に包まれた興安丸をともかく三周し、帰路は予定より高度を上げて揺れを防ぐとともに光野が介抱に当ってきた。全く無駄《むだ》な飛行であった。こうした事態が予見できさえしたら、飛ばずに済み、バイソン機もまた、危険な出航をしなくて済んだのにと悔まれた。

風は相変らず強く、白い吹き流しの尾をちぎらんばかりに吹きまくっている。関は機内で計器の点検に、光野は地上整備員たちとともにエンジンの整備にかかった。西海放送のラジオ・カーがまた寄ってきた。

実況録音がどうしても要る。そこで光野らから状況を教えてもらい、プロペラを廻してもらって、その音の中で実況らしくアナウンスしたい——こういう申し入れである。伊与田をはじめ部員たちは苦笑した。

光野が思い出すままに、海上の光景をメモした。プロペラが回転し始める。その中で元気を回復した長身の男がアナウンスをはじめた。

「只今、西海放送特別機は、舞鶴の北々西十二粁の海上にあります。雲一点の影もない洋上、高度のせいか、紫色を帯びた海は、かなりのしけ模様で、一面に波頭が白い粉を吹いております。機は次第に高度を下げ……」

光野のメモそのままの文句である。

「……興安丸の船影を見るのも間近いことと思われます。只今時刻は」

アナウンサーは、はずみをつけるようにして、腕時計を見た。それから、はっとし

た表情でメモに戻り、

「時刻は三時二十一分」

光野は正視できない気がして目を落し、自分の腕時計を見た。四時十五分であった。ちょうど、その時刻、佐田岬では中村の魂が昇天した。

四

バイソン機墜落の報が入ったのは、奇妙な実況録音が終り、西海放送の連中が幾度も礼と、それから念入りに口どめを頼んで引揚げて行った直後であった。

関、光野それに二人の航空部員が、すぐセスナ機で飛立った。

宇和島飛行場に下り、そこに待機していた松山支局のジープを走らせ、約三時間で現場に着いた。ジープを追って昇ってきた月が、風の落ちた豊後《ぶんご》水道を美しく映し出していた。遭難船は自力で暗礁から離脱したと云い、その影も見えなかった。スクープに値するような事故ではなかった。それはバイソン機を真実の事故におびき寄せるための魔のような囮船《おとりぶね》にも見えた。

操縦士の中村課長は即死、安井航空士は瀕死《ひんし》の重傷で村にただ一軒の医者の家で看護されていた。僅《わず》かに片眼《かため》だけ残し、繃帯《ほうたい》に封じこめられて呻《うめ》きつづけている安井を撮《うつ》し、それから灯台寄りの崖下《がけした》で大破している機体を撮して、待っていたジープに渡した。同僚たちの遭難だけが、唯一のまぎれもない事故であり、取材に値する真実の事故となろうとは思いもかけぬことであった。

西海放送の実況録音、ノルウェー船の遭難と云った虚妄《きよもう》に近いニュースに奉仕して、部員たちの真実が行き交っている中に、不吉な真実のニュースが醸《かも》し出された訳であった。

中村課長の遺体は、一戸の無住の灯台看守住宅に収容されていた。その家は直下の断崖《だんがい》から吹き上げる霧のような飛沫《ひまつ》に部屋の中まで浸されていた。かび臭い冷気が妙に馴々《なれなれ》しく人に迫ってくる。無住になってから久しく、死者だけの家になっていた。何気《なにげ》なく押入をあけると、古い二箱の線香があった。遺体を収容するようになってから住む人がなくなったのか、住む者がなくて遺体収容に使われるようになったのか、けじめもつかない死の家であった。

遺族と蓮池局長・伊与田部長の一行が到着したのは、重苦しい夜が明けかかった時である。

遺族をやり過すと、伊与田は、

「いったい、どうして落ちたんだ」

と、低いが、きめつけるような声で云った。関が頭を上げた。

「失速です。颱風の後では断崖や山腹にどうしても気圧の薄いところができます。それに引張りこまれたんです」

「そういうもののあることが分ってたら、なぜ避けないんだ」

関は厚く唇《くちびる》を結んだ。答えても無駄だという表情があらわだった。

光野が代った。

「避けたいんです。だが、いい写真をとるためには出来るだけ降りる必要があります。しかも速度を落して」

伊与田は、編隊飛行に同乗したときの、減速につれ浮揚力がもぎとられて行くような感じを思い出した。仮に空に浮かんでいたに過ぎないと思い知らされる底深い頼りなさ。死の危険を賭《か》けてまで、そうした頼りなさを強制されて行った乗員たちの悲しみが胸に迫ってきた。

〈自分が強制したのだろうか〉自問する伊与田の横に、蓮池局長の大きな影があった。この影に圧《お》され、この影と空しく戦って、そして敗れたのだと、伊与田は思った。

「それに……」

光野が先を続けようとして躊《ため》らった。彼もまた蓮池局長の大きな影を意識した。伊与田の崩れた姿へ〈追射ちをかけるな〉と呼ぶ声があった。

「それに？」

蓮池が促した。逆らえない声だった。

「セスナ機だったら良かったかも知れません。バイソン機では機体が重いし、不安定で、とっさの応急措置が効かないんです」

伊与田の顔が見られず、終りの方は目を伏せるようにして云った。

「そうか」

静かな声で伊与田は云った。

バイソン機―飛行計画。クリームと藍の船型胴・推進式プロペラ・測地航法・地勢模型・推測航法……最後の賭けも砕け散り、彼は自分の人生が終ったことを意識した。

蓮池の厚い掌に肩を押されるようにして、伊与田は次の間に進んだ。乳呑子《ちのみご》をかかえた未亡人と三人の娘が、飛行服のままの遺体にすがって泣いていた。

光野も席を立った。泣き声を背に戸外へ出る。「身体を大事にな」と云った課長のやさしい声。もし自分があの娘と結婚していたら……反動的に彼は汲子を思い、あの鮮かな肢体の動きを思い出そうとしたが無駄であった。戦争を境に、戦争に流されて、いつの間にか航空士になってしまった自分。自分こそ不意な死に相応《ふさわ》しくはなかったろうか。

夜は白み、薄墨色の海のうねりが見えた。

波の音は、岩に撥《は》ね、崖にこだまして、到るところから聞えてくる。

人影が右手に現れた。煙草の火を見せながら、近寄ってくる。蓮池編集局長だった。

「どうだね、セスナでも行けるかね」

光野はとまどった。

「どこへです?」

「大島さ。奄美大島だよ」

局長は笑った。その太い笑い声には、海鳴りに応《こた》えるものがあった。

大島へ

一九五三年十二月二十六日

午前九時

兵庫県加古川飛行場

「やあ、きみも来ていたのか」

銹《さ》びのある蓮池編集局長の声に、光野は振り返った。その声は光野にではなく、いつのまにかそこに立っていた伊与田前部長にかけられたものであった。

「……。ぼくにも幾分かは責任があるからね」

眼鏡の奥でまたたきしながら、伊与田は答えた。

「バイソン機の墜落で、きみの責任はもう終っている筈《はず》だが」

いまは航空部長も兼務している蓮池局長の声が続く。

伊与田は口ごもった。

世論調査室長という敬老の意味しかないようなポストに追われた伊与田。たとえ前航空部長だと云っても、蓮池の統率する航空部にとっては招かれざる客であった。かつて「社会部の鬼」であった彼が、新聞社にとっての招かれざる客に変りつつあるのと同様に。

蓮池局長と並べると、伊与田の風貌《ふうぼう》の貧しさが目立った。同期の筈なのに、五つも六つも老いこんで見える。

蓮池が伊与田の心を透視でもするように見下しているのに、伊与田はそうした蓮池を目を上げてみようとさえしなかった。

細い金縁の眼鏡をかけた精力的な蓮池の面貌。丈も高く、みごとな肉づきで、服装にも少しのゆるみもない。それはジェット機の隙《すき》の無さをも連想させる。プロペラ機には人間の匂《にお》いが色濃く残っている。ところがジェット機にはそれがない。あくまで非情で、メカニカルで、きびしく人間の匂いを拒否している。

蓮池と伊与田を見比べることの残酷さに気づくと、光野はあわてて以前の姿に戻り、フィルムの装塡《そうてん》をつづけた。

伊与田の声が背に聞えた。

「家族を見送らせてやらないのかね」

「そんな必要があるのか」と局長。

「…………」

「たかが、国内飛行じゃないか」

「国内飛行？」

繰り返すと、伊与田は黙ってしまった。本土に復帰したばかりの奄美大島へは、たしかに国内飛行である。

弱い偏西風の中で、整備員たちの呼び合う声が聞えた。プロペラの上に身を投げかけるようにして、その一人が給油パイプのパッキングをゆるめている。

「飛行許可は宮崎までしか出ないんだろう」

念を押すような伊与田の弱い声。

うなずいているのか、蓮池の返事は聞えない。

「大島には飛行場がない筈だが」

「そうだよ。もともと、きみが発案者《プランナー》だ。そんなことは先刻承知の筈だろう」

なにを今さら、と云った蓮池の口調である。

「いや、ぼくの定《き》めたのはバイソン機についてだ。バイソン機は水陸両用機だ。万一の場合でも命の保障はある。だからプランを立てたんだ」

「それで？」

子供に話の先を続けさせるような蓮池の声。

「セスナは違う。降りるのは？」

「砂浜だ。なあに関は不時着の経験者だ。名実ともに不時着となるだけさ」

反射的に光野は目をあげた。腰の高さほどもある脚輪、それを支えるスプーン型の折込式脚柱はいかにも細く、不時着の衝撃にどれだけ耐えられるか疑問である。だが、たとえ接地に失敗しても、燃料タンクをほとんど空にして辿《たど》り着くため、スイッチさえオフにしておけば、火災の危険はなかった。光野は不時着の経験はないが、命だけは無事なような気がする。接地に関する限り。

風向が変ったのか、白赤二色に染め分けた吹き流しが、尾を次第に北へ寄せている。整備員たちは機体をはなれ、冬枯れた草叢《くさむら》の中に一体になって機を眺《なが》めている。

「しかし、万一の場合は」

光野の背で、伊与田がまだ執拗《しつよう》に問いつづけていた。

「そんなことがあるものか。関は歴戦のパイロットだし、光野は最高学府を出たエンジニアだ。落ちる危険があるところへ、出て行くものか」

「それあそうだが……」

「部下を信用することだ」

光野の耳を意識した声量である。伊与田はふたたび黙りこんでしまった。

蓮池の言葉に光野はこだわった。〈落ちる危険がないから〉飛ぶのではなかった。飛行計画の方が先にあったのだ。

局長の口調は、関や光野たちの方から安全を主張し、飛行を申し出たようにさえとられる。考えれば光野は、この計画について、局長と話し合ったことはなかった。佐田岬でのあの通夜明けの朝、思いつきのように聞かされただけで、飛行計画に限らず、光野たちはその後も蓮池の顔を見ることさえなかった。航空部長に兼任以来二カ月半になるのに、蓮池が飛行場に顔を見せたのは、その日が初めてである。負傷から回復して最近になって復職した安井航空士は「遠隔操縦《リモート・コントロール》という奴《やつ》さ」と笑っていたが、不思議に事故も摩擦もなかった。それには理由もあった。セスナ機での飛行計画を正式に受けてきたのは関であり、関が航空課長となった。光野も引き受けたことになってしまった。本社から戻《もど》ってきた関は、説明も、弁解もなく、ただ「引き受けてきたよ」とだけ云《い》った。それに対して質問も反対もなかった。専任の航空部長を置かず、蓮池局長の兼任となっているのは、航空部の解散、航空会社機の賃借《チャーター》が考えられているのだという噂《うわさ》が流れていた。蓮池が一度も飛行場に顔を見せないことが、そうした噂を真実らしく感じさせた。この際、若《も》し飛行計画に反対すれば、航空部は――という不安が、部員たちの心をとらえていた。

だが航空士としての乗組みを、光野個人が拒否することはできなかったろうか。通常、操縦士―航空士の一ティームでは、操縦者が上級免許所持者であれば、もちろんのこと、たとえ同級の免許でも、操縦者の判断が優先することに定められている。一瞬の判断の遅れが生死にかかわる職業であるだけに、そうした厳格な規定があった。中村―安井組では二人とも二級免許で、ある時、安井が中村の意見に承服せず、遂《つい》に中村課長から手を出して、擲《なぐ》り合いになったことがあった。女の子四人の父親であるあのやさしい中村が——と思うほど、そうした判断の秩序はきびしかった。しかし、光野は関から乗組むようにと云われた訳ではない。全快した安井と代ることも出来た筈である。関にとっては好ましくないことではあろうが。

決意もあいまいのままに着々飛行準備は進められて行った。再び何かが起りそうな気がしたが、何ごともないままに、その日に到った。ただ一つ、光野の心に期待らしい灯《ひ》を点《とも》らせたのは、積載能力の関係から記者が同乗できず、光野が記事を送るということであった。それは、〔光野特派員発〕という、あの囲み字の署名入り記事となる筈であった。その記事が、記者生活への転出の一つの踏み台となるかも知れない。

光野の眼には、記者上りらしいアクや泥臭《どろくさ》さのない蓮池局長の風貌が頼もしく映った。あの局長なら或《あ》るいは思いきった配置転換を考えてくれるかも知れない、という、かすかな希望もあった。

〈所詮《しょせん》お前は便利屋だよ〉という声もした。だが、加古川—奄美大島間約一一〇〇粁《キロ》、その中、三分の二の距離が未踏破の処女飛行であるところから、それは航空士としての生き甲斐《がい》を決定的に自己検証できる舞台とも思えた。いずれにせよ、この飛行は煮え切らぬ生涯《しょうがい》を清算する一つのチャンスと、光野は自分に云いきかせた。

「これをどうぞ」

女の声に彼ははっとした。

受付にいる女の可愛い顔が、花束を差し出していた。局長の車に乗ってきたようであった。白い花々が朝霧に映えて、まぶしかった。局長がこれを――と思うと、急に胸がときめき、晴々しい気分になった。

「誰から？」

と笑顔でたしかめようとして、言葉が凍えた。

花束は黒いリボンで締められていた。佐田岬上空で投下するのだ。今日もまた打ち響く波の音の中で、ひとり眠っている中村課長の霊に。残された妻子五人を思えば、課長の霊は波の音とともに静まることのないようにも思えた。

関はまず乗込み、セスナJPSS一号機は、ゆっくりプロペラを回転しはじめた。

午前十一時
岩国南々東二十七粁
セスナJPSS一号機は、今治《いまばり》上空で西南西に転針、時速一二〇キロの巡航速度で順調な飛行を続けていた。
岩国の管制塔《コントロール・タワー》からは、寒冷前線がかなり急速に九州南方洋上にはり出してきているとの気象状況を傍受した。

翼の下を時々うすい雲が流れ過ぎる。

光野の誘導で関は操縦桿《そうじゅうかん》を引き起す。約五百フィート上昇して、高度一九〇〇フィートで水平に復原する。

加古川飛行場を出てから二時間、通い馴《な》れた瀬戸内海上空の飛翔《ひしょう》は申し分なく快適であった。他社の無電台に傍受される危険を避け、本社との無電連絡を断っているせいもあって、ごみごみした教場から、ふいに遠足へ連れ出されたようなのどかさがあった。

眼下を流れる島影の間に、一人釣《づり》の小舟の白帆が、一つ、また一つと漂い寄ってくる。陽を受けて、まぶしくゆれる小さな帆は、光野に汲子のパンティの白さを思い出させた。

たのしい思いや、滑稽《こっけい》な思い出だけが暫《しばら》くは続いた。興安丸出迎えの時の珍妙な実況録音風景も思い出された。飛行任務の困難さとは不相応な、そうした心の軽さに、光野は自身驚き、不安も感じた。

光野と並んだ主操縦士席《メイン・パイロット・シート》では、関が鼻歌の聞えぬのが不思議なほどの表情で操縦桿を握っていた。握っているというよりも、大きな掌《て》の中で、操縦桿を遊ばせていると云った恰好《かっこう》である。三段に並んだ計器に時々向ける眼《め》は、仕事の合間に赤ん坊に呼びかける母親の眼であった。

光を貯《た》めて静まり返っている瀬戸内海。その果をせきとめるように前方に一連の暗緑の山系が見え始めた。瘦《や》せた小さな島をつなぎ合わせたように、山系は一列になって海中に張り出している。

千フィートたらずのその山系は、頂近くまで段々畠《だんだんばたけ》が刻みこまれていた。裾《すそ》近く一筋の道が、白テープを浮き貼《ば》りにしたようにつづいている。

機はその道とほぼ並行になるように転針した。黒い機影が段々畠の縞模様《しまもよう》の上を這《は》って行く、山系を西に出尽くしたところが、佐田岬であった。

白い小指を立てたような佐田岬灯台が見え始めた。バイソン機の遭難現場は近い。

光野の瞼《まぶた》に、中村課長の像よりも先に、課長の長女の紅潮した顔が浮かんだ。通夜の明けた朝、灯台長の官舎から遺族へ茶を運んで行った光野は、その娘の顔が赤いのに気づいた。小肥《こぶと》りで白くふやけたような感じのする顔であったが——と、自分の記憶をたしかめるように見直すと、その顔の首から頰《ほお》にかけて、なお紅潮が加わった。瞼まで真赤になり、熱《ほて》った頰の上に小さな眼がうろたえていた。縁談に上ったというだけで、見合いもせず断られたのに、そうした話があった人というだけで、それほどまで動顛《どうてん》する娘の心の稚《おさな》さがまぶしかった。妻子五人を残しての課長の死という悲惨さを一瞬忘れさせる重みを以《もつ》て、その稚さは輝いていた……。それは、娘を断わって他の女と結婚した光野に、「大事な身体だよ」と声をかけた課長の心のやさしさにも通じている。いい人は死んで行く。そして、死んでから後もその課長の霊は残された妻子五人を思って、波の音とともに鎮まることがないのではないか……。

突然、耳もとで関が叫んだ。

「投下！」

その声にはじかれ、いそいで右手の風防ガラスを開けた。冷たく硬い風が頰を打つ。力をこめて腕を突き出し、花束を押すように手放した。

黒いリボンの尾が一瞬はね上って、翼の下に吸われ、花束は見えなくなった。

山側の反射ガラスを白く塗り潰《つぶ》した灯台は、海風の中で白兎《しろうさぎ》の耳がふるえているように見えた。三戸の看守住宅、崖《がけ》近い一戸はその日も雨戸が下ろしてあった。遺体を収容するのに使われている無住の家。死霊が手引きして忘れた頃に客を迎え呼ぶといった不気味さが、空からもその家の造りをめぐって感じられた。伊与田前部長の弱々しい声が、その屋根から聞えてくるような気もした。それとは対照的に、通夜の朝もすでにセスナ機による飛行計画を思い浮かべていた蓮池局長。その逞《たくま》しい風貌が、機を下から押し上げているのを光野は感じた。

機は左に傾いていたが、八〇度旋回して水平に戻った。

岬は消え、一面の海である。青いちりめん縞の上を、機影が直進する。

「旋回しないのですか」

光野は思わず咎《とが》める声になった。

祈りをこめ旋回しながら花束を落す。その心算《つもり》で居たのが、関の声に突かれて、思わず花束を落してしまった……。

光野は繰り返した。

「旋回を……」

「しない」

関は横顔のまま答えた。

「一回ぐらいは……」

「気休めだ、センチになるな」

関の顔から、子供っぽい明るさは消え、坐禅《ざぜん》でも組んでいる人の無表情さに代った。

「ですが……」

光野は、まだこだわる。関の顔は応《こた》えない。

〈この人にとって、死は新鮮な事件ではない。感覚の弛緩《しかん》症状。永久に自分とはとけ合えない不毛の部分――それが、しかしこの人の支えとなっている。この人の考え方は、兎の糞《ふん》だ。諦《あきら》めよく、しめりがなく、前へ前へと弾んで……〉

関への反撥《はんぱつ》は、しだいに憎しみに代った。その憎しみが妻にまで拡《ひろ》がって行った。

妻の汲子は、関好みの女。「ピチピチッとした身体」などと関に云われて、結局は肢体《したい》の鮮かさだけに魅《ひ》かれたのではなかったか。課長の娘のあの心の稚さなどは、どこにもありはしない。結婚間もない頃《ころ》、光野が航空士としての生き甲斐の無さを話すと、汲子は、「新聞に名前が出ないからでしょう？」と、こともなく云った。自分の苦しみをそうした浅い物指でしか測れぬのかと、ひどく不愉快だった。心の肌理《きめ》の粗さ――関に通じるものが妻の心にはある。そんな風にまで思えてきた。

何も彼《か》も払いのけたいような狂暴な衝動を感じながら、だが光野の目は計器と航空地図を絶えず、引き比べていた。

セスナ機は、未知の空路に進入しつつあった。心を落着けねばならない。だが、コンパスを持つ手はふるえ、定規に沿って走らせた赤線は、水路図の上で、一ところ二重になった。

眼を上げると、九州本土にはうすい雲がはり出していて、その上に由布岳《ゆふだけ》と鶴見岳の拳固《げんこ》を並べたような山容が見えた。

気象の変化に先立ち、空電状態は悪化してきていた。光野の耳のレシーバーでは、佐伯《さえき》の管制塔《コントロール・タワー》から、さかんに呼出《コール》してきている。

「ＪＰＳＳ一号機《ジエー・ピー・エス・エス・ファースト》、ＪＰＳＳ一号機《ジエー・ピー・エス・エス・ファースト》……」

応答のサインをし、耳を澄ますのだが、その先の声は遠い。

「何を云ってきてるんだい」

光野の様子に関が声をかけた。相変らず横顔を見せたまま。

「つかめません」

光野がはっきりそう答えると、関の顔がはじめて光野を見た、咎める眼付き。その視線を、しばらく意識的にやり過してから、

「……ただ、オイ、オイ云ってるのは分りますが」

関は厚い唇《くちびる》を歪《ゆが》めた。

「からかってるのか。ひでえヤンキーだ」

眼をそらし、光野は耳に心を集める。どれほど冗談好きなアメリカ人でも、管制《コントロール・》塔《タワー》では航空機の生命を預っている。からかう筈はないと抵抗しながら、

「ワンスモア、プリーズ」

をくり返す。

だが、先方からは余計に「オイ！　オイ！」と声をはり上げてくる。顫動音《せんどうおん》が紛れこんでいて、「オイ」の前後が不明瞭《ふめいりょう》で、聴きとろうと焦《あせ》ると、益々「オイ」だけが聞える結果となった。

音量《ヴオリユーム》を感度一ぱいに上げ、音質を絞る。

眼を瞠《みは》り聴きとろうとする光野の前で、飛行時計の秒針が、盤面を一周、二周する。語尾の分って見れば何でもないことだった。「潤滑油《オイル》」が漏れているというのだ。語尾のL発音が聴きとれなかったのである。関に報告すると同時に光野は外を見た。目前面の風防ガラスに、僅《わず》かだが細かい水玉のようなものが吹きつけられている。目をこらすと、流れる陽の光を受けて、それは虹《にじ》の色に細かく輝いていた。

積載能力一杯の燃料を積んで飛び続けてきたため、エンジンに過重で油を噴き出したものらしかった。しかし大して心配はない。飛行につれ荷重は減る一方であり、潤滑油《オイル》は宮崎で給油できる。

エンジンはいぜん快調。機は南下を続けた。

午後一時

青島南方十三粁

セスナJPSS一号機は、日南海岸沿いに宮崎に接近しつつあった。

豊予《ほうよ》海峡を出ると間もなく、うすい雲は切れ、空電状態も回復してきた。眼下には、ほとんど出入りのない単調な海岸が、すでに一時間近く続いている。海沿いに走る日豊線《にっぽうせん》に一度、数輛《すうりよう》の貨車をひいた小さな機関車の姿が見えただけで動きの乏しい海岸線である。海底棚《ベンチ》に寄せている縦縞模様の波も、乱れをみせず続いている。日向《ひゅうが》山系を右手に、宮崎平野がしだいに拡がり始めた。

一ツ瀬川を越す。

宮崎飛行場まであと三〇粁。管制塔《コントロール・タワー》からの指示に備え、レシーバーの感度をいっぱいに高めた。

機は高度を下げはじめる。一七〇〇、一六〇〇、一五〇〇。突然、レシーバーが鳴った。

「プロペラ機・着陸待て《プレイン・スタン・バイ》！」

後頭部から斬《き》りこんでくるような声であった。

「プロペラ機・着陸待て《プレイン・スタン・バイ》！」

感度の良い声がまた繰り返した。それは単調な飛行に甘えこんでいた光野の心を叱るように響いた。夢から引き起され、ふいに横面を張られる感じである。光野は動揺した。

着陸はジェット機優先である。着陸指示のあるまでは、飛行場を中心に半径六マイル以内の同心円を描いて飛び続けねばならない。測地航法による誘導作業は終った。光野は管制塔《コントロール・タワー》からの指示に備えてレシーバーに耳を澄ますとともに、着地データーの点検にかかった。

セスナ機は再び高度を上げて、南々東に直進した。冬枯れた田園の縞目が流れ、その一隅に黄褐色《おうかっしょく》の台地を半ば切り開いた宮崎飛行場が見えた。滑走路近くに数機のセーバーF86ジェット練習戦闘機が並び、はずれの格納庫の前には、二機の赤トンボがそれぞれ勝手な方角に置かれてあった。高度一七〇〇フィートのまま、セスナ機はその上空を吹き抜けた。

宮崎市街上空で大きく左旋回に移り、大淀川《おおよどがわ》の橋を数えるように飛び過ぎる。川面が冬の陽《ひ》に石油色に光っている。

右三〇度のところに航空大学校のものらしい赤トンボが糸で吊り下げられたように浮んでいる。やはりジェット機優先で、着陸待ちの態勢と見えた。管制塔《コントロール・タワー》から機の識別番号「JPS一号機《ジエー・ピー・エス・エス・ファースト》」と呼出《コール》しせず「プロペラ機《プレイン》」と呼びかけてきたのも、そのためと分った。

動悸《どうき》の昂《たか》まりは、まだ続いていた。

呼出《コール》しされたときの、あの斬り込まれそうな感じがどうして起ったのかと光野は考えた。

「プロペラ機《プレイン》」と呼ばれたとき、光野はそれが彼の乗っているセスナ機に対してだけではなく、彼そのものにたたみ込んでくる声と聞いたようでもあった。

ジェット機待ちのプロペラ機《プレイン》――光野はそれが自分の生き方と、何処《どこ》かでつながる風景に思えてきた。単に時代遅れという意味ではない。時代に乗るにせよ、逆らうにせよ、人にはそれぞれ、その人にとっての、まっとうな生き方というものが考えられる。完全にその生涯を生き貫いたと思い出せるような生き方、それは、天空をふるわせ、ひたむきに吹き抜けて行くジェット機の、あの噴射の熱気を思わせる生き方である。その熱気の前には、プロペラ機は道を譲らなければならないのだ。

兵学校に行こうとして阻《はば》まれ、文科系に進もうとして理科系へと歪められた光野、道を歪めたものが母であり、戦争であったとしても、その代価は彼自身が支払わねばならない。

戦後、西海新聞社印刷局に就職してからも、同じような事態が続いた。人員整理↓

航空部新設→地上整備→機上勤務→……。

始めて空を飛んだ時、光野は自身の実体感がなくなって了《しま》ったような気がした。ホップ・ステップ・ジャンプと三段飛びで跳び上ったとき、そのまま大地がかき消えてしまったという感じである。そうした感じを抱きながら、航空士の生活に徹することは難しかった。もともと理科系が苦手な彼は、年毎《としごと》に複雑化して行く検定試験科目を勉強して更に上級の資格をとろうという意欲もなかった。とり残されて行く自分を意識することには、時には不思議な快感があった。それを眺めている自分があるのだというだけで、静かな昂ぶりと云ったものを感じさえした。しかし、一回限りの人生に於《お》いて、分裂し、燃焼し切らぬ生涯を送っている人の方が圧倒的に多いのだと思うと、小さな昂ぶりもたちまち空しくなった……。

今は伊与田前部長もまたプロペラ機《プレイン》ではなかろうか。「なんだ、きみも来ていたのか」と蓮池に云われたときのうろたえた伊与田の表情。角ばった顎《あご》の頑丈《がんじょう》さが痛々しかった……。

赤トンボの浮かんでいる上空の雲を斜めに切って、ジェットの二機編隊が現われた。

空気がびーん、びーん張って伝わってくる。

回転数《ピッチ》の落ちたプロペラ・エンジンの音を吹き破り、編隊は急勾配《きゅうこうばい》で着陸コースへ入って行く。光野は視線を落し、波打って行く轟音《ごうおん》をやり過した。「ほう!」と引きこまれるような声、関は太い首をのばすようにして風防ガラスに顔を近づけている。子供っぽい眼。下り舵《かじ》をとり、近寄って眺めに行きかねない表情である。

すでに地上近く、ジェット機は金の十字架のように光って見えた。

午後四時

大隅《おおすみ》半島赤瀬崎南々東約三二〇粁(推定)

JPS一号機は、さんたんたる飛行を続けていた。飛行時間から云えば、もう奄美大島が視野に入っていい時刻だった。光野は目をこらして前方の海上を見つめた。給油を終り、漏出していた潤滑油《オイル》も充塡《じゅうてん》して宮崎飛行場を飛び立ったのが午後二時十二分。予定より四十分遅れていた。

再び大淀川の橋を数えるようにして海上に出ると、機は急角度で下降した。高度計は一〇〇。沈んだ暗緑色の海肌《うみはだ》が、ほとんど翼を洗うばかりの超低空に入り、右に転針した。宮崎までの飛行許可しか下りていないため、それから南下するためには、レーダーに照らし出されぬ超低空を飛ぶ他はなかった。発見されれば、ジェット機に追跡される危険がある。

エンジンは全開、セスナ機は全速力で海面すれすれに飛びつづけた。

転針して間もなく、予想された寒冷前線の中に突込んだ。ミルク色の霧が襲いかかり、翼端が見えなくなる。一〇分、二〇分、霧中の飛行がつづき、ふっと明るくなったと思うと、雨だった。かなり強く、機翼がみるみる茶褐色に濡《ぬ》れて行く。エンジンは相変らずの全速回転をつづける。超低空のため、もし気圧の谷でもあればそのまま、海中に突込んでしまう。そうした失速の危険を避けるためには、全速で飛ぶより方法がなかった。だが、この反面、超低空、全速力という飛行は、測地航法にとって最悪の条件となった。

風防ガラスを横に射る雨脚を透かして、光野は海岸線を追い求めた。白く泡立《あわだ》つ帯に続く陸地の地形は、識別不能に近かった。鰹《かつお》漁船のマストを集めた志布志港が、辛うじて地図と照合できただけである。

機内は暗くなり、暗紫色に変った海はのび上り、そのまま機を呑《の》みこみそうである。低い空と海に迎撃されて、機全体が震えつづけた。

風防ガラスを水平に走った滴《しずく》が、窓枠《まどわく》にとまって光る。光野はたった一度だけ見た汲子の涙を思い出した。結婚披露《ひろう》の夜、かなり酒盃《しゆはい》を重ね、歌を歌った後で、部員たちは声を揃《そろ》えて歌い出した。「飛行機乗りには、娘はやれぬ。今日の花嫁、明日の寡《ご》婦《け》だんちょね」花嫁にふさわしくないと思う心を封殺してくるほど、実感がこもっていた。歌声に逆らわず、汲子を力づけようと眼を向けると、彼女は口もとだけは笑いながら、眼に涙をためていた。結ばれ方が突飛だっただけに、短い縁《えにし》に終るかも知れない――。

雨との闘いは一時間以上続いた。

機翼の濡れが止まり、前方が明るみ始めると、関は高度を上げた。天候の回復は早かった。視界は急速にひろがって行く。

一面の海である。九州本土をいつ出外れたか分らなかった。海の色は刻々に変り、明るい茄子色《なすいろ》となった。

高度一二〇〇フィート、巡航速度一八〇粁に戻り、セスナ機は飛びつづけた。正確な航路計算は不可能である。ジャイロ・コンパスに頼るとしても、基点が分らぬ以上、航路の算出は不可能に近い。

計算上は、奄美大島を眼下に収めている筈であるが、島影一つない。

燃料計はあと四十五分の飛行のみを許している。

光野は、はっきり死が前方に控えているのを意識した。心は案外波立たない。エンジンがいぜん快調であり、関の横顔にも何の動揺もない。すべてが平穏だった。だが、その先に四十五分の地点で、すべては一挙に変貌する筈である。機首を回すほかはない。関に声をかけた。

「戻りましょう。誘導不能です」

「行くんだ」

関はきびしく云い、

「今にどこかの島の上に出る。奄美ではなくても、トカラかどこかの線に必ずひっかかる筈だ。戻るとしたって燃料《ガス》が九州まで保《も》つまい」

「ぎりぎりです。でも不時着しても本土近くなら助かるかも知れません」

「バイソン機ならそうだ。水陸両用だからな。だがセスナじゃ……」

「助かるか助からないよりも、助かる確率が大きいんです」

「そんなに命が惜しいか」

光野は自分を励まし、

「惜しいです」

伊与田の顔が浮かんだが、すぐ消えた。セスナ機で決行ときめた蓮池局長の顔、太い鼻梁《びりよう》、金縁眼鏡の堂々とした風貌が浮かんだ。事業のためには死を設計しても動じない顔である。その顔が、関の日焼けした顔とだぶった。

海の色が次第に白っぽく薄れはじめた。冬の早い日没が迫っているようである。

関がまた口を開いた。今度は低く、なだめるような声で、

「着いたら、いい記事を書いてくれ。それで社会部へ廻《まわ》れる筈だ」

「………」

「局長とは話し済みだ。伊与田さんも口添えしてくれた。あとは、きみの筆次第だ」

「なぜ早く……」

「はじめに云うと、何か取引みたいでいやだからね」

光野はしばらく応えられなかった。急に胸の中を風が抜けるようでもあり、関の勝手な思いこみようが腹立たしくもあった。

「取引でもいいんです。早く云って下されば……」

〈おや、いつもと考え方が違うね〉と云った顔で、関が見返した。光野は勢い立って、

「どうせ世の中は取引です。……たとえ生命を取引しても、その方が気持の整理ができて助かったんです」

思わず本音が出た。

関は笑った。その笑顔が急にこわばると、

「島だ！　十一時の方位」

回転数《ピッチ》をあげ、接近する。南に珊瑚礁《さんごしょう》を控えた円形の小さな島。光野は航空地図と水路図をいそがしく繰った。特徴のない島形に識別が手間どる。

「通信筒で訊《き》こう。方位を」

関がすばやく云った。練達したパイロットらしい的確な判断である。燃料計はあと二十分。白墨の粉を散らした磯《いそ》まで山が迫っているその島に不時着は不可能であった。奄美大島の方位を知らせよ、と急いで通信紙に書き、学校の校庭らしい一カ所開かれた台地をめがけて投下する。

それから海面まで出て、大きく旋回をはじめた。校庭では子供たちの黒い群が、箒《ほうき》で集められるように固められて行く。二度の旋回を終えたとき、黒い矢印がもり上り、北北西をさしていた。子供たちが手を振っているのであろう。矢印は無数の触手となってゆれていた。

右、左と翼を振って通過する。

光野は矢印の方位を海図にとり、コンパスをあて逆算、島形と照合する。加計呂麻《かけろま》島と分った。奄美大島を南々東に八粁出外れたところにある。機が以前の進路のままにそこを過ぎれば、あと十八分で彼等《かれら》の命は果てていた。

光野の誘導につれ、セスナ機は右に大きく転針、高度を一一〇〇フィートに高めた。残存燃料が尽きたあとの空中滑走に備えて、旧式プロペラ機は、僅《わず》かながらも、そうして命を永びかせることもできる。

転針後十三分、水平線上に鰐《わに》のような島形が見えた。照合するまでもなく奄美大島と分った。夕陽に鋸状《のこぎりじょう》の稜線《りようせん》が浮き出ている。

JPSS一号機は、空気を蹴《け》るように、その島に近づいて行った。白っぽく色を失った海は、島近くまで黄金のインクをこぼしたように光っている。

エンジンは快調。

あとは着陸の困難だけとなった。

十二月二十七日

午前七時

奄美大島西岸三方浜

大きな朝陽が海を染め上ってくる。

砂浜の色はその陽を受け、鳩色《はといろ》、真珠色、瑠璃色《るりいろ》と次々に変って行く。石英質の多いその砂地は半町ほどの幅でつづき、大きなカーブで東に張り出している。朱がかった緑の断崖が立ち塞《ふさ》がっているところまで約一八〇〇フィートある。

フラットを全開したセスナ機は、その崖上の松の梢《こずえ》を翼でたたくようにして、砂浜へ着陸した。前日の午後四時四十六分のことである。脚輪に強力な輪ゴムをかけられたように、烈《はげ》しいバウンドを重ねたが、機体に異状はなかった。

その夜は、島全体が歓声に包まれたような感じであった。日本の飛行機の思いがけぬ「不時着」訪問に、島民たちの歓《よろこ》びは烈しかった。その烈しさを伝えようとして、光野は幾枚も原稿用紙を書き損じた。二人は警官の張り番で隔離されるようにして、ようやく眠りに入ることができた。

自分の行為が紛れもない手応えを生んだことに、光野は感傷的なほどの喜びを感じた。彼の書いた記事が〔名瀬《なぜ》市にて、光野特派員発〕から組まれていることを思うと、気羞《きは》ずかしいような昂ぶりが湧《わ》いてくる。

名前の出るのを待っていた母は既にいない。

伊与田はこの記事をどんな気持で読んだであろうか。蓮池局長は……。

二人ともまだ眠っているかも知れない。

一人は賭《か》けの終った脱力感に包まれ、一人は前夜の祝酒の深さに夢さえも見ずに。

彼等はいま、ＪＰＳＳ一号機が離陸準備にかかっていることも、いやＪＰＳＳ一号機に帰りの旅があることも忘れて、眠りつづけているかも知れない。

ただ一人、光野にたしかなのは汲子であった。披露《ひろう》の夜「飛行機乗りには……」の歌声の中で、涙を浮かべていた汲子。あの汲子だけは、たしかに自分の帰りを待ち侘《わ》びている。例のない結合。例のない夫婦をつくろう。

ゆるいうねりの先を貫いて、朝陽の矢が幾十条となく、海面を走ってくる。……。

プロペラの始動が終った。

副操縦士席について、光野もベルトをしめた。前夜、島内から集められた自動車用高オクタン価燃料《ガス》で、燃料計の針も大きく戻っている。混合度にも十分注意しておいた。

「行くぞ!」

関が声をかけた。身体中の筋肉が一気にひきしまる。

計器が揃ってふるえ始めた。

関が云った。

「どうだ。社会部へ移れそうか」

記事の出来栄《できば》えをきいているらしかった。だが、光野はそれを自分の決意をたしかめる声ときいた。

「移れそうです」

と、力をこめて答える。

〈便利屋をやめる。ながい迂路《うろ》から抜け出るのだ〉

ひたむきに生きる道、ジェット機の道が金鱗《きんりん》となって眼の前に光って見えた。〈この道を生き切らねばならぬ。たとえその先に、伊与田部長の晩年があるとしても……。燃焼の記憶だけが尊いのだ〉

今となっては飛行計画が、まるで彼自身のためにあったような錯覚がした。

爆音が機全体に伝わると、JPSS一号機は滑り出した。砂地がしばらく車輪にねばりつく。速度を増す。空気は液体から固体に変ってぶつかってくる。

関が操縦桿を徐々に引いた。

尾輪が僅かに遅れて地を打ち、機は浮上した。

その時、突然エンジンの音が乱れた。自動車用燃料《ガス》が悪かったのか、または潤滑油《オイル》が……。

断崖を先の方に浮かばせながらも、砂浜はまだ続いている。着陸すれば間に合う。しかし車輪での着陸は危険。速度が上っていないため、めり込むのだ。胴体着陸――関がとっさにハンドルを押して車輪を引き、同時に操縦桿を倒した。精巧な電子器械の動きを見るような的確な反射運動。一秒の遅れも、一分の隙もない完全な応急操作だった。生涯を操縦にだけ賭け切ってきた人だけが始めて為《な》し得る練達の技に見えた。

〈助かる〉、と光野はうれしく、まぶしかった。

機は下に向いた。

だが次の瞬間、また、ふわりと上に向き直った。車輪を引きこめたため、空気の抵抗がわずかに減り、機体を持ち上げたのだ。それは人間の極限の操作も及ばぬ出来事であった。

砂浜が消え、まばらな松を浮かばせた赤褐色の岩肌が風防ガラス一杯に突進してきた。

(「文學界」昭和三十二年九月号)

解　説

小 松 伸 六

昭和三十年代の日本の文壇に二つの事件があった。一つは松本清張氏をその頂点とする推理小説の流行、一つは城山三郎氏をそのパイオニーヤ（先駆者）とする経済小説の出現である。しかし、この国では初めての新しい小説ジャンルである経済小説は、小説としてはかなりむずかしい分野であるだけに、推理小説ほど華やかな存在ではなかったし、また、折角、城山氏がきりひらいた経済小説は、その後、その亜流たちによって企業小説とか産業スパイ小説という読みものに変質してしまったのは残念なことである。それだけにまた城山氏は戦後小説史に独自な地位を要求できるはずである。つまり資本主義社会の実態とか、経済機構のからくり、組織と人間の問題といった非文学的分野に積極的にふみこみ、それに文学的形姿をあたえた最初の人が城山三郎氏だったのである。

したがってここに集められた七つの短篇《たんぺん》のなかに、或《ある》いは十全な文学的昇華をもちえなかった作品があったとしても、それは文学的フロンティア（開拓者）だけがもつ栄光ある失敗なのであり、私などは、むしろ、このような未来をはらむ新鮮な失敗作をプレミアムをつけても買いたいと思う。

さて、題名の「総会屋錦城《きんじよう》」は、昭和三十三年下期の第四十回直木賞をうけた作品であり、これによって城山氏はいちはやく社会的脚光をあびた。しかしその前に氏は「輸出」によって、昭和三十二年の第四回「文學界」新人賞をうけ、新しい文学の旗手として注目されていたのである。

「輸出」は「メイド・イン・ジャパン」とともに貿易事業の第一線にたつ人たちの悲惨な生活を描いたものである。資本を守り、輸出をのばすためとはいえ、いつ帰国が許されるかわからないミシン会社の外国駐在員のやりきれない虚無的な生活が活写されている「輸出」には、作者の激しいいきどおりがあるはずである。たとえば「残酷とか何とか云《い》うこととは別の論理《ロジツク》、つまり、脚を折った競走馬はその場で殺す――それと同じ論理《ロジツク》なんだ。おれたちも、いつかは、この簡単的確な論理《ロジツク》で斬《き》られるんだ」という抵抗とも自嘲《じちよう》ともとれる会話があるが、これなどにも作者の怒りがこめられていると思う。

またこの作品に「無為替輸入」など、輸出業界のかくれた実態が暴露されているので、「内幕作家」という名称も城山氏にあたえられたようであるし、またふんだんに貿易関係の専門用語が出てくるので、作者は商社勤務の人か新聞社の経済担当者かとまちがわれたらしい。しかし城山氏は当時、愛知学芸大学で経済学を講義する若き学究（本名杉浦英一）であった。したがって「内幕小説」といっても、氏の場合には一会社の「かくされたる醜聞」を興味本位にばくろするものではなく、資本主義社会の内幕や、大きな組織のゆがみを摘発する意味での「インサイド・ストオリー」であることは言うまでもない。昭和三十八年にベスト・セラーとなった「小説日本銀行」（新潮社）も、その意味での城山氏の野心的な長篇小説であった。

なお「輸出」の選後評（昭和三十二年七月号の「文學界」）で、武田泰淳《たいじゅん》氏は「スラスラよませるスピード感と構成力は申し分なく、アメリカ語が過不足なく使用されているのもモダンな感覚である。直木賞候補に立派になれる作品で、老成人の感があるのが気がかりだ」と言い、井上靖《やすし》氏は「三人の主要人物やその人たちの交渉はかなり正確な筆で描き出されている。主題は別に新しくはなく、割りきっているところが気にかかるが、最後まで読ませる筆力は相当なものである」という批評をしている。「メイド・イン・ジャパン」は湿度計の輸出をめぐって、粗悪品のダンピングで日本製品の信用をおとす、いわゆる「一発屋」と、アメリカの関税との二つの敵とたたかう良心的な湿度計輸出メーカーの話だが、筆者などは輸出業者間の不当競争のすさまじさを、この作品によってはじめて知ったし、米国議会における輸入関税問題の公聴会の模様の描写などは、ひどく新鮮であった。第一、この公聴会のシーンは、これまでの既成作家では絶対に描けない場面なのである。ここで氏の文体に一言すると、大へん読みやすい透明な文体である。即物的な、無私の文体といいかえていいかもしれない。内容に調和している文体なのである。しかし無私透明だからといって、氏が文体に関心がないのではない。城山氏が、詩人北川冬彦氏の主宰する詩誌「時間」の同人であったことを考えると、氏の透明な文体は、実はきたえぬかれた文体であることがわかるはずである。なお、この作品に登場する知子の描き方、さらに氏の作品に登場する女性には、いわゆる「色気」がなさすぎるようだ。もっとも筆者などはそこからくる清潔感が好きなのだが。その点チボーデの分類をかりると、氏の作品は「女性の小説」ではなく「男性の小説」といえるのではなかろうか。

「プロペラ機・着陸待て《プレイン・スタン・バイ》」では読者は経済小説の開拓者としての城山氏とはちがうもう一人の城山三郎氏を発見するはずである。つまり航空小説の分野に挑戦《ちょうせん》し、「空を開いている」作家の姿がここには見られるわけだ。この作品集にはのっていないのは残念だが、航空自衛隊の教官として日本にやってきた高度の技術家である米軍ジェット・パイロットのローリー大尉の「機械と化した」その殉教者的生涯《しょうがい》を描いた秀作「着陸復航せよ」などをまじえて、氏はいくつかの航空小説を書いている。「プロペラ機・着陸待て《プレイン・スタン・バイ》」は、新聞社の航空部員が、加古川《かこがわ》—奄美《あまみ》大島《おおしま》間約一一〇〇粁《キロ》をセスナ機でとぶ処女飛行をテーマにしているが、今ではなんでもない飛行も、当時としては冒険飛行だったのである。だから光野に「航空士としての生き甲斐《がい》を決定的に自己検証できる舞台（中略）、煮え切らぬ生涯を清算する一つのチャンス」と言わせているのである。ただし城山氏の航空小説は、大空にかける美しい夢を織るロマンティシズムの作品、或いはサン・テグジュペリの叙事詩風な行動文学とちがって、そこに社会性をふきこんでいる点で区別されるようである。

「浮上」は、経済小説の面と、城山氏が長篇「大義の末」などで主張している戦中派的良心の問題をからました作品として注目されるものだ。主人公津村は南方水域で沈没した艦船の引揚げを企てる。引揚げ作業はスクラップ値段の変動に賭《か》けられたバクチだが、津村は恋人の兄の遺骨収容も託される。戦争の傷手《いたで》を負いながら、遺骨引きあげには協力的ではない潜水夫頭、かつての上官の遺体収容をまず志す小笠原などがからみ、無理がたたって小笠原が死んだとき、スクラップ価格の暴落でせっかく浮上させた船も沈めねばならない。こうした人たちの確執を描きながら、この作品は心に戦争の被害をのこす戦中派世代の特異な精神の構造をあきらかにしている。「事故専務」は、交通事故の場合だけタクシー会社の重役の身代りで見舞いや弔問にゆく仕事をもった五十男の悲しみを描いた完璧《かんぺき》な短篇。「交通戦争」などといわれている昭和三十年代の東京を、このニセ重役の事故専務の岡山順蔵にアイロニイカルに象徴させているわけだが、うまさやまとまりからいえば、この小品がこの作品集中、第一のものではなかろうか。

「社長室」は、次期社長の椅子《いす》をめぐって、導入預金、株の買いしめ、札つきの暴露雑誌、スパイ、反スパイ、失脚など、ドラマチックな計算の通った構成で、面白さからいえば、筆者などはこの作品をとりたい。これも経済機構のなかに交錯する陰謀、たくらみ、黒い欲望、社長への執念などを描いているわけだが、お家騒動的なすさまじさをもつ小説である。ただこの作品でも、佳恵子という女の心理的な動きがよくわからないのは残念である。なお、株の買いしめ、会社乗取りという資本主義社会における近代的な戦闘を真正面から描いた氏の長篇小説に「乗取り」があり、これは白木屋事件にヒントをえた作品として、世評の高かったものである。

「総会屋錦城」は、株主総会という資本主義の中枢《ちゆうすう》のからくりを描いたもので、会社の主流あらそいをめぐって、株主総会の席上やその裏面で暗躍する総会屋の老ボス錦城を主人公としている。筆者はこの作品によって初めて総会屋なる存在を知ってびっくりした記憶がある。なおこれは直木賞受賞作であることは前述したが、当時、もっとも現代的な、アクチュアルな世界に生きる財界の影武者の錦城が、その親子関係において意外に古風だという批評もあったが、しかし近代的な仕事をしている人たちも、ひとたび家庭に入ればびっくりするほど古風なしきたりに生きていることを考えれば、錦城の古風な生き方も不自然ではないわけだ。むしろ古風な義理人情的な生き方と、総会屋なる、いかにも現代的な非情な仕事（？）とのあざやかな対照こそ、筆者には面白いのである。

以上、かんたんに七つの作品にふれてきたが、いずれの作品も、これまでの作家が手をつけることの出来なかったユニークな世界を描いていることだ。その点で城山氏は実に異色の作家といえるわけだが、そのためには、氏はまた「よく調べる」作家でもあるわけだ。私は冗談に、氏を「足軽作家」といったことがあるが、それはこれからの良心的な作家は、少くとも、調べる、足で書くことを要求されると思ったからである。女と病気と家庭のいざこざだけの私小説を書く既成作家は別として、社会的な関心をもち、個と全体との関係を考える作家は、どうしても「足軽作家」にならざるをえないのではないか。明治二十年代におこった足尾鉱毒事件で、被害者がわの農民を救おうとして献身的な努力をかさねた田中正造《しょうぞう》の晩年を描いた「辛酸」は、氏の代表作の一つだが、これも現地になんどか行き、入念に考証した作品であった。この作品について氏は「作家としては投入されたものが多ければ産出されるものも大きいという経済公式を単純に信じて努力する他《ほか》はない」(わが小説)と書いている。これによっても、自己直属の、浮気や情事など縮小再生産的な私小説を書く作家とは、城山氏は全く異なる作家であることだけはわかるかと思う。これからも、城山氏の作品からは、何がとびだすかわからない。そんな可能性をもった昭和二年生れの作家だけに、読者とともに城山氏には壮大な「人間喜劇」を期待したい。

(昭和三十八年十一月、文芸評論家)

「総会屋錦城」「輸出」「メイド・イン・ジャパン」「プロペラ機・着陸待て」は文藝春秋新社刊『総会屋錦城』(昭和三十四年三月)、「事故専務」は講談社刊『事故専務』(昭和三十四年五月)、「浮上」は新潮社刊『着陸復航せよ』(昭和三十五年一月)、「社長室」は新潮社刊『社長室』(昭和三十六年三月)にそれぞれ収められた。

表記について

新潮文庫の文字表記については、原文を尊重するという見地に立ち、次のように方針を定めました。

一、旧仮名づかいで書かれた口語文の作品は、新仮名づかいに改める。
二、文語文の作品は旧仮名づかいのままとする。
三、旧字体で書かれているものは、原則として新字体に改める。
四、難読と思われる語には振仮名をつける。

なお本作品集中には、今日の観点からみると差別的表現ととられかねない箇所が散見しますが、著者自身に差別的意図はなく、作品自体のもつ文学性ならびに芸術性、また著者がすでに故人である等の事情に鑑み、原文どおりとしました。

（新潮文庫編集部）

城山三郎著
役員室午後三時
日本繊維業界の名門華王紡に君臨するワンマン社長が地位を追われた――企業に生きる人間の非情な闘いと経済のメカニズムを描く。

城山三郎著
雄気堂々（上・下）
一農夫の出身でありながら、近代日本最大の経済人となった渋沢栄一のダイナミックな人間形成のドラマを、維新の激動の中に描く。

城山三郎著
毎日が日曜日
日本経済の牽引車か、諸悪の根源か？　総合商社の巨大な組織とダイナミックな機能・日本的体質を、商社マンの人生を描いて追究。

城山三郎著
官僚たちの夏
国家の経済政策を決定する高級官僚たち――通産省を舞台に、政策や人事をめぐる政府・財界そして官僚内部のドラマを捉えた意欲作。

城山三郎著
男子の本懐
〈金解禁〉を遂行した浜口雄幸と井上準之助。性格も境遇も正反対の二人の男が、いかにして一つの政策に生命を賭したかを描く長編。

城山三郎著
硫黄島に死す
〈硫黄島玉砕〉の四日後、ロサンゼルス・オリンピック馬術優勝の西中佐はなお戦い続けていた。文藝春秋読者賞受賞の表題作など7編。

城山三郎著

冬の派閥

幕末尾張藩の勤王・佐幕の対立が生み出した血の粛清劇〈青松葉事件〉をとおし、転換期における指導者のありかたを問う歴史長編。

城山三郎著

落日燃ゆ

毎日出版文化賞・吉川英治文学賞受賞

戦争防止に努めながら、A級戦犯として処刑された只一人の文官、元総理広田弘毅の生涯を、激動の昭和史と重ねつつ克明にたどる。

城山三郎著

打たれ強く生きる

常にパーフェクトを求め他人を押しのけることで人生の真の強者となりうるのか？　著者が日々接した事柄をもとに静かに語りかける。

城山三郎著

秀吉と武吉

―目を上げれば海―

瀬戸内海の海賊総大将・村上武吉は、豊臣秀吉の天下統一から己れの集団を守るためいかに戦ったか。転換期の指導者像を問う長編。

城山三郎著

わしの眼は十年先が見える

―大原孫三郎の生涯

社会から得た財はすべて社会に返す――ひるむことを知らず夢を見続けた信念の企業家の、人間形成の跡を辿り反抗の生涯を描いた雄編。

城山三郎著

指揮官たちの特攻

―幸福は花びらのごとく―

神風特攻隊の第一号に選ばれた関行男大尉、玉音放送後に沖縄へ出撃した中津留達雄大尉。二人の同期生を軸に描いた戦争の哀切。

吉村昭著
戦艦武蔵
菊池寛賞受賞

帝国海軍の夢と野望を賭けた不沈の巨艦「武蔵」——その極秘の建造から壮絶な終焉まで、壮大なドラマの全貌を描いた記録文学の力作。

吉村昭著
星への旅
太宰治賞受賞

少年達の無動機の集団自殺を冷徹かつ即物的に描き詩的美にまで昇華させた表題作。ロマンチシズムと現実との出会いに結実した6編。

吉村昭著
高熱隧道

トンネル貫通の情熱に憑かれた男たちの執念と、予測もつかぬ大自然の猛威との対決——綿密な取材と調査による黒三ダム建設秘史。

吉村昭著
冬の鷹

「解体新書」をめぐって、世間の名声を博す杉田玄白とは対照的に、終始地道な訳業に専心、孤高の晩年を貫いた前野良沢の姿を描く。

吉村昭著
零式戦闘機

空の作戦に革命をもたらした〝ゼロ戦〟——その秘密裡の完成、輝かしい武勲、敗亡の運命を、空の男たちの奮闘と哀歓のうちに描く。

吉村昭著
陸奥爆沈

昭和十八年六月、戦艦「陸奥」は突然の大音響と共に、海底に沈んだ。堅牢な軍艦の内部にうごめく人間たちのドラマを掘り起す長編。

司馬遼太郎著
人斬り以蔵

幕末の混乱の中で、劣等感から命ぜられるままに人を斬る男の激情と苦悩を描く表題作ほか変革期に生きた人間像に焦点をあてた7編。

司馬遼太郎著
国盗り物語（一〜四）

貧しい油売りから美濃国主になった斎藤道三、天才的な知略で天下統一を計った織田信長。新時代を拓く先鋒となった英雄たちの生涯。

司馬遼太郎著
燃えよ剣（上・下）

組織作りの異才によって、新選組を最強の集団へ作りあげてゆく〝バラガキのトシ〟——剣に生き剣に死んだ新選組副長土方歳三の生涯。

司馬遼太郎著
新史太閤記（上・下）

日本史上、最もたくみに人の心を捉えた〝人蕩し〟の天才、豊臣秀吉の生涯を、冷徹な史眼と新鮮な感覚で描く最も現代的な太閤記。

司馬遼太郎著
関ケ原（上・中・下）

古今最大の戦闘となった天下分け目の決戦の過程を描いて、家康・三成の権謀の渦中で命運を賭した戦国諸雄の人間像を浮彫りにする。

司馬遼太郎著
花神（上・中・下）

周防の村医から一転して官軍総司令官となり、維新の渦中で非業の死をとげた、日本近代兵制の創始者大村益次郎の波瀾の生涯を描く。

池波正太郎著
忍者丹波大介
関ケ原の合戦で徳川方が勝利し時代の波の中で失われていく忍者の世界の信義……一匹狼となり暗躍する丹波大介の凄絶な死闘を描く。

池波正太郎著
男（おとこぶり）振
主君の嗣子に奇病を侮蔑された源太郎は乱暴を働くが、別人の小太郎として生きることを許される。数奇な運命をユーモラスに描く。

池波正太郎著
食卓の情景
鮨をにぎるあるじの眼の輝き、どんどん焼屋に弟子入りしようとした少年時代の想い出など、食べ物に託して人生観を語るエッセイ。

池波正太郎著
闇の狩人（上・下）
記憶喪失の若侍が、仕掛人となって江戸の闇夜に暗躍する。魑魅魍魎とび交う江戸暗黒街に名もない人々の生きざまを描く時代長編。

池波正太郎著
上意討ち
殿様の尻拭いのため敵討ちを命じられ、何度も相手に出会いながら斬ることができない武士の姿を描いた表題作など、十一人の人生。

池波正太郎著
散歩のとき何か食べたくなって
映画の試写を観終えて銀座の〔資生堂〕に寄り、はじめて洋食を口にした四十年前を憶い出す。今、失われつつある店の味を克明に書留める。

山崎豊子著

華麗なる一族（上・中・下）

大衆から預金を獲得し、裏では冷酷に産業界を支配する権力機構〈銀行〉――野望に燃える万俵大介とその一族の熾烈な人間ドラマ。

山崎豊子著

不毛地帯（一～五）

シベリアの収容所で十一年間の強制労働に耐え、帰還後、商社マンとして熾烈な商戦に巻き込まれてゆく元大本営参謀・壹岐正の運命。

山崎豊子著

二つの祖国（一～四）

真珠湾、ヒロシマ、東京裁判――戦争の嵐に翻弄され、身を二つに裂かれながら、祖国を探し求めた日系移民一家の劇的運命を描く。

山崎豊子著

沈まぬ太陽（一）アフリカ篇・上（二）アフリカ篇・下

人命をあずかる航空会社に巣食う非情。その不条理に、勇気と良心をもって闘いを挑んだ男の運命。人間の真実を問う壮大なドラマ。

山崎豊子著

白い巨塔（一～五）

癌の検査・手術、泥沼の教授選、誤診裁判などを綿密にとらえ、尊厳であるべき医学界に渦巻く人間の欲望と打算を迫真の筆に描く。

山崎豊子著

女の勲章（上・下）

洋裁学院を拡張し、絢爛たる服飾界に君臨するデザイナー大庭式子を中心に、名声や富を求める虚栄心に翻弄される女の生き方を追究。

塩野七生著

チェーザレ・ボルジア
あるいは優雅なる冷酷
毎日出版文化賞受賞

ルネサンス期、初めてイタリア統一の野望をいだいた一人の若者――〈毒を盛る男〉としてその名を歴史に残した男の栄光と悲劇。

塩野七生著

コンスタンティノープル
の陥落

一千年余りもの間独自の文化を誇った古都も、トルコ軍の攻撃の前についに最期の時を迎えた――。甘美でスリリングな歴史絵巻。

塩野七生著

ロードス島攻防記

一五二二年、トルコ帝国は遂に「喉元のトゲ」ロードス島の攻略を開始した。島を守る騎士団との壮烈な攻防戦を描く歴史絵巻第二弾。

塩野七生著

レパントの海戦

一五七一年、無敵トルコは西欧連合艦隊の前に、ついに破れた。文明の交代期に生きた男たちを壮大に描いた三部作、ここに完結！

塩野七生著

ルネサンスとは
何であったのか

イタリア・ルネサンスは、美術のみならず、人間に関わる全ての変革を目指した。その本質を知り尽くした著者による最高の入門書。

塩野七生著

ローマ人の物語 1・2
ローマは一日にして成らず
（上・下）

なぜかくも壮大な帝国をローマ人だけが築くことができたのか。一千年にわたる古代ローマ興亡の物語、ついに文庫刊行開始！

新潮文庫最新刊

今野敏著

探花
—隠蔽捜査9—

横須賀基地付近で殺人事件が発生。神奈川県警刑事部長・竜崎伸也は、県警と米海軍犯罪捜査局による合同捜査の指揮を執ることに。

七月隆文著

ケーキ王子の名推理《スペシャリテ》7

その恋はいつしか愛へ――。未羽の受験に、颯人の世界大会。最後に二人が迎える最高の結末は?! 胸キュン青春ストーリー最終巻！

燃え殻著

これはただの夏

僕の日常は、嘘とままならないことで埋めつくされている。『ボクたちはみんな大人になれなかった』の燃え殻、待望の小説第2弾。

紺野天龍著

狐の嫁入り
幽世《かくりよ》の薬剤師

極楽街の花嫁を襲う「狐」と、怪火現象・狐の嫁入り……その真相は？ 現役薬剤師が描く異世界×医療×ファンタジー、新章開幕！

安部公房著

死に急ぐ鯨たち・
もぐら日記

果たして安部公房は何を考えていたのか。エッセイ、インタビュー、日記などを通して明らかとなる世界的作家、思想の根幹。

三川みり著

神問いの応《いらえ》
龍ノ国幻想7

日織《ひおり》は、二つの三国同盟の成立と、龍《たつ》ノ原《はら》奪還を図る。だが、原因不明の体調悪化に苛まれ……。神に背いた罰ゆえに、命尽きるのか。

総《そう》会《かい》屋《や》錦《きん》城《じよう》

新潮文庫　し-7-1

昭和三十八年十一月　五　日　発　行
平成二十一年　三　月　五　日　七十二刷改版
令和　六　年　九　月二十日　八　十　刷

著　者　城《しろ》山《やま》三《さぶ》郎《ろう》

発行者　佐藤隆信

発行所　株式会社　新潮社

郵便番号　一六二―八七一一
東京都新宿区矢来町七一
電話　編集部(〇三)三二六六―五四四〇
　　　読者係(〇三)三二六六―五一一一
https://www.shinchosha.co.jp

価格はカバーに表示してあります。

乱丁・落丁本は、ご面倒ですが小社読者係宛ご送付ください。送料小社負担にてお取替えいたします。

印刷・錦明印刷株式会社　製本・錦明印刷株式会社

ISBN978-4-10-113301-0 C0193